# 블랙아웃

**BLACKOUT**

**by Dhonielle Clayton, Tiffany D. Jackson, Nic Stone, Ashley Woodfolk, Angela Thomas, Nicola Yoon**

# blackout

# 블랙아웃

도니엘 클레이턴 외 5인 지음
류기일 옮김

문학동네

일러두기

1. 원주라고 밝히지 않은 주석은 모두 옮긴이주다.
2. 본문 중 고딕체는 원서에서 이탤릭체나 대문자로 강조한 부분이다.

세상 모든 곳의 흑인 아이들에게
너희의 이야기, 너희의 기쁨, 너희의 사랑, 너희의 생명은 소중하다.
너희는 어둠 속의 빛이다.

# 차례

# blackout

## 아주 기나긴 산책
## 1막

티파니 D. 잭슨

할렘, 오후 5시 12분

열사병이라도 걸릴 것 같은 날이다. 이런 날은 나쁜 일이 생기기 마련이다. 사람들은 열받으면 헛짓거리를 하니까. 특히나 수백만 명이 사는 도시에서는. 나는 이런 날에는 죽어도 밖으로 나가지 않는다. 내 방 에어컨 옆에 몸을 웅크리고 앉아 아이스티와 칠면조 샌드위치를 옆에 둔 채 영화를 내리 틀 것이다. 그러다보니 지하철 문이 열리고 후끈한 플랫폼의 끈적한 공기가 얼굴에 달라붙을 때는 이 일을 정말 해야 하나 하는 생각이 든다.

역을 나선다. 길 위에 사람들이 이렇게나 많다니 놀랍다. 사정없이 내리쬐는 햇볕 아래 아폴로극장의 조명이 어렴풋이 빛난다. 이게 내 영화의 세트장이라면 나는 철수하거나 야간 촬영으로 변경할 것이다. 콘크리트의 열기에 125번가를 내달리는 내 스니커즈의 밑창이 끈적하게 녹아내린다. 열차가 지연되는 바람에 십 분이 더 걸렸다. 메트로폴리탄교통국은 정시 도착은 안중에도 없고, 폭염에도 다를 리는 없다. 늦었다. 그러니까, 제시간에 도착하겠지만, 그건 늦은 거나 다름없다! 아빠는 늘 일찍 가는 게 시간 맞춰 가는 거다. 딱 맞춰 가면 그건 늦은 거야라고 했다. 그게 내가 학교 쉬는 시간마다 복도에서 노닥이지 않은 이유였다. 두번째 종소리가 울리기 몇 분 전부터 나는 자리에 미리 앉아 있었다. 그래서 선생님들이 나를 좋아했던 거겠지. 선생님을 존중한다는 뜻이니까. 심지어 비숍 선생님조차 나를 좋아했다. 나만큼 체육 시간을 싫어하는 애는 없었는데도.

엘리베이터를 타고 4층으로 올라갈 즈음에는 원피스가 축축하다. 살면서 이렇게 땀을 많이 흘려본 적은 없는 것 같다. 하지만 월요일에 있을 오리엔테이션 전에 서류를 꼭 제출하라고 했다.

그렇다. 인사과 주관 오리엔테이션이다. 정식 일자리를 위한. 나는 아폴로 본사의 사무보조 신입이 된다. 학교 상담 선생님이 내게 자리가 났다고 알려주었다. 뉴욕의 가장 저명한 흑인 극장에서, 마이클 잭슨, 머라이어 캐리, 스티비 원더가 슈퍼스타로서 첫걸음을 내디뎠던 그 극장에서 일을 하면 유명한 사람들도 사퀼 수 있을 것이다. 대성한 영화감독으로 거듭나기 위한 좋은 연습이 될 것이다.

보수는 육 주에 3500달러.

물론 극장은 할렘 복판에 있고, 브루클린에서 지하철로 한 시간은 더 걸린다. 그래도 베드스타이로부터 멀리 떨어져 여름을 보낼 수 있을 것이다.

더는 거기 있고 싶지 않았다. 그 일이…… 일어난 이후로는 '우리'라는 말이 '그와 그녀 그리고 나'가 된 이후로는.

합격 메일에는 다섯시 십오분까지 오라고 적혀 있었고, 사람들을 처음 만나는 날인 만큼 나는 노란색과 파란색이 섞인 베이비돌 원피스를 입었다. 졸업생 장학금으로 산 옷이다. 새 학교에서 새 삶을 시작하는 만큼 학기가 시작되기 전에 옷장을 싹 갈아치울 예정이다. 이름도 태미 대신 탬이라 소개하면 어떨까. 진실 따위 아무도 모르지 않을까? 나랑 같이 클라크애틀랜타대학에 다니게 된 애도 없고. 나는 혼자일 테니까……

이런 걸 바랐던 게 아닌데. 안내데스크로 걸어가며 생각한다. '우리'에겐 다른 계획이 있었다. 약속을 했다. 하지만 이제 우리 같은 건 없으니까, 그애 없이 사는 법을 배워야 한다.

"어서 와요." 나이가 지긋한 흑인 여자가 눈으로 웃음을 짓자 눈썹에서 땀이 뚝 떨어진다. "어떻게 왔어요?"

나는 어깨를 펴고 좀전의 생각들을 떨쳐낸다. "안녕하세요. 탬라이트라고 합니다. 새로 온 인턴이고요, 서류를 드리러 왔어요."

"좋아요. 모린이 서명을 해야 하는데, 자리에 있나 볼게요. 날이 정말 덥죠?"

창문이 없는 곳은 후끈후끈하다. 자리에 앉은 사람들의 옷이 축축해 보인다. "정말요."

그녀는 책상에서 서류철 하나를 꺼낸다. "열두시에 38도를 찍었는데 거기서 내려가질 않고 있대요."

나는 땋아 내린 머리를 하나로 말아올려 묶고, 얼굴에 부채질을 한다.

"원래 이렇게 덥나요?" 미리 걱정하고 싶지 않지만, 이미 속으로는 여기서 여름 동안 몇 벌 없는 원피스와 셔츠 중 무엇을 입어야 시원할지 생각중이다. 완벽하게 보여야 한다. 모든 게 완벽해야 한다.

그녀는 안됐다는 듯이 웃는다. "어쩌나, 종일 냉방 시스템이 말썽을 부려서. 내 생각엔—"

"후우우우, 이런, 정말 죄송합니다. 늦었네요!" 뒤편에서 들리는 목소리에 나는 소스라치고 온몸이 굳는다. 이 찜통 속에서도 오싹해진다. 눈을 질끈 감고 기도를 한다.

제발 그애가 아니게 해주세요. 제발, 부디 제발요, 하느님. 걔 빼곤

다 괜찮아요.

"어서 와요. 어떻게 왔나요?" 직원이 묻는다.

쿵쿵이는 발소리가 꼭 살인마의 걸음소리 같다. 그는 늘 몇 치수 큰 신발을 신거나 신발끈을 묶지 않아서 발을 디딜 때마다 밑창이 바닥을 짝짝 울려댄다.

"아, 안녕하세요! 저는 카림이고요⋯⋯" 목소리가 점점 사그라들더니 "태미?" 하고 다시 커진다.

젠장.

결국 눈을 뜨고 그애 쪽으로 몸을 돌린다. 저 갈색 피부. 저 아름다운 눈동자. 처음 보는 것도 아닌데. 우린 같은 동네에 살았고, 같은 학교, 어퍼웨스트사이드의 스테이시 에이브럼스 고등학교에 다녔다. 하지만 지난 넉 달간 이렇게 가까이 선 적은 없었다. 체취가 느껴질 정도로 가깝고 안타깝게도 너무 좋은 향이 난다.

"아니, 여긴 웬일이야?" 내가 묻는다. 쏘아붙이듯 질문이 나왔지만 그럴 만한 이유가 있다.

그는 눈동자를 굴리더니 내가 보이지도 않는 것처럼 안내데스크로 몸을 돌린다.

"죄송합니다. 오리엔테이션 참가 서류를 내러 왔는데요."

오리엔테이션이라고? 아니, 아니야, 안 돼⋯⋯ 같은 데서 일하는 건 말도 안 돼. 있을 수 없는 일이야!

"아, 잠깐만요. 둘이 같이 서류를 내러 왔다고요?" 직원이 묻는다.

"아니요." 우리는 동시에 서로를 바라보며 답한다.

"맞아요." 우리는 또다시 동시에 말한다.

나는 당황한 나머지 한 걸음 옆으로 비켜서고 목소리를 가다듬는다.

"그러니까 제 말은, 저는 서류를 내러 온 게 맞고요, 얘는 왜 온 건지 모르겠네요."

카림이 씩 웃는다. "저도 똑같은 일로 온 것 같은데요."

데스크 직원이 좌우로 우리를 훑더니 손에 든 서류철을 펼쳐 문서를 훑는다. 그러고는 모니터 앞으로 돌아가더니 진지한 표정으로 무언가를 읽고, 나는 그사이 그 아이를 흘겨본다. 제일 좋아하는 청바지를 입었고(이렇게 더운 날에), 검은색 폴로셔츠에 새로 산 조던을 신고 왔다. 그녀가 사라고 부추겼겠지. 그의 낡아빠진 빨간색 컨버스와 그가 모으던 슈퍼히어로 티셔츠가 그립다.

그만해, 태미! 넌 이 바보 녀석의 아무것도 그립지 않다고.

"아니 잠깐." 데스크 직원의 목소리가 흔들린다. "둘 다 잠깐 앉아 있어요. 모린이랑 금방 올 테니."

카림과 나는 미심쩍은 표정으로 서로를 바라보고 대기실로 걸음을 뗀다. 부디 얼른 모린이 와서 나를 데려가고 저 자식은 여기 내버려두었으면.

나는 입구 옆에 앉고, 카림은 그 맞은편에 앉아 꼼지락거린다.

쿨해지자, 태미.

찜통 속을 걷느라 헝클어진 곳은 없는지 셀프 카메라로 확인한다. 그가 좋은 건 아니지만, 그의 눈에 엉망으로 보여서 좋을 것도 없다.

"후." 카림은 무언가를 바라보며 웅얼거린다. 나는 그의 시선 끝을 좇는다.

"후." 나는 놀라 숨을 들이켠다. 대기실 벽은 그 옛날 아폴로 콘서트의 포스터들로 도배되어 있다. 제임스 브라운, 레이 찰스, 엘라 피츠제럴드, 빌리 홀리데이…… 할아버지 할머니 세대가 듣고 자란 음악가들. 좀전까진 아무것도 눈에 들어오지 않았는데 이제야 급격한 깨달음이 온다. 이 레전드들이 걸어다녔던 바로 그 복도에 내가 앉아 있다. 그 생각에 감동받아 대기실 맞은편에 앉은 저 인간을 잊을 뻔했다. 이게 TV 스튜디오와 영화 촬영장에서 느낄 법한 감정일까?

카림은 여전히 꿈지럭거리며 옷에 달린 모든 주머니를 들춰보고 있다. 허둥대거나 늦을 때마다 하는 짓인데, 즉 노상 저러고 있다고 할 수 있다. 내가 핸드폰에 알람을 여러 차례 맞춰주지 않았더라면 학교도 제때 못 왔을 거다. 아직도 그 알람 설정을 쓰려나 모르겠다.

카림은 자기 이마를 탁 치더니, 짜증 섞인 소리를 내뱉는다. 무언가 까먹은 게 분명—

아니 그만, 그만 생각하라고. 쟤는 넌 안중에도 없잖아.

대체 여기서 뭘 하는 걸까? 상담 선생님인 테일러는 이 일이 신문 방송과 엔터테인먼트를 공부하고 싶은 학생 한 명에게 주는 자리라고 했다. 카림은 고리타분한 경영 회계를 전공해서 '돈 더미 세는 법'을 배우고 싶다고 했다. 앗, 그거다! 돈이다. 3500달러가 필요한 거다.

뭐, 안됐지만 이 일의 적임자는 나다. 나는 지원서에 이미 필름 릴까지 보냈다(전부 내 폰으로 찍고 편집한 거다). 이 일은 내 거라고! 더군다나 나는 정말 이 일이 필요하다. 이건 할리우드 명예의 거리로 한 걸음 다가가는 일이다. 엄마랑 아빠는 아직 내 계획에 찬성하지 않았다. 카림만이 찬성했었다. 이제는 관심조차 없겠지. 그러니 절대 이 일을 빼앗길 수 없다. 카림은 브루클린으로 돌아가는 A선이나 타러 가는 게 나을 거다.

나는 그를 훔쳐보는 대신 다른 집중할 거리를 찾으려 핸드폰을 꺼낸다. 그는 여전하다. 여전히 훤칠하고 팔다리는 기다랗고 눈동자는 예쁘고 입술은 도톰하다. 피부색이 더 짙어진 것 같다. 해변에 갔을지도 모르지…… 그녀랑. 그 생각을 하면 속이 뒤집힌다. 파 로커웨이의 해변에 놀러가는 두 사람을 그려본다. 그녀는 천 쪼가리 같은 비키니를 입고 그는 상의를 벗은 채로—

"너 충전기 있어?"

그게 나한테 하는 말이란 걸 알아차리기까지 다소 시간이 걸린다.

"뭐?" 사레들린 듯 내가 캑캑거린다.

"충전기 말야." 그는 늘 내가 영어를 모른다는 듯 천천히 말을 한다. "충전하는 걸 깜빡해서, 지금 한 5퍼센트 남았나."

나는 도저히 믿을 수가 없어 눈을 깜빡인다. "그게…… 네가 나한테 할 말이야?"

그가 인상을 쓴다. "무슨 말인데?"

늘 그렇듯 그는 눈치 따위는 말아먹고 없다.

"몇 달 동안 나한테 말 한마디 안 붙이더니 처음으로 꺼내는 말이 물건 달라는 거야?"

순간 카림은 어이없다는 듯 가만히 있는다. 그러다 눈살을 찌푸리고 의자 뒤에 몸을 기대더니 쓴입을 다신다.

"됐다." 그가 퉁명하게 팔짱을 낀다. "왜 말을 걸었는지 모르겠네. 넌 너만 알지, 늘."

"그게 무슨 뜻이야?"

"아무 뜻 없어." 그가 투덜댄다.

안내데스크를 보니 직원이 다시 자리에 돌아와서는 우리의 시선을 피해 대화가 안 들리는 척하고 있다. 폰을 디제이 스피커처럼 사용하니까 늘 배터리가 없지. 충전기가 있었다 해도 건네주지 않았을 것이다. 카림이 지구상에 남은 유일한 남자애가 아닌 이상. 영원히 죽도록 쩨쩨하게 굴 거다.

그는 다시 쓴입을 다시더니 자리 깊숙이 몸을 웅크린다. "이거 봐, 내가 뭐 20달러라도 달라는 것처럼 구네. 구두쇠."

"말 다 했어? 냄새나는 입으로 웅얼거릴 헛소리가 아직 남았나봐?"

카림의 이맛살이 구겨진다, 덤빌 태세다.

"거기, 안녕하세요!"

어느 여성의 낭랑한 목소리에 우리는 둘 다 벌떡 일어선다. 그녀는 안내데스크를 돌아 우리를 향해 걸어온다.

"안녕, 모린이라고 해요. 이쪽이 태미 라이트일 테고, 이쪽은 카림 머피?"

"네." 우리는 또 동시에 외친다. 우리 둘이 함께 대답하는 걸 좋아하는 나 자신이 싫다.

그런 생각 좀 제발 떨쳐! '우리' 같은 건 없어. 우리는 사라졌다고.

죽었어. 영원히.

그녀는 우리와 각각 악수를 하더니 한숨을 내쉰다. "이런 말 해서 미안하네. 좀 좋은 시기에 만났으면 좋았을 텐데 말이에요."

"무슨 말인가요?" 우리 둘이 반문하고 나는 속으로 신음한다.

"좀 황당한데, 일 처리에 문제가 있었어요. 두 학생 모두에게 인턴십 제안서가 발송되었네요. 하지만 안타깝게도 예산 때문에 한 명밖에 고용할 수 없는 상황이고요."

속이 얼어붙고 턱 주변이 당겨온다.

카림은 팔짱을 낀다. 그의 눈썹이 선명한 V자를 그린다. "그러면 어떻게 되는 건가요?"

모린이 침을 삼키는 게 눈에 보인다. "한 명만 할 수 있어요."

카림과 나의 시선이 부딪치는 그 순간, 딸깍, 사무실이 새까매진다.

별안간의 일이었다.

그토록 보고 싶었던…… 그 아름다운 갈색 눈동자와 마주한 것도 잠시, 갑자기 모든 게 사라졌다. 자연스러운 암전도, 디졸브도, 장면 전환도 아니다. 그냥 영화가 끝나버렸다.

당황한 나는 휘청인다. 어둠 속에서 목소리가 들린다.

"이게 뭐야!"

"무슨 일이죠?"

"다들 침착하세요!"

모두들 동요해서 발소리와 의자 끄는 소리가 들린다. 누군가 실수로 스위치를 건드린 거라면 지금쯤 다시 불이 들어왔을 것이다. 뭔가 문제가 생겼다. 카림은 어디 있지?

"저기요! 무슨 일인가요?" 나는 소리를 지르며 팔을 흔들고 어둠에 적응하려 애쓴다. 그러다 무언가에 부딪쳐 외마디소리를 지른다.

"태미?" 혼란한 틈에 멀찍이 그의 목소리가 들린다.

"카림." 큰 소리로 답하고 싶지만 그 이름이 목에 걸려 나오질 않는다.

핸드폰 손전등이 하나둘 켜지자, 마치 무대조명이 여기저기를 비추는 것 같다. 그후 들려오는 또다른 딸깍 소리. 불이 켜졌지만 좀전처럼 밝지 않다. 비상등이다. 대략 3미터마다 하나씩 켜진 탓에 사무실 대부분이 여전히 어둡다. 대기실 저편에서 카림이 몸을 돌리더니 내게 시선을 멈춘다. 아주 확실하진 않지만 내 눈엔 분명 안도하는 것처럼 보인다. 사무실 문이 열리자 벽돌 건물을 마주한 몇 개의 좁은 창문 사이로 햇빛이 희미하게 새어든다.

오 분간의 웅성거림 끝에 모린이 외친다. "다들 잘 들으세요, 전원 대피합니다!"

"확실한 거예요?" 안내데스크 직원이 묻는다.

"오래된 빌딩이라서요. 발전기가 얼마나 버틸지 장담할 수 없어요. 모두 나가세요! 손전등 켜고 계단 이용하세요."

카림과 나는 아무 말 없이 사람들을 따라 문을 나서고 복도를 지나 선명한 빨간색 비상구 표지판 방향으로 걷는다.

계단실에는 사람이 더 많다. 건물 전체가 같은 대피로를 이용하고 있다. 심장이 쿵쾅거리는 게 느껴진다.

화재 대피 훈련일 거야. 아니면 누가 점심을 태운 거겠지.

바깥에는 건물마다 쏟아져나온 사람들로 북적인다. 인도를 메운 사람들은 모두 우왕좌왕 어딘가로 전화를 하고 있다. 열기와 습기, 당황한 목소리, 눈이 멀 것 같은 햇빛, 나는 숨을 고른다. 무슨 일이 생기고 있다.

"무슨 일이에요?" 나는 지하철역 구석에 서 있는 남자에게 묻는다. "공습이나…… 그런 거예요?"

질문하는 것만으로도 구역질이 난다.

"정전 같은 거라네요." 남자가 핸드폰을 스크롤하며 말해준다. "도시 전체가 다 그렇대요."

"네? 도시 전체가요?" 카림이 묻는다. 그가 여전히 내 뒤에 있는 줄 몰랐다.

나는 핸드폰을 꺼내 엄마에게 전화를 건다. 신호가 가자마자 엄마가 받는다.

"너 괜찮아?" 질문을 하는 엄마의 목소리 너머로 오빠와 여동생이 아웅거리는 소리가 들린다.

"응, 괜찮아요. 여기 전기가 나갔어요."

"여기도야. 너 어디니?"

"여기 아폴로극장 밖에…… 카림이랑."

엄마가 놀란 소리를 낸다. "걔가 거기에…… 너랑 있다고?"

"응. 엄마. 나중에 설명할게요."

"이런, 이런. 좋아. 가능한 한 빨리 와."

"응. 곧 봐요."

"조심해, 태미."

다음으로 아빠에게 문자를 보내 나는 괜찮다고 알린다. 아빠의 투어버스는 꽉 막힌 도로 어딘가에 발이 묶여 있을 거다. 남동생 트레메인은 어디에 있을까. 어딘가에서 사진을 찍고 있을 텐데. 그래도 앞가림은 잘하는 애다. 더 많은 사람들이 길가로 쏟아져나온다. 내 가족은 안전하지만 나도 안전한 걸까? 다들 무슨 일이 일어나고 있는 건지, 왜 전기가 나갔는지 모르는 얼굴이다. 도시가 공습을 받은 걸지도 모르는데 상황을 아는 이가 아무도 없다니!

"그런데 말야," 카림이 말한다. 그애가 내 옆에 있다는 걸 깜빡했다. "폰 좀 봐도 돼?"

"왜?" 내가 쏘아댄다.

"내 건 곧 배터리가 나갈 건데 엄마들한테 전화해야 해."

나는 그의 손에 탁, 하고 폰을 올린다. "써."

그는 고개를 절레절레하고는 번호를 누른다. 그럴 필요 없는데. 그 아이 엄마 번호는 내 연락처에 여전히 남아 있으니까.

"엄마. 나야." 그가 말한다. "응, 응. 말하자면 길어. 그나저나 거기도 정전이에요? 정말? 아니, 여기도 그런데. 응. 곧 갈게. 응 알아. 그럴게. 곧 봐요."

그는 전화를 끊고 다시 핸드폰을 건넨다. "무료 통화 나눠줘서 고맙네."

비꼬는 그의 입에 한 방을 먹이고 싶은데 마침 모린이 보인다.

"저기요, 모린!" 우리는 모린이 서 있는 보도블록 쪽으로 인파를 뚫고 지나간다.

"얘들아, 미안하지만 타이밍이 안 좋네. 지금 머릿수를 세야 하거든." 그녀는 우리를 쳐다보지도 않고 말한다. "자기 둘은 집으로 돌아가는 게 좋겠어요. 이게 얼마나 오래살지 모르니까. 월요일에 다시 와줄래요? 어때?"

"아니," 내가 운을 뗐다. "우리 중 누가 일하는 건지 말해주지 않았잖아요. 둘 중 누가 와야 하는데요?"

"지금은 이럴 때가 아니라서." 그녀는 경황이 없다는 듯 말한다. "정말 미안하게 됐어요. 그렇지만 지금 다들 무사한지 확인해야 하거든. 방침을 따라야 해서. 전력이 돌아오면 그때 알려줄게, 어때요? 집에 조심히 잘 가고!"

내가 그녀를 막아서기도 전에 그녀는 황급히 자리를 뜬다.

"이게 말이 돼?" 나는 두 손을 들어올린다. "주말 내내 기다려야 한다고?"

"지금 그걸 걱정할 때가 아니야." 카림이 팔을 뻗으며 말한다. "폰 좀 다시 보자."

"또 왜?"

"너, 이런 긴급 상황에 이렇게 까칠해야겠어?"

"하, 그래! 써! 배터리 다 쓰지만 마."

그는 자기 핸드폰을 꺼내 연락처를 확인하고는 번호를 누른다. "어이, 트위그. 괜찮냐, 이 자식. 아니 이건 내…… 친구 폰이고. 내 폰은 바로 죽었지."

트위그는 같은 블록에 사는 이웃 중 하나다. 키가 크고 마르고 어린나무처럼 호리호리하다. 왜 개한테 전화를 하지? 내 배터리를 써야 할 만큼 중요한 일이 대체 뭐라고?

"그러니까, 망할 도시 전체가 전기가 나갔어. 정상이 아니야." 그가 말한다. "오늘밤에 뭐할까? 응? 진짜? 좋아. 곧 봐."

카림은 핸드폰을 돌려주더니 자기 지갑을 열어본다. "너 돈 얼마 있어?"

"왜?"

카림은 짜증이 난 듯 지하철역을 가리킨다. "전기가 없으면 지하철이 못 다니지. 우리 택시 타야 해."

젠장. 맞는 말이다. 열차는 가다가 멈출 테고 그 깜깜한 터널 속에 붙잡혀 있고 싶진 않다.

그는 자기 지갑 속 돈을 센다. "나 20달러 있다. 넌?"

내겐 5달러뿐이다.

"그걸론 집에 못 가는데." 그가 말했다. "신호등이 꺼졌으니까 운이 좋으면 열 블록 정도는 가겠다."

"저기 건너편에 은행이 있어." 내가 아이디어를 낸다. "나 체크카드 있어."

"전기가 나갔다는 건 ATM도 안 된단 거야."

"젠장." 내가 웅얼댄다. "그럼 어떻게 해?"

내가 왜 얘한테 묻고 있는지 모르겠다. 주위에 아무도 없고, 실은 패닉에 빠질 것 같은데 침착하려 애쓰느라 그런 게 아닐까.

카림은 도로 표지판을 둘러보더니 깊이 숨을 내쉰다. "좋아, 이렇게 하자."

그는 걷기 시작하고 나는 쫓아간다.

"어디 가는데?"

"집이지, 어디겠어?"

"어떻게 가게?"

그가 어깨를 으쓱한다. "걸어서."

"걸어서 간다고! 여기서?"

"뭐 더 좋은 방법 있어?"

"장난 아니게 멀다고! 며칠은 걸려."

그는 나를 쏘아본다. "엄살 피우지 마. 여기가 브롱크스도 아니잖아."

나는 도로명을 찾아본다. 125번가에서 브루클린까지 걷겠다고? 여긴 브롱크스나 마찬가지다.

"그렇다면 뭐." 나는 손을 흔든다. "다음에 봐."

"무슨 소릴 하는 거야? 넌 나랑 같이 가야지."

"웃기네, 진짜. 퍽이나 너랑 가겠다!"

"봐, 우린 지금 이게 얼마나 오래갈지 모르잖아. 무슨 일인지 알아낼 때까지 마냥 기다리지 않을 거야 나는. 다섯시 삼십분이 지났다고. 해가 진 뒤에도 여기 묶여 있을 생각은 없어. 넌 돈이 없고, 라이드 앱은 폭발 직전이고, 나는 폰이 없고. 그러니까 우리는 집에 갈 때까지 붙어 있어야 해. 집에 도착한 뒤에 다시 날 싫어하든 어쩌든 하라고."

싫다고 말한 적은 없다. 적어도 입 밖으로는.

나는 재빨리 상황을 살피고 남은 선택지들을 따져본다. 정전이 생각만큼 오래가지 않을 수도 있다. 고작 몇 분이거나 최대두 시간 정도일 수도. 하지만 그의 말이 맞으면? 수리하는 데 하룻밤이 꼬박 걸리고 여기에 발이 묶인다면?

"프레더릭 더글러스로 쭉 내려가서 센트럴파크 웨스트로 갈거야." 그가 말한다.

교통국 직원들이 테이프로 역 입구를 봉하고 있다. 저 깜깜한곳에 얼마나 많은 사람들이 갇혀 있을까…… 쥐들과 함께. 그생각만 해도 손이 떨린다. 하지만 그보다 최악인 것도 있다……내가 절대로 피하고 싶은 것 하나가.

"올 거야 말 거야?" 카림이 보챈다.

나는 저무는 햇빛 아래 한숨을 내쉬고 그가 있는 쪽으로 발걸음을 뗀다.

# blackout

## 가면 벗기

### 닉 스톤

지하철, 오후 5시 26분

　트레메인 라이트는 밀폐된 공간을 좋아하지 않는다. 이건 나
재코리 'JJ' 하딩 주니어만 아는 사실인데 왜냐면 육 년 전 6학년
때, 내 양아치 같은 친구들이 로커룸으로 트레메인을 쫓아간 뒤
좁아터진 청소 비품실에 그를 가두었기 때문이다.
　안에 갇힌 녀석은 문에 주먹을 두들기며 소리를 질러댔다.
"꺼내줘 얼른! 하나도 재미없다고!" 그래도 나는 그 아이가 못
나오게 문가에 서서 막는 바보들 중 하나는 아니었다. 하지만
"야, 적당히 해. 얼른 꺼내줘"라는 내 무성의한 목소리는 그들을
막기에 부족했다…… 잘했다는 건 아니지만 어쨌든.

벨이 울리고 우리는 삽시간에 토꼈다.

트레메인이 내가 예상한 대로 다음 수업에 몇 분 늦게 나타났더라면 나는 별생각 없었을 것이다. 다친 데가 없으면 잘못한 게 아니다라는 게 어릴 적 내 (모자란) 신조였다.

하지만 트레메인은 나타나지 않았다.

시계가 째깍이고 있었다. 트레메인의 자리가 비어 있는 채로. 당황해 교실을 둘러봤던 기억이 난다. 트레메인이 지각이 아니라 수업에 나타나지 않았다는 걸 알아챈 녀석이 나 말고 또 있나 궁금했다. 나는 몹시 신경이 쓰이기 시작했다. 무슨 일이 생긴 거면 어떡하지? 아니면 더 나쁜 경우, (열두 살의 머리로 고작 생각한다는 게) 무리를 고자질했는데 내가 거기 껴 있으면 어떡하지? 녀석을 제대로 도와주지 않았다는 죄의식이 나를 몰아붙였지만 나도 놀랐다는 게 내 입장이었다. 이마 언저리에서 솟은 땀이 주르륵 흘러내려 축축한 겨드랑이의 암내가 되는 게 느껴졌다. 나까지 문제가 생기면 어쩌지? 아빠가 농구를 하게 내버려두지 않을 거다. 학기초에 지겹도록 이야기했으니까.

수업이 절반 정도 남자 더이상 견딜 수가 없었다. 화장실에 가야 한다고 말했다. 로커룸으로 뛰어가지 않으려 갖은 수를 썼지만 허사였다. 맹세컨대, 변기 칸과 샤워실을 지나 비품실로 걸어가던 그 십오 초가 내 얼마 안 되는 인생에서 가장 길고 무서운 순간이었다. 문 안쪽은 쥐죽은듯 조용했다. 공포영화를 좋아하는 내게 그건 둘 중 하나란 의미였다. 1번 꼰지르러 갔거나, 2번 돌아오지 못할 길을 갔거나. 즉 완전 맛이 갔거나.

문손잡이를 잡아당기니 녀석이 커다란 두루마리 휴지 더미와 괴물의 콧물 같은 구정물이 찰랑이는 노란색 대걸레 카트 사이에 앉아 있었고, 소리를 지른 사람은 다름 아닌 나였다.

더 대단한 건, 녀석이 올려다보지도 않았다는 거였다. 녀석은 사후세계의 심연을, 혹은 비슷한 것을 응시하는 듯 오로지 앞만 바라보고 있었다.

"어어…… 트레메인?" 나는 몸을 숙여 그의 어깨에 손을 얹었다. "트레메인!" 녀석을 흔들었다. 그는 정신이 든 듯 나를 바라봤다.

그때 녀석이 소리를 질렀다. 휴지 더미를 와르르 무너트렸다. 그러고는 앉은 채로 숨이 넘어갈 듯 헐떡였다.

나는 내 뒤를 살폈다. 무서웠다. "야, 너 괜찮아?" 다행히 녀석은 살아 있었다. 하지만 교실에 있어야 할 시간에 여기서 잡히는 건 모양새가 나빴다. "우리…… 일단 나가는 게 좋겠는데……"

나를 바라보는 그의 눈은 혼란스러우면서도 다소 슬프고…… 거기에 놀람까지 살짝 얹힌, 그런 묘한 눈이었다. 말로 표현하기 어렵다.

녀석이 고개를 끄덕였다. "밀폐된 공간을 정말 안 좋아해서." 그가 말했다. 목소리에 전혀 생기가 없었다.

"좋아, 여길 나가자고." 나는 일어나 손을 내밀었다. 녀석이 내 손을 잡고 발을 디뎠다.

그는 여기저기 뒹구는 화장지를 바라보고는 말했다. "우리 이걸, 아아……"

"됐어, 됐어." 내가 말했다. "우린지도 모를 거야. 그냥 가자."

그가 고개를 끄덕였다. 우리는 조용히 로커룸을 빠져나왔다. 체육관 하프코트 선을 지나가는데 그가 말했다. "있잖아…… 이거 비밀로 해주면 안 될까?"

"응?"

"이 밀실공포증 어쩌고 하는 거 전부. 너네가 나한테 장난치는 거 좋아하는 거 아는데, 놀릴 거리를 하나 더 보태진 않는 게 좋을 것 같아서."

"아." 맞는 말이었다. "그래, 당연하지." 그러고 나니 적극적으로 말리지 않았다는 죄책감이 나를 덮쳐왔다. 목구멍이 간질거렸다. "그게 나는…… 애들을 말리지 못해서 미안해." (이 순간에도 나는 트레메인이 다른 애들에게 내가 이런 말을 했다고 말하지 않기만 바라고 있었다. 그렇게 형편없었다.)

"네가 적당히 하라고 말해줬잖아." 그가 말했다. 정말이지 나는 소스라치게 놀랐다.

"아."

"더 열심히 말릴 수 있었던 거였구나. 그래." 그가 나를 바라보았다. "하지만 적어도 너는 나를 데리러 왔으니까." 녀석이 웃었다. 맹세컨대 그의 교정기가 전부 다 보였다. 파란색과 초록색이 교차하는 교정기였다. 그 웃음에 나는 얼굴이 후끈해져 얼른 시선을 돌렸다.

무언가 불편했는데 그게 뭔지 정확히 알 수 없었다.

"그건 고마워." 그가 말했다.

"됐어. 그러지 말라고. 나는…… 걔들이 널 또 괴롭히면 그땐 더 열심히 말릴게."

"그러면 좋지." 그가 말했다.

그게 다였다. 우리는 행정실 앞에서 찢어졌다. 그는 지각 사유서를 한 장 뽑아야 했고, 나는 왔던 길 그대로 교실로 돌아갔다.

끝내 그가 교실로 들어오던 그 순간에는 아무 인사도 없었다. 내 쪽에서도 그쪽에서도.

나는 약속을 지켰고 애들을 말렸다. 그리고 애들은 괴롭힘을 관두었다. 트레메인과 나는 어떻게 되었냐고? 그날 이후로 육 년간 (적어도 그가 아는 한) 한마디도 나누지 않았다.

아는 척도 하지 않았다.

하지만 지금은? 이 컴컴한 열차에서는? 내 눈엔 오로지 하나, 트레메인 라이트밖에 보이지 않는다.

모든 불이 나간 지 사 분이 조금 넘었고, 열차는 서서히 속도를 늦추더니 멈춰 섰다. 우리는 A선을 타고 브루클린으로 돌아가는 중이다. 나는 늘 타던 곳인 145번가역에서, 집에서 정확히 세 블록 떨어진 역에서 지하철을 탔다. 그리고 125번가역에서 열차 문이 열렸을 때 트레메인이 들어왔다.

처음에 든 생각은 트레메인 라이트가 대체 여기서 뭘 하는 거야, 학교도 끝났는데였다. 그러나 곧이어 아끼는 카메라를 들고 있는 것을 보고 사진 같은 걸 찍나보다 생각했다. 8학년 이후로 늘 학교 앨범 스태프로 일하던 애니까. 언제나 카메라를 들고 다녔다.

지하철은 만원이지만 붐비는 것은 아니었다. 좌석은 다 찼고 무리 몇몇이 여기저기 서 있었다. 유아차를 잡고 있는 여자, 자전거 옆에 서 있는 힙스터처럼 보이는 수염 난 남자, 기껏해야 열세 살일 것 같은 발레복을 입은 여자아이 셋, 붙어 있는 정도로 짐작해보건대 커플일 것 같은 남자 둘.

아주 붐비는 건 아니었지만, 불이 나가고 사람들이 저마다 동시에 헉! 소리를 냈을 때는 모든 공기가 우주 바깥으로 빨려나가는 느낌이었다.

몇 초 후, 스피커가 지직거리며 '기계적 문제'를 운운하는 조종사의 지루하단 듯한 목소리가 흘러나왔다.

숨죽였던 사람들이 동시에 소리를 냈다. 웅얼대는 소리, 투덜거리는 소리, 혀를 차는 소리.

여기저기서 핸드폰 손전등 불빛이 켜졌다.

처음에는 섬뜩했지만 몇 분 지나고 눈이 적응하니 다소 긴장이 풀리는 것 같았다. 트레메인이 있는 곳을 바라볼 정도의 여유가 생겼다.

트레메인의 양옆 사람들과 맞은편에 앉은 세 명의 사람들이 핸드폰 손전등을 켠 탓에 어둠 속에서도 그가 꽤나 선명하게 보인다. 트레메인이 처음 열차를 탔을 때 나는 그가 나를 봤는지 못 봤는지―당연하게도 이게 내가 생각할 수 있는 전부였다―생각하지 않으려 애를 썼다. 하지만 지금 그는 **무언가를 목격했다면 침묵하지 마십시오** 포스터에 머리를 기대고 있다. 눈을 지그시 감고서.

아주 편안해 보인다고 생각할 뻔했지만, 몇 초마다 그는―그렇다, 나는 이걸 알아챌 만큼 오래도록 그를 쳐다보았다―휘파람이라도 불 것처럼 입술을 내밀다가 다시 입을 다문다.

가슴팍이 오르내리는 게 보일까 싶어 그의 흉부를 바라본다. 그러자 내 마음 깊숙이, 아무도 보지 못하게, 심지어 나조차 보지 못하게 욱여넣었던 어느 순간이 나를 잡아 이끈다.

일단 내가 있다. 때는 작년이다. 나는 2학년 중에서는 유일하게 학교 대표팀에 뽑혔고, 그건 가슴팍에 보이지 않는 슈퍼맨의 S를 두른 듯한 영예였다. 아무도 내게 이래라저래라 할 수 없었다. 네번째 게임에서 아주 매끄럽게 레이업슛을 올리고 파울 처리된 뒤 오른쪽 발목을 아작내며 착지하기 전까지는. 심각한 접질림이었다. 살면서 그런 고통은 처음이었다.

나는 바닥에 주저앉아 눈을 질끈 감고 무릎을 감싸안았다. 두 개골까지 겁에 질렸지만 내색하고 싶진 않았다. 만났던 코치마다 진정한 남자는 두려움을 내보이지 않는다고 했기 때문이었다. 트레이너가 아주 침착한 소리로 말했다. "코로 숨을 쉬어. 스읍, 그렇지. 이젠 입술을 오므리고 입으로 내보내. 그렇지." 그녀가 지시를 내리자 선배들 몇 명이 곧바로 나를 부축하러 왔다. 모양 빠진 내가 로커룸으로 깡충깡충 퇴장할 수 있도록. 발을 딛고 일어서니 관중들이 눈에 들어왔다. 그 가운데 내 시선을 붙잡은 사람이 누구였을까?

트레메인 라이트였다.

경기장 바닥에서 몇 줄 위 관람석에 그가 서 있었다. 커다란 카메라를 들고. 나를 바라보고 있었다. 몹시…… 걱정된다는 표정으로.

열차의 스피커가 또 지직거린다. "여러분, 현재 도시 전체가 정전이라고 합니다. 신호가 나가서 지금 할 수 있는 게 별로 없습니다. 기다려주시면 새 소식을 아는 대로 안내해드리겠습니다."

또다시 웅얼대는 소리, 투덜거리는 소리, 혀를 차는 소리.

이내 저마다 체념한다.

트레메인만 빼고. 트레메인의 가슴이 아주 거세게 부풀었다 줄어들기를 반복한다. 숨을 깊게 들이쉬는 것 같다.

다리는 미친듯이 떨리고 있다. 〈콜 오브 듀티〉 제대로 한판 붙을 때의 컨트롤러처럼 다리가 떨린다. 다리를 저런 속도로 떨 수도 있는 건지 미처 몰랐다.

내 시선이 그의 발로 옮겨간다―분명히 말하지만 보려고 본 건 아니다―그리고 완전 새것인, 온통 흰색인 조던 레트로 원(너무 새것이라 이 시커먼 열차 안에서도 영롱하게 빛이 난다)을 보고 나는 시선을 돌린다.

잠시 둘러보니 남자 둘은 이제 바닥에 앉아서 고개를 맞대고 함께 핸드폰을 들여다보고 있다(커플인 게 분명하다). 발레리나 세 명은 옹기종기 붙어서 엄마 아빠를 생각하는 것 같다. 자전거 남자는 헤드라이트 같은 걸 켜서 천장을 비춰놨다. 그런 아이디어를 낸 스스로가 대견한 모양이다.

유아차의 아기는 열차 끝에서 울기 시작하고 나는 그쪽으로 고개를 돌린다(물론 나 말고는 아무도 쳐다보지 않는다. 해시태그 #뉴욕). 엄마가 불빛이 위를 향하도록 유아차 위에 핸드폰을 엎어놓았기 때문에 꼬맹이를 와락 안아 들어올리는 게 눈에 보인다. 그녀는 번개처럼 빠르게 가슴을 꺼내고 아이는 식사를 한다.

나는 미소를 짓는다. 적어도 이 칸에서 한 사람은 배곯는 소리를 내지 않을 테니까. 솔직히 말하자면, 몸을 가리거나 숨기려 하지 않는 엄마가 대단하게 느껴진다. 사방이 까맣고 아무도 정말로 볼 수 있는 건 없지만 그래도. 나는 개인적으로 엄마들이 몸을 가릴 필요가 없다고 생각한다. 그가 밥을 먹을 때 말이다. 그가 아니라면 그녀가. 아니면…… 그들이.

이런 생각을 입 밖으로 꺼내진 않겠지만.

나는 고개를 좌우로 흔든다.

그 많은 시간을 놔두고 하필 지금 정전이라니. 이 망할 깡통에 트레메인과 갇혀 시간을 보내야 하는 것도 공교롭지만 사실 오늘밤은 새 출발을 하는 날이었다. 농구 시즌 막바지는 힘들었지만—아주 잠깐 자신감을 잃었다—나는 여름 훈련 첫 주 내내 불타오르고 있었다.

팀 선수들도 나를 북돋아주었다. 새로운 나로 태어난 것 같았다. 무엇보다 랭스턴의 사촌이—이름은 케일라고 저 아래 남부 어디서 놀러온다고 했다—랭스턴과 함께 있는 내 사진을 보고는 분명 마음에 들어했다고 한다. 나는 상상으로라도 팀원의 가족과 일정 선(그러니까, 복도에서 만났을 때 안녕 인사하는 정도) 이상으로 교류하는 것을 즐기는 사람이 아니다. 하지만 그 여자애가 내게 호감이 있다고 랭스턴이 먼저 말해줬으니까. 게다가 그녀는 끝내주게 예뻤다.

그래서.

오늘밤 그녀와 브루클린에서 열리는 파티에 놀러가지 않겠냐는 메시지에 나는 알겠다고 답했다. 랭스턴에게는 내가 가서 옷이나 기타 등등을 고르는 걸 도와주겠다고 했고, 조금만 더 일찍 출발하면 할아버지에게도 들를 수 있을 거라 생각했다(할아버지는 할렘에 사는 걸 끔찍이도 좋아하시는데 할렘은 내가 좋아하는 모든 것이 있는 아랫동네와 정확히 반대편에 위치해 있다). 그게 내가 지금 이 열차에 있는 이유다. 새 시즌, 새 여자, 새 출발. 새로운 나.

글쎄…… 다른 사람들이 아는 옛날의 나는 이렇다. 농구인인 나. JJ, 즉 '점프점프' 하딩. (원래는 재코리 주니어의 약자지만 기가 막히게 들어맞지 않는가?)

내가 더이상 농구를 하고 싶지 않다고 언젠간 누군가에게 말할 수 있을까? 농구가 한때는 내가 가는 길의 빛이자 사는 이유이자 내가 바라는 단 하나였지만 이제는 그저 여러 가지 일 중 하나일 뿐이라고? 심지어 약간 시시하기까지 한?

그걸 말하게 되는 날이 온다면 나는 여자들이 무더운 가리개 없이 아기들에게 젖을 먹일 수 있어야 한다고 말할 수도 있겠지.

더위 이야기가 나와서 말인데, 나만 그런 걸지도 모르지만 열차가 후끈 달아오르는 것만 같다.

이젠 내가 숨을 깊게 들이마신다. 다시 트레메인을 흘낏 엿본다. 여전히 눈을 감고 부지런히 숨을 고르지만 두 다리는 미쳐가고 있다. 최고조에 이른 드러머의 스틱처럼 번갈아 발을 구른다. 가서 상태를 확인하고 싶지만, 몇 달 전 그 일 이후로는…… 아, 어떡해야 하는 걸까.

내 생각에 그는 나와 똑같은 파티에 가는 길이었던 것 같다. 디제이가 트레메인 누나의 전 남자친구이기도 하고 트레메인이 애들 웹사이트에 올릴 '현장' 사진을 찍어주고 돈을 꽤나 번다고 들었다. (그러지 않고서야 카메라를 들고 누나의 전 남친 주위를 맴돌 이유가 없지 않나?)

나는 한번 더 새하얗디 새하얀 조던을 훔쳐보고 눈을 감은 채 뒤편 지하철 노선도에 머리를 기댄다. 오후에 갓 머리를 잘랐다는 걸 생각하면 솔직히 스스로를 모독하는 거나 다름없다. 내 핸드폰 손전등을 켜서 머리를 비추어 이발사의 경이로운 작품을 사방에 보여주고 싶은 충동이 든다.

나는 트레메인의 가슴을 떠올리고 방금 전에 봤던 그 리듬에 맞춰 숨을 쉬려 애쓴다.

코로 들이쉬고. 입으로 내쉬고.

그의 신발이 내 머릿속을 채운다.

언젠가는 이 모든 것에 침묵하는 일을 관둬야겠지.


십이 분이 지났다.

아까는 거짓말이었다.

'아는 척도 하지 않았다'라고 했었나?

그건…… 사실이 아니다. 전혀.

언제나 정직하고 싶긴 했지만, 정직하게 말하자면—이 어두컴컴한 열차에서, 평소라면 해야 할 일 따위를 떠올리며 제쳐뒀을 상념만이 나와 함께하는 이곳에서, 내가 할 수 있는 일이 정직해지는 것뿐이라면—사실 그 몇 년 전 중학교 로커룸 사건 이후로 '아는 척도 안 하는' 건 불가능했다.

그리고 난 그게 맘에 들지 않았다. 그것이 '의미하는 바'를 언제나 알고 있었고 지금도 알기 때문에 그런 것만은 아니었다(비록 그걸 나 자신과 사람들 모두에게 시인하는 일은 아직 못하긴 했지만). 그건 내가 그에게 아는 척을 하는 유일한 사람이 아니었기 때문이기도 했다. 그는 자신이 원하는 사람은 누구나 만날 수 있었다. 뭐랄까…… 내 여동생 조디의 표현에 따르자면, 젠더 스펙트럼을 넘나들었다.

장담할 수는 없다. 왜냐면 그걸 확인할 정도로 그에게 가까이 다가간 적이 없기 때문이다. 그렇지만 우리 둘은 키가 같았던 것 같다. 둘 다 190센티미터 정도. 그가 나보다 2, 3센티미터 컸을 수도 있다.

그가 멀대처럼 깡마른 것도 아니다. 그게 신기한 부분이었다. 그는 우리 팀 선수들 절반처럼 몸이 다부졌다. 그래서 늘 신경이 쓰였다, 솔직히. 아무도 입 밖으로 소리 내어 말하진 않지만, 우리는 다 알고 있다. 사람들은 트레메인과 나 같은 애들, 즉 키도 크고 '운동할 것같이' 생긴 특정 인종(이 말을 하며 난 못마땅한 표정을 짓고 있다)을 보면 으레 선수가 될 거라 생각한다. 농구. 우리 '손'은 이런저런 종목의 '공'을 던지고 잡기 좋았다(이것도 여동생의 표현이다). 아빠가 내 손에 농구공을 쥐여준 게 네 살 때였다.

하지만 트레메인은 늘 그런 기대로부터 자유로워 보였다. 한 번은 같은 팀 쓰레기 같은 녀석이 학교 복도에서 이렇게 말했다. "네 키에, 네 떡대에 바위 대신 카메라나 든다니 안쓰럽다 진짜." (오렌지색과 검은색으로 된, 내가 선택한 운동 종목의 둥근 물체는 바위라 불렸다.)

순간 그 자식 얼굴에 얼마나 주먹을 날리고 싶었는지 스스로가 놀라울 정도였다. 하지만 트레메인은 씩 웃으며 말했다. "누군가는 너희의 포스터 사진을 찍어야 하지 않겠어?"

그 천치 같은 녀석은 그 말에 제대로 대꾸도 하지 못했다. 그저 입을 떡 벌리고는 초자연적 현상을 보기라도 했다는 듯 돌처럼 서 있었다.

나는 그 일을 몇 주고 생각했다.

모르겠다. 내 안에는…… 트레메인처럼 안정될 수 있다면, 하고 바라는 내가 있다. 자기 자신으로서 편안하다고 해야 할까, 어떻게 설명하든. 뉴욕주에서 고교 농구선수 10위권 안에 든다는 건 정말 굉장한 일이지만 그 사실이 나를 제대로 표현하는 것 같지 않다는 생각이 멈추질 않는다. 당장이라도 누군가 진짜 나를 발견할 것 같다. 생각이 거기에 미치면 나는 그게 왜 문제인지 의아해 짜증이 난다.

그렇지만 트레메인은? 사람들은 트레메인에 대해 온갖 말을 다 한다. 그가 쿼터백, 그리고 쿼터백의 여자친구를 '따먹었다'는 소문도 있다. 그러나 트레메인은 전혀 개의치 않는 듯하다. 그저 카메라와 단둘이 다닐 뿐이다. 늘 말도 안 되게 깔끔하고(그가 입는 옷은 다 완벽했다) 서늘하리만치 침착하다. 이런저런 걸 기록하면서.

평소엔 그랬다.

하지만 지금은 그의 흉곽이 아까보다 빠르게 오르락내리락한다. 감상적으로 들릴지도 모르지만, 걱정이 된다.

건너가서 상태를 확인하고픈 욕구가 샘솟는다.

하지만 지난 몇 년간 그와 제대로 대화해본 적이 없었다. 어둑한 지하철에서, 그것도 정전된 와중에, 몹시 걱정하는 표정으로, 친구나 혹은 무슨 사이이기라도 한 것처럼 나타난다면 나를 어떻게 생각할까?

온갖 의심을 하며 바라보겠지.

안 그럴까?

그렇다. 조디는 '소외된 자들 간의 연대'라고 표현했지만 내가 6학년 때 그를 도와주러 갔던 건 그런 것 때문이 아니었다. 만약 그에게 아직도 밀실공포증이 있다면, 지금쯤 이 손바닥만한 열차에서 정신을 놓기 직전일 거다.

하지만 내가 틀렸다면?

내가 중학교 이후로 아무 말도 하지 않은 데 화가 나 있다면?

만약 나를 오해하고 있다면?

데이글로의 형광색 물감처럼 빛을 뿜는 그의 흰 운동화에 다시 한번 시선이 간다.

만약 제대로 알고 있는 거라면?

십팔 분째.

사람들은 여전히 부산하다.

남자 둘은 틀림없이 커플이다. 한 명이 눈을 감은 상대를 껴안고 있다. 랭스턴의 아버지들이 떠오른다. 우리 경기 때마다 꼭 붙어앉아서는 응당 해야 할 일이라는 듯 자기 아들을 응원하곤 했다. 실제로도⋯⋯ 당연한 일이잖아? 우리 가족은 경기에 와서 서로 찰싹 붙어 있었다. 랭스턴네 집이라고 다를 리 없었다.

대체 왜 나는 이 문제로 이토록 고전하고 있는 것일까.

힙스터 자전거남은 바퀴 달린 자신의 준마에 앉아 발을 페달에 걸쳤고, 문이 열리면 일 초 만에 달려나갈 기세다.

발레리나 아이들은 서로 부둥켜안고 있다.

유아차 아기는 (내 생각엔) 혼절한 듯 잠에 빠졌고, 엄마는 기진맥진한 채 유아차를 앞뒤로 미는데 손을 멈추면 울음을 터뜨리는 건 엄마 쪽일 것만 같다.

그리고 트레메인은⋯⋯ 글쎄, 그의 발에서 좀처럼 눈을 떼지 못하겠다.

이 터널 속에서도 핸드폰이 터지면 좋을 텐데. 내 여동생에 관한 또다른 사실. 걔는 다른 사람은 나에 대해 눈치채지 못하는 것들을 알고 있다. 직감으로 안다. 녀석의 추측에 나는 긍정도

부정도 하지 않았지만, 근래에는 나에 대해 무언가 안다는 듯 힌트를 흘리고 있다. 지난 3월에는 갑자기 '프롬파티 계획'을 세웠는지 물어왔다.

동생: "그래서 어떻게 할 생각이야, 오빠?"

나: "어떻게 하냐니, 어떤 여자애랑 가냐고?"

동생: (어깨를 으쓱이며) "아니면 남자애거나. 21세기가 되고도 이십 년이나 더 지났잖아."

4월에는 보기 드물게 둘 다 부엌 식탁에서 숙제를 하고 있는데 뜬금없이 걔가 말을 꺼냈다. "그거 알아, JJ?" 조디는 폼나게 걸친 맬컴 엑스 느낌의 안경 위로 눈을 치켜떴다. "오빠가 우리 집에 사랑하는 사람을 데려오는 날을 고대하고 있어, 나는." (열네 살짜리가 왜 저렇게 말하는 거야?)

"조디, 무슨 말이야?" 내가 물었다.

"오빠는 정말 훌륭한 애인이 될 거라 생각해."

"그러니까, 여자친구를 사귀란 거야?"

조디는 어깨를 으쓱했다. (그 얄미운 어깻짓.) "남자친구일 수도 있지. 어느 쪽이든. 엄마랑 아빠도 엄청 신나할걸? 그러니까 더이상 시간 끌지 말라고."

시즌 막바지에 나의 하락세를 제일 먼저 눈치채고 언급한 것도 그 녀석이었다. "재코리 주니어, 좀 처지나보네." 아침에 밥을 먹다 말고 말을 꺼냈다. "뭔 일 있는 거 알아. 오빠는 오픈해야 해."

"뭘 해야 한다고?"

"말을 하라고, 입을 열어야 한다고. 뭐든 오빠를 괴롭게 하는 걸 말하라고. 알겠어?"

"뭔 소린지 하나도 모르겠는데."

물론 나는 당연히, 알았다. 무슨 말인지.

하지만 이 정도인지는 모를 것이다. 이젠 눈을 감고도 트레메인이 발을 구르는 게 보인다. 기억에 각인이 되었기 때문이다.

시간이 흐를수록 고철로 만든 거대한 관에 들어가 있는 느낌이다. 열차 모양이라는 게 워낙 그렇게 생기지 않았나? 당장 조디에게 전화를 걸고 싶다. 그때 그냥 조디에게 말했더라면.

왜냐면 조디 말이 맞으니까. 뭔 일이 있었으니까.


이십이 분째.

또 거짓말을 했다.

'지난 몇 년간 그와 제대로 대화해본 적이 없다'고 한 것.

남자 커플을 다시 한번 훔쳐본다. 이젠 서로를 부둥켜안고 둘 다 눈을 감고 있다.

나도 다시 눈을 감는다.

본격적인 문제는 1월에 시작됐다. 나는 좀 처연한 상태였는데 특별한 이유가 있는 건 아니었다. 몹시 일상적인 것으로, 나는 겨울마다 조금씩 다운되곤 했다. 조디 빼곤 아무도 내가 이런 걸 몰랐다. 코치들은 '멍하고 바보 같은' 상태를 시합 전의 두려움으로 이해해주었다. 놀랍게도.

어쨌든, 나는 경기에서 최악이었다. 계속 트래블링에 걸렸고, 엉뚱하게 이십사 초 제한시간을 넘겼고, 코트를 달리다 혼자 헛디디고 넘어져 입술이 터졌고, 내 목숨을 구제할 슛 하나 넣지도 못했고, 하프타임까지 네 차례 파울을 받았다.

그냥…… 엉망이었다.

너무 엉망이었기 때문에 결국 코치가 나를 벤치로 불렀다.

전에는 결코 그런 적이 없었다. 과장처럼 들리겠지만, 다들 안 됐다는 얼굴로 등을 두드리며 "걱정 마, JJ. 다음 게임은 다시 뛸 거잖아"라고 말해줄 때마다 끝없이 가라앉는 기분이 들었다. '발목에 추를 달고 바다로 던져진' 것 같은 침전이었다.

집에 오자마자 나는 방으로 들어가 문을 걸어 잠갔다. 당장 인터넷에 접속해 긴장을 풀고 싶을 때마다 찾아보는 그…… 콘텐츠를 찾았다. 그리고 평소 찾던 것과는 조금 다른 걸 발견했다. (이런 사건들을 돌이켜보자니 그 남자 커플을 다시 쳐다보고 싶어진다. 왜냐면…… 그래, 그런 거다.)

발견한 게 싫었던 건 아닌데…… 방해자가 있었다. 아빠였다.

방문을 두드리고 괜찮냐고 물었다. 아빠는 아무것도 보지 못했지만, 나는 너무 민망한 나머지 한 주 내내 태블릿은 건드리지도 못했다.

다시 그 남자 커플을 쳐다본다.

정말 난감한 건, 나 역시 조디의 말이 맞다고 생각한다는 거다. 아빠를 포함한 우리 가족은 내가 누굴 좋아하든 문제삼지 않을 터였다. 아빠랑 엄마는 드랙 쇼에서 만났다. 엄마의 대학교 단짝이 공연을 했고, 아빠는 그 클럽 경호원이었다. 나는 엄마의 친구를 단 한 번도 만나보지 못했는데 그는 내가 태어나기도 전에 애틀랜타로 이사를 갔다고 했다. 그렇지만 내가 알기로는, 그 남자가 엄마와 아빠를 이어준 사람이었다.

하지만 여전히, 들킬까봐 두려운 마음을 떨칠 수가 없다. 나 같은 녀석이 이런 걸 보다가 걸려서 늘 함께 운동하던 사람들과 멀어졌다는 이야기를 종종 들었다.

그후로도 내 게임은 계속 엉망이었다. 꿈을…… 꾸기 시작했기 때문이었다. 나에 대한 꿈이었다. 나 같은 사람들에 대한 꿈이었다. 내가 나 같은 사람들과 함께 있는 꿈이었다.

남자들과.

다시 2월로 돌아가서. 그때 한 사이트를 발견하고 (당연히 가명으로) 가입을 했다. 주변에서 열리는, 남자를 좋아하는 남자들을 위한 이벤트를 정리해서 올려주는 사이트였다. 실제로 참가할 생각은 없었고 그저 목록이나 훑은 뒤 브라우저 히스토리를 지울 생각이었다. 그런데 내 열여덟번째 생일 다음날 열리는 이벤트가 눈에 들어왔다. 가면파티.

나는 로그아웃했다.

생일이 다가와 팀 선수들이 요란하게 파티를 열어줬다. 멋진 클럽을 운영하는 팀 센터 녀석의 아버지가 힘을 좀 쓰셨다. 디제잉은 끝내줬고 눈 닿는 곳마다 예쁜 여자아이들이 넘쳐났다. 셸리란 이름의 다른 학교 여자아이 하나가 나를 마음에 들어했다. 춤추며 나를 구석으로 몰고 가더니 목에 키스를 하기 시작했다.

나도 그녀에게 키스했다. 그녀의 키스 솜씨는 객관적으로 대단했다. 그녀가 키스 그 이상의 것을 밀어붙였고 나는 순순히 응했다. 하지만 장소는 클럽이었고 한계가 있었다.

이상한 점은…… 내가 그 사실에 안도했다는 것이다. 더 진도를 나가지 않은 것에. 그녀는 내게 번호를 주고는 전화하라고 했다. "우리집으로 와서 남은 일을 해치워도 되고." 그녀가 말했다. 팀 애들은 물론 환호했다. "이 자식, 베드스타이고등학교에서 제일 예쁜 여자애를 낚았네!"

그렇지만 그 번호를 누를 일은 없을 거란 걸 나는 알았다. 나는 번호를 지웠다.

다음날, 나는 더플백에 턱시도를 챙겨 전철을 탔다.

가면도 잊지 않았다.


열차 안에서 이십칠 분이 지났다.

밤 열시 이십구분, 나는 가면파티 게시물에 첨부된 주소의 맞은편 건물에 도착했다. 어둠 속에 몸을 숨길 만한 구석진 공간이 있었다.

이미 헤럴드스퀘어 화장실에서 옷을 갈아입고는 커다란 코트를 걸쳐 아무도 보지 못하게 턱시도를 가렸다. 건물은 제대로 수상해 보였다. 보어리에 있는 5층짜리 건물이었고 1층은 중식당이었다. 초대장에 의하면 건물 안으로 들어가 카운터에 암호를 말하면 가야 할 곳으로 안내를 받을 거라 했다.

나 자신이 엄청난 바보 같았다.

이게 함정이면 어떡하지? 컬트 집단에 제 발로 들어가는 건 아닐까? 살해당하는 건 아닐까? 내가 팀 친구 집에 놀러간 줄로만 아는 부모님은 일전에 이런 일을 경고했었다. 하지만 나는 여기 이 자리에, 나의 따스하고 안락한 집이 있는 할렘으로부터 정반대편, 으슥한 건물 맞은편에 서 있었다. 오직 하느님만이 내 앞에 놓인 끔찍한 운명을 알 터였다.

그때 내 왼편에서 어떤 남자가 중식당 쪽으로 걸어가는 게 보였다.

코트를 걸치고 모자를 푹 눌러쓴 남자였다. 하지만 나는 어디서든 그 걸음걸이를 알아볼 수 있었다. 그리고 그 신발도.

그가 문 앞에 다다라 바로 모자를 벗고 가면을 쓰던 그 찰나에, 트레메인 라이트의 얼굴이 보였다. 그는 안으로 걸어들어갔고 나는 커다란 앞유리 너머로 트레메인이 카운터 여성에게 손을 흔드는 모습을, 그 여성이 고개를 까딱이고 웃으며 반겨주는 모습을, 화장실이 있을 것 같은 어두운 복도 너머로 그가 사라지는 모습을 지켜보았다.

나는 서둘러 길을 건넜다.

트레메인처럼 나도 들어가기 전에 가면을 썼다. 얼굴 전면을 가리는 블랙팬서였다. 조금이라도 남들이 알아보게 하고 싶지 않았다.

암호는 필요하지 않았다. "복도 끝 왼쪽 문이요." 그녀는 뭔지 모르지만 하던 일에서 눈을 떼지 않고 말했다.

나는 그녀가 알려준 방향으로 걸어갔다. 돌아가기엔 너무 궁금했다. 지정된 문으로 들어가 계단을 내려갔다. 이전까지 한 번도 보지 못했던 풍경 속으로. 그곳엔 형형색색의 턱시도를 입은 남성들이 온갖 가면을 쓰고 있었다.

조디가 말한 소위 '느낌'이란 게 한꺼번에 몰아닥쳤다. 약간의 두려움. 여전히 발각되고 싶지 않았다. 하지만 거기엔 또…… 혼자가 아니라는 느낌이 있었다. 그걸 소속감이라 부를 수는 없었다. 나는 나 자신을 알아가는 중이었다(지금도 그렇다). 진부하게 들리겠지만, 그 방에 들어서는 순간 내 가슴은 요동쳤다. 쿵쾅이는 음악, 떠드는 무리들, 근사해 보이던 모든 사람들.

그날 밤에 관한 재밌는 사실 하나. 가면을 안 쓴 사람은 디제이뿐이었다. 나는 그를 알아보았다. 진짜 이름은 모르지만 모두 그를 트위그라고 불렀다(그는 실제로도 어떤 패거리가 초록 여자와 너구리를 데리고 우주 이곳저곳을 쏘다니는 슈퍼히어로 영화에 나오는 나무 캐릭터를 좋아했다).*

전날 밤 내 생일파티의 디제이였기 때문에 알고 있었다.

내 가면을 벗을 일은 절대 없을 듯했다.

아무도 그럴 것 같지 않은 분위기긴 했다. 어딜 봐도 다양한 가면들이 보였다. 눈만 가린 사람도 있고 얼굴 전부를 가린 사람도 있었다. 파란색 페이즐리 턱시도를 입고 벨벳과 깃털로 얼굴을 반만 가린 남자도 있었다. 위아래 새카맣게 차려입은 어떤 남자는 〈오페라의 유령〉 같은 가면을 쓰고 있었다. 빨간 옷을 입은 남자는 궁중광대 가면이었다.

---

* 트위그(twig)에는 '나무 잔가지'라는 뜻이 있다.

사방 곳곳에 나와 비슷하게 차려입고 얼굴을 가린 사람들이 있었다.

누군가는 대화에 심취해 있고 누군가는 손에 술잔을 들고 있었다. 핸드폰을 확인하고 있는 안쓰러운 사람들도 몇몇 있었다.

고등학교 파티에서 보던 것과 똑같았다.

나도 못내 안쓰럽게 보인 듯했다. "처음 왔나봐요." 오른편의 누군가가 말을 걸어왔다. 몸을 돌려보니 청록색 새틴 옷에 공작새 깃털 마스크를 쓴 남자가 있었다.

이 남자가 말을 건 게 분명했다.

"아…… 그렇다고 할 수 있죠." 내가 답했다.

"스타일 좋네요." 그 사람이 나를 재빨리 훑으며 말했다. "아주 클래식해요. 가면도 완벽하고. 근사하게 돋보이네요. 자신이 원하는 게 뭔지 잘 아는 사람 같아요."

그가 웃으니 비뚤어진 치열이 보였다.

자리를 뜰 시간이었다.

"고맙습니다." 내가 말했다. "좋은 밤 보내세요." 몸을 돌려 나가려는 나를 그가 붙잡았다.

"어우, 빼지 말고요." 그는 말했다. 바짝 붙은 그의 뜨거운 입김이 내 귓가에 닿았다. "여기 다 같은 이유로 오는 거—"

태세를 갖추며 그 공작새 자식을 때려눕히려던 순간, 또다른 목소리가 나타나 내 어깨에 손을 올렸다. "여기 있었네." 그가 말했다. "한참 찾았잖아."

"아……" 어떻게 두 남자를 떼어내면서도 정체를 들키지 않고 파티를 빠져나갈지 머리를 굴리다가 우연히 발밑을 보았다. 새하얀 조던 운동화 한 쌍.

나는 얼어붙었다.

"미안하게 됐네요." 공작새 자식은 좀전에 나를 훑듯이 트레메인을 훑어봤다. "상대가 있는 줄 몰라서."

트레메인은 나인 줄 알고 있는 걸까? 그나저나 트레메인의 턱시도는 차콜그레이 색깔에 옷깃이 없는 재킷이었다. 기가 막히게 멋졌고, 눈썹과 코 주변만 가린 심플한 검은색 가면을 쓰고 있었다. 아빠가 좋아하는 '조로' 영화 속 칼을 휘두르는 배우가 연상되었다. 그의 차림새를 보자 이상하게 배가 찌릿했다.

"괜찮아요." 트레메인이 말했다. "그나저나 끝내주는 차림이네. 가자, 베이비." 그는 내 손을 잡아끌었다.

나는 머리가 하얘져서 잠자코 따라가는 것 말고는 별다른 방법이 생각나지 않았다.

(그렇지만 베이비라니?)

공간 뒤편의 텅 빈 바 테이블에 다다랐을 때 그가 내 손을 놓았다. "아, 진짜 미안해요." 절레절레 고개를 흔들며 그가 말했다. "내가 이름도 모르는 상태로 손을 잡는 사람은 아닌데, 저 자식은 특A급 쓰레기라서. 당신은 누가 봐도 초짜고요. 나는 트레메인Tremaine이라고 해요."

이로써 확정되었다.

카메라를 들지 않은 그가 낯설었다. 그가 본명을 밝혀서 나는 기절할 것만 같았다.

목이 메어왔다. 이애는 어떻게 이렇게 분명히 아는 걸까? 나는 저 수준에 이를 수 있을까?

그가 가까이 다가왔다. "그쪽은요?"

"아, 저는…… 터바이어스Tobias요."

나는 그가 웃음을 터뜨리든지 아니면 사실을 집어낼 거라 생각했다. 내가 누군지 정확히 안다는 증거를 대면서.

하지만 아니었다.

"T랑 T네요!" 그가 자신의 가슴팍을, 그리고 또 나를 가리키며 말했다. "좋다!"

나는 웃었다. 긴장도 풀렸지만 바라는 만큼은 아니었다. 그의 면전에(가면에) 대고 거짓말을 하고 있다는 죄책감이 어깨를 짓눌러서 그런 듯했다.

지금 생각하니 달콤하면서도 씁쓸한 기분이 든다.

"좀더 자기 얘기를 해봐요, 터바이어스."

그가 미심쩍기라도 한 듯 이름을 강조했지만 나는 무시했다. "뭘 알고 싶은데요?"

그는 어깨를 으쓱였다. "취미라든가?"

"아, 그건 쉽네요. 농구요."

나는 즉각 후회했다.

그는 주저하지 않고 말했다. "아. 스포츠맨이구나."

나는 웃었다. "왜 그렇게 말해요?"

"여긴 운동하는 사람들은 많이 안 와서요." 그는 공간을 둘러보았고, 나도 따라 훑었다. "운동할 땐 여기 있는 사람들 같은 사람은 많이 못 만날 것 같은데요. 그거 미칠 듯이 답답하지 않아요?"

"음……" 나는 사실대로 말하기로 했다. "좀 그런 편이에요. 당신에게만 하는 말인데, 우리 팀 사람들이 내가 여기 있는 걸 알면 난리가 날 거예요." 말이 입 밖으로 나오고 나서야 내가 쓰레기 같은 소리를 하고 있다는 걸 깨달았다. 하지만 주워 담을 방도는 없었다. "여긴…… 자주 오나봐요?" 화제를 바꾸려고 질문을 던졌다.

"자주란 말은 뭐하고요, 여기 이런 파티가 매주 열리는데 나는 이게 세번째예요. 사람 구경하기 좋은 곳이죠."

"사람 구경?"

"네. 사진 찍는 걸 정말 좋아해서요. 카메라 없을 때도 사람들 연구하는 걸 진짜 좋아해요."

"실례가 아니라면, 몇 살인지 물어봐도 돼요?" 내가 물었다. 그가 사실을 말하는지 확인하고 싶었다.

"12월에 열일곱이 돼요." 그가 내게 더 가까이 다가왔다. "다른 사람한테 말하면 안 돼요. 디제이가 아는 사람이라 들여보내준 거예요. 내가 디제잉하는 사진을 많이 찍어주거든요. 원칙대로면 열여덟이 넘어야 하니까. 그리고 다른 사람인 척 연기하는 사람들을 절대 조심해야 돼요."

그는 이 말을 하면서 내 눈을 똑바로 쳐다봤다. 나는 숨이 멎을 것 같았다.

하지만 그는 이렇게 말했다. "그래서…… 그쪽은 몇 살이에요?"

"열아홉이요…… 대학 신입생이고요. 이제…… 2학년이 되네요."

"사실대로 말하는 거 맞죠?" 그가 눈을 찡긋했다.

공간이동을 할 수만 있다면 벗어나고 싶었다. 정말로.

내 침묵이 답변이라 여겨졌는지 그가 말했다. "장난이에요. 뭘 공부하는데요?"

"음…… 기계공학이요. 그런데 전공을 바꿀지도 몰라요."

(말도 안 되는 거 나도 안다. 왜 그가 계속 장단을 맞춰주는지 알 수 없었다.)

"머리도 좋은 스포츠맨이네요! 두 배로 재수없네." 그는 학교 복도에서 여자애들이 넋을 놓고 바라보는 그 특유의 미소를 내게 지어 보였다. 거짓말이 아니고, 직접 보고 나니 여자애들이 왜 그랬는지 완벽히 이해되었다.

그날 밤은 그 이후 꿈처럼 흘렀다. 몇 분 되지도 않아서 나는 어쩌면 내가 꿈꿔왔던, 언젠가 그렇게 될지도 모를 미래의 나의 모습에 빠져들었다. 시티 칼리지에 다니는, 학생회, 교내 농구, 알파 파이 알파 남학생 클럽 등 캠퍼스 생활도 활발하게 하는, 오픈 바이섹슈얼인, 곧 2학년이 되는 대학생.

트레메인은 말을 나누기 정말 편한 상대였다. 대화를 나눌수록 내 진짜 인생 이야기가 스며들었다. 나는 내가 느끼는 혼란에 대해 이야기했다. 내가 몇몇 여자아이들에게 끌린다는 걸 알고는 있었지만, 남자도 좋아하는 게 분명했기 때문이었다. (여기에 대해 그는 "나도 그래요. 그 누구도 당신의 감정이 틀렸다고 설교하게 놔두지 마요. 나는 2학년 때부터 사람들에게 끌린다는 걸 알고 있었어요. 자기 뜻대로 사람을 통제하지 못하면 길길이 날뛰는 사람들이 있다는 걸 알면 깜짝 놀랄걸요" 하고 말했다.)

나는 조디에 대해서도 이야기했다. ("동생이 정말 대단하네요. 가족의 지지만한 건 없어요.")

코치들 이야기도 꺼냈다. ("그게 바로 유해한 남성성이죠.")

그리고 나는 그 무엇도 확실히 알지 못하는 상태가 주는 불안에 대해서도 이야기했다. ("파티에 온 걸 환영해요. 지금 이 파티를 말하는 건 아니고요.")

트레메인이 내게 사귀는 사람이 있냐고 물었을 때쯤엔 나는 완전히 긴장을 푼 상태였다. 착하고 몇 살 더 많은 터바이어스는 답했다. "글쎄요, 아까 공작새 남자한테 말했던 대로라면, 당신을 사귀고 있죠."

우리는 그 일을 떠올리며 웃고 대화를 이어갔다.

가족에 관해서도 더 많은 이야기들이 오갔다. 그가 제일 좋아하는 사람은 누나 태미였다. 투어버스 운전사인 아버지 숀이 근소한 차이로 두번째였다. 나는 내 부모님이 어떻게 만났는지를 들려주었고 그는 그의 부모님 이야기를 해주었다. 그의 어머니 카밀은 버지니아주에서 온 인턴 사진가였다. 하루는 그녀가 도시에서 길을 잃고 투어버스를 타게 되었다. 버스는 금세 플랫아이언 건물에 도착했고, 그녀의 사무실이 바로 길 건너편에 있었다. 그녀는 운전사에게 가서 내려달라고 했지만 그건 논스톱 투어버스였고 그는 안 된다고 답했다. 그녀는 강하게 밀어붙였고 그가 마침내 그녀를 쳐다봤을 때, 그 아름다움에 정신이 팔린 나머지 앞에 있는 택시를 들이박고 말았다. "일한 지 사흘째 되는 날이었대요." 트레메인이 말했다. "바로 잘렸죠, 뭐."

우리는 음식에 대해서도 이야기했다. 그는 절반은 자메이카 사람이었지만 라면과 한국식 바비큐를 먹기 위해 산다고 했다. 나는 할아버지가 조지아에서 왔다고 말해주고 온갖 미사여구로 남부 솔푸드*에 대한 나의 애정을 표현했다.

우리는 친구에 대해서도 이야기를 나눴다. 그는 사람들이 자신에게 '관심이 있다'는 것을 알고 있다고 순순히 인정했다. 그는 정말 가까운 친구, 특히 남자인 친구가 없다고 했다. 대학에 들어가면 바뀌리라 기대한다고 했다. 반면 나는 가까운 친구는 있지만 대부분은 팀 선수들이고 내가 이성애자가 아니라는 걸 알면 어떻게 반응할지 걱정이 된다고 말했다. "남자 운동선수들이 동성애를 혐오하는 경향이 있단 이야기는 들었어요"가 그의 대답이었다.

나는 그가 자기 자신을 분명히 알고 여유가 있어 보인다고 말했다. 그리고 나 자신이 그 수준에 도달할 수 있을지 모르겠다는 것도. 그는 자신도 언제나 그랬던 것은 아니며, 불확실성을 마주하는 순간들이 있다고 나를 안심시켰다. "요는 말이죠," 그가 말

---

* 아프리카계 미국인의 정통 요리를 총칭하는 말.

했다. "내가 나 자신을 있는 그대로 사랑하고 받아들이지 않는데, 다른 사람에게는 그걸 기대할 수 있느냐는 거예요."

타당한 말이었다.

어느 순간 그는 시계를 보더니 통금을 넘지 않으려면 이제 가야 한다고 말했다.

데려다줄 수는 없었다. 그건 너무 위험했다.

나는 이야기 나눌 수 있어 좋았다며(대체 내가 뭐라고 생각했던 걸까?) 다시 마주칠 수 있길 바란다고 했다.

그가 미간을 찌푸렸고 입매가 아주 잠깐 내려갔다가 금세 다시 올라갔지만 너무 순식간이라 표정 이야기를 꺼낼 수가 없었다. 안 그러면 뚫어져라 관찰하고 있었다는 것을 들킬 게 분명했다. "그래, 당연하죠." 그가 말했다. "종종 볼 것 같으니까요."

하지만 그가 자리를 뜨려 할 때, 나는 상상도 못한 일을 저질렀다. "저기요, 트레메인." 나는 그의 팔을 잡았다. 그리고 그가 돌아보자 가면 아래를 들어올리고 그에게 가까이 다가가…… 입에 바로 키스를 했다.

"자, 그럼." 그게 (시간이 약간…… 흐르고) 입을 뗐을 때 그가 했던 말의 전부였다.

팔십삼 분은 되는 듯했지만 고작 어색한 몇 초일 뿐이었다. "이제 음…… 가봐야 하지 않아요?" 숨막힐 듯한 정적을 깨고 내가 물었다. 너무 많은 감정을 동시에 느껴서이기도 했다. 내 대담함에 놀랐고, 키스해도 되는지 묻지 않았다는 죄책감이 들었고(이건 우리 부모님 때문이기도 했다. 부모님은 합의하는 것을 정말 중요하게 생각한다), 헤어진다는 생각에 슬펐고, 입술이 맞닿은 것에 흥분되었고, 그 흥분이 분명히 가리키는 것 때문에 두려웠다. 트레메인과의 키스는 전날 밤 셸리와 했던 키스와 전혀 달랐다.

두려운 일이었다.

"그래요……" 그가 말했다. "가봐야겠죠—"


쿵, 하는 소리가 들리자 열차 사람들이 놀라서 숨을 들이켜고, 내 눈이 번쩍 뜨인다.

"세상에, 저 사람 괜찮은 거야?"

그 말을 들은 후에야 열차 바닥의 덩어리가 눈에 들어온다. 트레메인의 빈자리와 지저분한 바닥에 드러누운 새하얀 신발 주인의 연관성을 깨닫는 순간 나는 벌떡 일어났고, 정신을 차려보니 그의 곁에 앉아 있다.

"야, 트레메인!" 나는 그의 어깨를 흔든다. 너무 놀라 손바닥과 겨드랑이가 축축해진다. 6학년 때 그랬던 것처럼.

그날 이후로 내가 곤경에 처한 사람을 돕는 법을 배웠을 거라 생각하는 사람이 있을까? 그저 부끄러울 뿐이다.

"트레메인!" 나는 다시 그를 흔든다. "야, 너 괜찮아?"

바보 같은 질문이다.

하지만 그가 신음소리를 낸다.

좋은 신호다.

"트레메인, 나야, JJ." 그를 똑바로 눕히며 말한다. "내가 여기서 내보내줄게. 그러려면 내 목소리가 들린다는 신호를 보내주면 고맙겠어."

그가 또 희미한 소리를 낸다.

우선 다리를 쭉 펴준 뒤 머리 쪽으로 돌아간다. 영화에서 하듯 얼굴에 부채질을 해준다.

내가 뭘 제대로 하기는 하는 건지 도통 알 수가 없다.

그래도 효과는 있는 듯하다. 고개가 천천히 오른쪽으로, 또 왼쪽으로 움직인다. 그러고는 다시 정면을 향하더니 그가 눈을 뜬다.

심장이 탭댄스라도 추는 것 같다.

"감사합니다, 하느님." 나는 소리치며 성호를 긋는다. "움직일 수 있어? 널 일으켜서 데리고 나가고 싶은데 그러려면 방법을—"

"JJ?" 의식이 흐릿한 채로 그가 묻는다. (그게 내 몸에 애증의 신호를 보낸다. 저 입술을 바라봐선 안 된다.)

"그래, 친구. 나야."

"무슨 일이 있었던 거야? 우린 어디고?" 그의 눈이 다시 스르르 감긴다.

"안 돼, 바보야. 정신 차려. 여긴 지하철이야. 정전이 돼서 삼십 분 정도 터널에 갇혀 있었어."

"밀폐된 공간을 안 좋아해서." 그가 말한다.

"그건 내가 이미 아는 거고, 내가 알고 싶은 건 걸을 수 있냐는 거야. 문을 열고 부축해볼 테니까 그때 알려줘. 알았어?"

"응……" 그가 말한다. 아니 웅얼거린다.

나는 곧바로 주머니에서 열쇠를 꺼낸 뒤 접이식 멀티툴 열쇠고리에서 조그만 칼을 빼내 열차 중앙문 상단의 패널을 연다(무리 없이 손이 닿을 정도로 키가 큰 것에 감사를). 대부분 사람들은 지하철을 타고 내리면서도 그 패널의 존재를 모른다. 아빠는 내가 어릴 때 응급 시 각종 대중교통에서 내리는 방법을 가르쳐줬다.

멀티툴을 지니고 다니라고 한 사람도 아빠였다.

우리는 열차 내부에 있으므로 나는 빨간색 레버 두 개를 젖힌다. 문이 철컥, 하는 소리가 음악처럼 들릴 지경이다. 문이 열릴 때까지 체중을 실어 민다.

그러고는 다시 트레메인에게 돌아온다.

"자, 이제 네 어깨를 들어올려 너를 앉힐 거야. 그다음 내 팔을 네 팔 아래로 끼워 허리를 안고 일으킬 거야. 알았지?"

이번엔 대답을 기다리지 않는다.

그를 일으키고—여담이지만 무거웠다—그가 발을 디딜 때까지 허리께를 붙잡은 채 그에게 물어본다. "걸을 수 있겠어?"

그의 고개가 내 어깨 위로 떨어진다. (심장이 철렁한다.) "응, 조금만 도와주면."

"알았어." 내가 말했다. "터널을 빠져나가려면 한 줄로 좀 걸어야 할 거야. 내 등에 기대."

나는 트레메인을 붙잡은 채 그의 오른편으로 이동하고는 그의 팔을 내 어깨에 두르고 앞서 걷는다. 누군가가 다가와 우리 둘의 백팩을 건네준다. 희한하게도 가방 두 개를 다 앞에 멜 수 있다. 하느님 감사합니다. 가방들이 무겁진 않네요. 그다음 그의 체중이 느껴지고 우리는 열려 있는 문으로 걸어가기 시작한다.

금방 열차에서 빠져나간다. 몇몇 사람들이 따라오고 있다는 걸 알았지만 그저 우리 둘이 바깥으로 나가는 일에 집중한다.

몰랐던 사실이 있다. 열차의 바깥 터널? 그건 공포 그 자체다. 공포영화를 좋아했던 중학교 시절이 후회될 정도다. 하찮은 핸드폰 손전등 불빛은 미미한 도움만 줄 뿐이다.

우리는 굼벵이처럼 천천히, 영원에 가까운 시간을 걷는다. 트레메인의 몸통 앞면이 내 등 전체를(그러니까 엄청난 면적을) 내리누르고 있다. 나는 왼손으로 그의 오른팔을 내 가슴에 고정하고 오른손으로 불빛을 비춘다. 열차는 96번가역 아주 가까운 곳에 멈춰 있었다.

나는 내게 기댄 그의 체중에, 그리고 이 빌어먹을 지하 구멍에서 그를 꺼내는 일이 전부 나에게 달려 있다는 사실에 집중하려 애쓴다. 기묘한 마법이라도 부린 듯, 내 발은 계속 움직인다.

곧 탁 트인 공간이 나오고, 그렇게 안심이 될 수가 없다.

"아까보다 잘 걸을 수 있을 것 같아." 역에 거의 도착하자 트레메인이 말한다. 무게가 빠져나가더니 그가 팔을 전부 빼낸다.

"괜찮겠어?"

"응. 이젠 좀 보탬이 될 수 있을 것 같은데. 가방도 줘."

"아냐, 됐어. 숨 좀 돌려. 내가 멜게."

"JJ 하딩은 젠틀맨이네, 응?" 그의 표정은 안 보이지만 그건 그에게 내 표정 역시 안 보인다는 뜻이니 괜찮다.

솔직히, 나는 우리가 어느 방향으로 가는지 전혀 주의를 기울이지 않고 있었다. 그렇지만 플랫폼에 다다르자 주변은 열차보다도 더 어둡고 모든 기력이 빠져나가는 기분이 든다. "여기서 좀 쉬면 어때?"

그가 대답하기도 전에 나는 벽으로 가서, 물컵 표면의 물방울처럼 주르륵 주저앉는다. 주저앉기엔 분명 더러웠겠지만—새로 산 바지로 앉기엔 더더욱—지금은 일어나려 해도 일어날 수가 없다.

한 사람의 몸이 내 옆에 자리를 잡는 게 느껴진다. 지나치게 가깝다.

"너 괜찮은 거야?" 어둠 속 트레메인의 목소리는 나직하지만 굵직하다. 플랫폼을 향해 오는 사람들의 소리가 들리지만—출구를 찾는 목소리들이 웅성거린다—내 팔에 닿은 트레메인의 맨살 때문에 좀더…… 앉아 있어도 괜찮겠다 생각이 든다.

"인정할게. 상태가 별로네."

그가 웃는다. 십오 분 전만 해도 내 기분을 인정할 준비가 되어 있지 않았다. 하지만 그가 이렇게 무사히, 가깝게 앉아 있는 지금은?

믿을 수가 없다. 주변이 어두운 게 다행이다. 그의 입가를 다시 훔쳐볼 것만 같기 때문이다.

"분명 그래 보이긴 하네." 그가 말한다. "열차가 멈췄을 때, 일이 글렀다는 걸 알았지. 밀폐된 공간은 정말 쥐약이거든. 움직이기만 해도 괜찮은데, 멈춰버린 열차? 그것도 터널에서? 밀실공포증이 덮쳐와."

"6학년 때처럼?" 내가 묻는다.

"응. 그런 거지."

"나는……" 내가 정말 이 말을 하려는 것일까? "네가 좀 힘겨 워하는 것 같았어. 좀더 빨리 행동하지 못해서 미안하다."

"글쎄다, 그러니까 네 전적이 있는데……" 그러고는 그가 어 깨로 나를 툭 건드린다. 위장이 목 언저리까지 올라와 360도 회 전 덩크슛을 하는 것처럼 울렁인다.

나는 곧 목소리를 가다듬고 묻는다. "넌 괜찮아?"

"아, 뭐, 모르는 사람 가득한 지하철에서 기절한 것뿐인데."

"아무도 못 봤으니 다행이지."

그가 다시 웃는다.

아, 이젠 참기가 힘들다.

"그거 알아? 이 말은 해야겠어." 그가 말한다. "멋있더라, 약 간 망설인 건 맞지만. 그래도 블랙팬서 가면은 없는 편이 훨씬 보기 좋네."

나는 대답은커녕 숨도 쉴 수가 없다.

"그날 밤에 헤럴드스퀘어에 있는 널 봤거든. 화장실에서 턱시 도를, 그것도 아주 미끈한 턱시도를 입고 나오길래 약간 거리를 두고 따라갔지. 같이 F선을 타서 네 맞은편 끝에 앉았어. 나와 같 은 곳에 가는 건 아닐까 생각했지. 아니 그러길 바랐어, 진심으

로. 하지만 그게 말이 돼? 점프점프 하딩이 퀴어 남성들의 가면
파티에?"

솔직히 그런 이야기를 듣고 있으면서도 그가 내 별명을 말할
땐 미소가 새어나온다. 바랐다는 그의 말도 물론 놓치지 않았다.

"네가 세컨드애비뉴역에서 내렸을 때, 나는 넋을 놓았지. 파티
가 열리는 빌딩 맞은편 빌딩으로 들어갈 때까지 너를 계속 쫓아
갔어. 그리고 네가 뭘 하는지 보고는 건물로 들어갔지. 네가 따
라들어오길 간절히 바라면서."

"그리고 내가 따라들어갔지."

"맞아."

나는 숨을 깊이 들이마신다. 솔직히 안심이 되기는 했지만……
진실을 말하자면 짜증도 났다. "그러니까 너는 처음부터 끝까지
내가 누군지 알고 있었던 거네."

"당연히 그랬지. 솔직히 말할까, JJ?" 그가 말했다. "난 엄청
화가 났어. 내가 본명을 말했을 때, 너도 그럴 거라 기대했으니
까. 하지만 아니었지."

내 짜증은 꼬리를 내린다.

"몇 주간, 정말 몇 주나 그랬다고, JJ! 혼란스러웠어. 나는 6학
년 때 그 일이 일어나기 전부터 너한테 호감이 있었단 말이야. 너
와 대화를 나누고 네 삶을 알아가는 게 좋았어. 넌 몰랐겠지만

넌 네 동생 이름도 한 번 말했다고."

"이런. 망했네."

"그래. 넌 그냥 너 자체였어. 네가 아닌 척하는 너. 난 어떻게
반응해야 할지 몰랐고. 내 이름을 밝히고 나서는 더더욱. 그리고
그 키스."

"그 키스." 나도 모르게 그 말이 불쑥 나온다.

"그래. 오해하지 말고 들어. 난 좋았어. 장담컨대 너도 알았을
거야. 내가 밀어내지 않았다는 거."

사방이 어두운 건 행운이다. 그 이야길 듣고 크레용 그림으로
A+를 받은 유치원생처럼 활짝 웃고 있었으니까.

"하지만 약간이라도 즐거움을 느끼는 나 자신이 싫었어, JJ. 넌
그날 내내 거짓말을 하고 또 내 동의도 없이 키스를 했으니까. 혼
란스러웠어."

"미안해, 트레메인." 내가 말한다. "그러니까, 정말, 정말, 진
심으로 미안해."

그는 더이상 말이 없고 나 역시 그렇다. 우리는 가만히 그곳에
앉아 있다. 나는 내 폰을 보고 사십 분이나 손전등을 사용했는
데 배터리가 많이 닳지 않아서 놀란다.

이게 일종의 은유는 아닐까 하는 생각이 든다.

"그럼 왜 아무 말도 안 했어?" 내가 트레메인에게 묻는다.

"나도 잘 모르겠단 말이지." 그가 말한다. "몇 주 동안 자문해봤어. 왜 그냥 이름을 부르지 않았을까? 아직도 몰라. 내 생각엔…… 너에게 스스로를 알아갈 여유와 시간이 필요하단 걸 이해했던 것 같아. 그래도 나는 이렇게 말할래. 네가 해준 부모님 이야기로 보건대, 네 동생 말대로 부모님은 널 지지해주시리라 믿어."

나는 고개를 끄덕인다. "그게 내가 터널을 빠져나오면서 깨달은 거야, 트레메인. 내가 누굴 좋아하든 부모님은 문제삼지 않을 거야. 문제는 농구야. 지금까지 게이인 걸 밝힌 NBA 선수는 한 명밖에 없었잖아."

"제이슨 콜린스." 그가 말한다.

의외였다. "그래. 그 사람은 많은 지지를 받았지. 그렇지만 그건 벌써 몇 년 전이고 그후로는 아무도 없었어. 스포츠 쪽에는 이런 식의……" 말을 고르느라 내가 잠시 멈춘다.

"낙인이 있지." 그가 말한다.

이상형 체크리스트 중 하나인 '내가 하려던 말을 이어 할 줄 안다'에 체크를 해도 될 것 같다.

"그래. 가족들은 나의…… 이게 맞는 표현일지는 모르겠지만, 나의 방향성에 대해 뭐라 하지 않을 거야. 하지만 내가 농구를 관두는 것도 바라지 않겠지. 가족들 생각에는 농구가 대학 등록금을 받는 방법이니까. 나 역시 최근까진 그렇게 생각했고. 내가 더이상 농구를 하고 싶은지 나도 이젠 잘 모르겠지만 커밍아웃한다는 건 잠재적으로 코치, 선수들에게서도 아웃되는 것을 의미할 테고. 나는 그럼 게임 전체를 망치게 되겠지. 당연히 그들은 지지한다는 듯 행동할 거야. 아무도 호모포비아로 낙인찍히고 싶지 않으니까. 하지만 그건 표면적인 거야."

그가 옆에서 한숨을 쉰다.

나의 딜레마가 주변의 어둠 속으로 가라앉을 때까지 우리는 몇 분 동안 서로 말이 없다. 어떻게 해야 할지 알 수 없다.

그래도 가슴을 짓누르던 무게가 조금은 줄어든 듯하다. 다른 누군가가 내 비밀을 알고도 나를 별나게 생각하지 않는다는 게…… 도움이 된다.

어쩌면 첫걸음을 걷고 있는 걸지도 모른다.

"카림이 디제잉하는 브루클린 파티에 가려 했던 거지?" 아무 말이나 던지려 내가 묻는다.

"그래, 사진을 찍어야 해서."

"그럴 것 같더라. 나도 거기 가던 길이었어."

"놀랄 만한 일은 아니네." 그의 목소리에 웃음기가 묻어 있다.

"그래서…… 이제 어떻게 가지?"

그는 고개를 들어 역의 표지판을 바라본다. "보자, 지금 공원 근처에 있으니까……" 그가 나를 돌아본다. "자전거를 탈까? 몇 대는 빌릴 수 있을 거야. 도착하면 땀을 뻘뻘 흘리고 있겠지만 그래도…… 가긴 가는 거잖아? 그럴래?"

"그래." 내가 말한다. "재밌을 것 같은데."

"있잖아, JJ."

그의 입에서 두 알파벳이 떨어지는 소리가 미칠 듯 좋다. "응, 트레메인?"

"다시는 그렇게 거짓말 안 할 거라고 약속하는 거지?"

가슴이 철렁한다. "그래, 다시 한번 미안해."

"용서해줄게, 이번에는."

내가 웃는다. 정말 기분이 좋다. "명심할게."

"사실대로 말해줄까. 그렇지만 이걸 내게 악용하지는 않는 게 좋을 거야. 난 너한테 진심으로 화를 낼 수 있을 것 같지 않아."

"그거 알아? 나도 네게 감정이 있었어. 6학년 그날 이후로." 나는 끝내 실토한다. "물론 부인하려 애썼지만."

이젠 그가 웃는다. "알려줘서 좋다, 야."

우리는 또다시 침묵하지만, 어둠 속에서 나는 몸이 근질거린다.

"전기가 금방 들어올 것 같아?" 내가 묻는다.

그는 곧바로 대답하지 않지만 나는 보채지 않는다. 그냥…… 앉아 있다. 다음에 무슨 일이 생길지, 여기서 어디로 갈지 모르는 채로.

무엇이든 상관없다는 걸 안다. 적어도 이 순간만큼은.

그의 대답을 포기할 즈음 그가 입을 연다. "모르지. 들어오면 좋을 텐데."

불현듯 내가 묻는다. "어두워서 밀실공포증 생기는 건 아니고? 내가 뭘 해야 좋을까?"

그가 다시 웃는다. "아니, 이건 그런 게 아니야, 전혀." 그가 말하며 내게 몸을 기댄다. 녹아내린다는 말이 그냥 수사가 아니었다면, 나는 사람이 아니라 바닥의 끈적한 웅덩이가 되었을 것이다.

그가 이어서 말한다. "솔직히 지금은 하나도 두렵지 않아. 그저 가면을 벗은 네가 기대될 뿐이야."

# blackout

아주 기나긴 산책
2막

센트럴파크, 오후 6시 5분

카림과 나는 브로드웨이를 걸어내려간다. 습기 때문에 숨을 쉬기가 어렵고 태양의 표면을 걷는 것만 같다. 카림은 스피드 레이서처럼 걸어가고 나는 그를 따라잡느라 조깅을 해서 그런지도 모른다. 센트럴파크 상단에 도착했을 때는 이미 땀으로 범벅이다.

"젠장." 내가 숨을 뱉는다. "왜 이렇게 빨리 걷는데?"

그가 못마땅한 소리를 낸다. "그러는 넌 왜 이렇게 천천히 걷는데? 갈 곳이 있으니까 그렇겠지!"

"흠. 저런. 너 정말 개한테 잡혀 사는구나?"

"뭐라고?" 그가 빙그르 돌아서는 바람에 나는 그의 가슴에 쿵, 하고 부딪힌다. 근육이…… 있네? 언제 생긴 거지? 팔은 다 부졌고 심지어 얼굴엔 수염도 있었다.

나는 당황해서 스스로를 진정시키며 부러 그를 앞서간다. "아무것도 아니야."

그는 이 정신 나간 계획을 밀어붙여야 할지 고민하는 듯 뒤에서 걸어온다. 나 역시 삼십 분째 같은 고민을 하고 있다.

나는 돈도 없이 도시 복판에서 발목 잡힐 수 없고, 그는 세상과의 유일한 접점인 나와 내 핸드폰을 떠날 수 없다. 좋든 싫든 우리는 지금 서로가 가진 전부다.

그는 나를 따라잡더니 조금씩 속도를 늦추고, 우리는 뉴욕에서 가장 큰 공원을 따라서 센트럴파크 웨스트를 몇 분간 말없이 걸어내려간다. 맨해튼 복판에 덩그러니 놓인 이 공원엔 언덕도 있고, 숲도 있고, 분수, 호수, 정원, 놀이터, 레스토랑, 동물원에 심지어 성까지 있다. 물론 부자들과 그들의 조막만한 강아지도 잔뜩 있다(나는 브루클린의 프로스펙트파크가 더 좋다).

아빠는 출구를 찾지 못해 한낮에 몇 시간이고 공원을 헤매는 관광객들 이야기를 들려주면서 늘 웃었다. 그들이 해가 지기 전에 길을 찾았어야 할 텐데.

"이건 너랑 전혀 상관없는 일이지만," 카림이 말을 꺼낸다. "오늘밤 트위그네 블록파티에서 디제잉을 하기로 했단 말이야."

블록파티? 나는 전혀 모르고 있었다. 이런 게 더이상 누군가의 여자친구가 아닐 때 생기는 일인가보다. 이웃들이 해마다 여는 파티에 초대받지 못하는 것. 거의 모두가 가는 파티에.

"전기도 없는데 어떻게 파티를 열어?" 내가 묻는다.

"비상발전기를 돌릴 거라는데."

내가 고개를 젓는다. "그게 말이 되냐고."

"말이 되든 안 되든 상관없어. 이 파티를 하고 트위그한테 팔백을 받기로 했단 말이야. 안 가면 땡전 한 푼 없겠지."

나는 어깨를 으쓱한다. "그렇게 파티가 줄줄이 있으면 인턴십은 안 해도 되겠어."

그가 코웃음을 친다. "머리 좀 쓰네. 그렇지만 한 푼이 아쉬워서. 너만 가을에 학교 들어가는 게 아니니까."

가슴이 찢어지는 소리가 났지만 그는 어차피 도로의 소음 때문에 듣지 못할 테니 나는 무표정을 유지한다. 우리는 대학에 같이 가기로 했었다. 언제고 그게 우리의 계획이었다. 이젠 그에게 새로운 계획이 있다. 내가 전혀 모르는 계획. SNS에서 그를 언팔하지 않았다면 좋았을 텐데. 그럼 어느 대학에 가는지 알았을 것이다. 묻고 싶지는 않다. 물어보면 내가 신경을 쓴다고 생각할 테고, 난 추호도 그렇지 않으니까.

"아 그래." 나는 상처받은 목소리를 내지 않으려 애쓰며 투덜거린다. "누굴 인턴으로 뽑는지 보자고."

"넌 그 일이 왜 필요한데? 아버지가 등록금 내주지 않아?"

그의 질문에는 쓸쓸함이 묻어 있지만 나는 무시한다.

"맞아."

"그런데?"

그에게 털어놓을까 하는 생각이 들면서 이내 마음이 약해지고
만다.

"뭐…… 일찍 수업을 듣고 학점을 따는 특별 프로그램이 있어."

"일찍? 학교를 일찍 들어간다고?"

"8월 8일에." 나는 뿌듯하다는 듯 말한다. "그리고 그 학비를
내가 내려는 거고!"

그는 시선을 돌리더니 손마디를 어루만진다. "아. 그러니
까…… 우리 생일엔 가고 없다는 거네?"

"아. 음…… 그래. 그렇겠네."

카림의 생일은 8월 14일이고 내 생일은 13일이다. 그는 딱 스
물네 시간 동안 자기보다 나이 많은 여자와 지낸다는 게 재밌다
며 농담을 하곤 했다. 우리는 칠 년 동안 생일을 함께 보내왔다.
그가 이 말을 한 뒤에야 이러한 전통이 끊겼다는 사실이 따끔하
게 와닿는다. 동시에 이젠 그와 나의 사이도, 인생도 예전과 똑
같지 않을 것임을 깨닫는다.

여전히(그래, 나도 이렇게 생각해선 안 된다는 것을 안다) 그와 걷는 것은 너무 좋다. 둘이서만, 나란히 옆에 서서, 다시 걸을 수 있어서 좋다. 우리는 늘 오래도록 걷곤 했다. 물론, 이 정도로 오래 걸은 적은 없지만, 몇 블록 이상은 걸었을 것이다. 지금 이건 전혀 다른 차원이다. 하지만 예전에는, 후덥지근한 여름밤이 우리 사이를 몽글몽글하게 만들었다. 마치 처음으로 사랑에 빠진 것처럼. 똑바로 걷는 방법은 까먹었다는 듯이 어깨를 서로 툭 탁이면서 어슬렁어슬렁 거리를 걸어다녔고, 어릴 때처럼 그가 내 운동화 신발끈을 다시 묶어줄 때만 잠시 멈추었다. 그윽한 웃음을 띠고 손을 꼭 잡고 키스를 하면서.

수없이 키스를 하면서.

엄마가 내게 틀어주곤 했던 90년대의 오래된 로맨스 블랙시네마에서나 나올 법한 장면이었다. 내가 언젠가 각본을 쓰고 디렉팅하고 싶은 유의 영화. 어쩌면. 내가 더이상 해피엔딩을 믿는지는 모르겠지만. 음울한 예술영화가 될지도 모르겠다.

"클라크애틀랜타에 간다며." 그가 낮은 음성으로 말한다. "뭐, 축하할…… 일이겠네."

나는 머릿속에서 기억들을 떨쳐내고 팔짱을 낀다.

"일이겠네? 넌 내가 대학 가고 싶어하는 거 알고 있었잖아." 우리 같이 가기로 했잖아, 라고 말할 뻔했다.

"나도 안다고! 가고 싶은 무슨 목록도 있었잖아. 그렇지만 나는 뉴욕대가 네 1지망일 거라 생각했는데. 영화학과."

'뉴욕대'라는 말을 듣는 것만으로도 목이 메어온다. "그랬지…… 그렇지만 클라크애틀랜타에도 미디어학과가 있어."

"흠. 네가 집에서 그렇게 멀리 떨어지고 싶어할 거라곤 생각 못했는데…… 그렇게 금방 말이야." 그가 어깨를 으쓱한다. "영원한 건 없나봐."

"네가 변한 건 아니고?" 내가 쏘아붙인다.

86번가에 다다르자 그는 내 마지막 말은 무시하고 손을 쭉 내민다. 내 마음이 뭉클해진다. 여전히 손을 안 잡고 길을 건너는 걸 싫어하는구나. 차들이 멈춰 있을 때조차도. 늘 그랬듯이 보호해주려……

"폰 좀 보자, 금방 볼게." 손가락을 꼼질하면서 그가 말한다.

펑! 부풀던 마음이 훅 꺼져버린다.

"왜?"

"왜라니? 전화해야 하니까 그렇지!"

"누구한테 전화를 하는데?"

"야, 너는 왜 내 일을 사사건건 다 알려고 하는 거야?"

그는 트위그랑 엄마에게 이미 전화를 했다. 그럼 대체 누가 남는—

"와!" 내가 외친다. "진짜 이럴 거야 지금?"

"뭐가?"

"걔한테 전화를 건다고? 그것도 내 핸드폰으로!"

그가 못마땅한 소리를 낸다. "이러지 마, 나 바보 아니야."

"그럼 누구한테 하는 건데?"

"됐다, 관두자. 내가 말했지. 우린 지금 서로 도와야 한다고. 그다음엔—"

"그다음엔 뭐? 다시 나를 무시하겠다고? 그게 네가 바라는 거야? 맞아?"

나는 가방에서 핸드폰을 꺼내 그의 손에 냅다 꽂는다. "여깄다. 네 맘대로 해!"

그는 핸드폰을 꽉 움켜쥐고 부숴버릴 기세로 노려본다.

"너, 네가 나를 무시해놓고 지금 이렇게 구는 거 웃긴 거 알지!"

"뭐라고? 데면데면하게 군 건 너야."

"꼭 지금 상황을 이렇게 만들어야겠어? 너야말로 집으로 돌아가 네 진짜 사랑, TV에게 가고 싶지 않아?"

치사한 기습이다.

"걔가 보챈 거잖아. 그래서 네가 시내를 가로질러서라도 걔한테 돌아가려는 거잖아!"

"하, 뭐가 어떻든! 나한테 헤어지자고 한 사람은 너야. 기억나?"

그건…… 사실이 아니다. 그래, 내가 문자를 보내긴 했다. 하지만 정확히 헤어지자고 한 건 아니었다. '이젠 끝이야' 같은 말은 하지 않았다. 내가 한 말은 모든 걸 흐릿하게 만들어버렸다. 실제로 우리 관계는 그의 침묵 때문에 끝이 난 거다. 적어도 나는 그렇게 생각한다.

"아니야? 이젠 할말이 없다." 그는 으르렁대면서 등을 돌리고, 차 소리에 자신의 목소리가 묻히도록 차도에 가깝게 붙어선다. 누구랑 통화하는지 알리고 싶지 않아서겠지. 예전에 우리는 모든 걸 서로에게 말하곤 했다. 이제 더이상 그런 건 중요하지 않은 듯하다.

오버올을 입은 여자애가 까만색 핏불테리어와 함께 공원으로 이어지는 지하도로에서 나온다. 반대편에서 걸어오다가 카림에게 호기심 가득한 눈길을 던진다.

잠깐만…… 쟤 정말 카림을 훑어본 거야? 그것도 내 눈앞에서! 내가 그 자리에 없는 것처럼? 뭐, 2미터 떨어져 있긴 했지만.

모두들 내게 카림을 조심하라고 했었다. "그애를 붙잡아두긴 어려울걸!" 우리가 막 사귀기 시작했을 때 사촌들은 그렇게 말했다. "키 크지, 치열 고르지, 미소는 또 좀 귀여워야지. 예쁘장해서. 그런 타입은 믿을 게 못 돼."

그래, 귀엽기는 하다. 하지만 또 한편 그는 카림이었다. 트림하며 알파벳을 읊지를 않나, 포크랑 나이프도 제대로 사용하지 못하는. 게다가 〈닌자 거북이 2〉가 오스카상을 받아야 한다고 믿는 애였다. 나는 별로 걱정할 필요가 없다고 생각했다.

내 눈으로 직접 보기 전까지는. 여자애들이 어찌나 교묘하게 호감을 드러내던지. 뜬금없이 문자 보내기, SNS 사진마다 하트 누르기, 수업시간에 음악 추천해달라고 하기 등등. 카림은 여자애들의 갈망을 눈치채지 못한 것 같았지만 나는 알았다. 그저 그가 모두의 말이 맞다고 증명할 줄은 상상도 못했다.

"어차피 고등학교 졸업하면 끝내려고 했잖아." 언니는 그 일이 일어난 이후 말했다. "내 말은, 넌 예쁘고 다 훌륭하지만 카림은 바깥으로 나가 노는 여자애들과 사귀고 싶을 수 있다고. 넌 사람 많으면 슈퍼마켓도 안 가려 들잖아. 고등학교 여자애들이 독하다면 대학교 여자애들은 또다른 차원의 맹수지. 이런 일이 지금 일어난 걸 좋게 받아들이라고."

대부분은…… 좋았다. 마음을 정리했고, 그와 다른 길로 등교했고, 프롬파티 티켓을 팔았고, 클라크애틀랜타의 입학 제안을 받아들였고, 우리집에서 아무도 카림에 대해 입도 뻥긋하지 못하게 만들었다. 나에게 카림은 존재하지 않는 사람이었다. 그를 생각하는 일도 없었다…… 그러니까 내 말은, 더이상 그렇게 많이 생각하지는 않았다. 오늘 그를 만난 건 불의의 습격이었다.

내가 아는 거라곤 그저 이 도시를 벗어나기 위해선 꼭 그 일자리를 얻어야 한다는 것이었다.

그러면 다시는 카림을 볼 일이 없을 테니까.

# blackout

## 꼭 들어맞는 것

애슐리 우드포크

브라운스톤 건물, 오후 6시 37분

그녀가 개를 데리고 들어왔을 때, 나는 말 그대로 불 위에서 발을 구르는 중이었다. 어르신들은 전부 고함을 지르고 있었다.

"넬라, 조심해!"

"집중하게 놔둬!"

"이건 전적으로 당신 책임이야!"

"그래, 모디!"

"에이다, 좀 닥쳐주겠어?"

"우리가 죄다 홈리스가 되어야 속시원하겠어?"

"홈리스면 다행이게, 죽을지도 모른다고!"

"어차피 살날도 얼마 안 남았잖아."

"다들 좀 닥치면 안 될까?"

몇 초 후 나는 부츠를 신은 발로 그을린 트럼프 카드를 밟고 거칠게 숨을 내뱉는다.

앨시아 하우스의 어르신들과 거주 시설 직원 한 명, 그리고 문가의 여자아이 하나가 나를 바라보고 있다. 나는 카펫을 내려다본다. 레크리에이션룸에는 양초 열 개 남짓만 켜져 있는데도 푸른색 카펫에 뚫린 구멍 사이로 하드우드 바닥이 훤히 보인다.

"후." 문가의 여자아이가 나직이 숨을 뱉는다. 아직 지지 않은 햇빛이 후광이 되어 그녀의 몸을 감싸고 있다. 우리가 있는 방은 제법 어둡지만 그래도 그녀가 보일 정도로는 밝다. 아름다운 아이다.

그녀는 흰색 크롭 민소매 위에 오버올을 입었다. 데님 아래 보이는 부드러운 갈색 살결에 눈이 닿는 순간 나의 게이력은 정점을 찍는다. 커다랗게 양 갈래로 땋은 풍성한 짙은 색 머리가 좁은 어깨 위에 닿아 있다. 강아지가 움직일 때마다 느슨히 쥔 목줄로 움직임이 전해져 그녀의 양 손목에 가득한 뱅글 팔찌들이 반짝인다.

새까만 핏불은 구깃한 입마개를 하고 목에는 파란색 반다나를 둘렀고 조끼에는 '사랑은 줄을 타고'*라는 문구가 적혀 있다. 꼬리를 너무 세차게 흔들어서 마치 트월킹이라도 추는 것 같다.

살짝 휘어진 가느다란 금속테 안경은 너른 콧날을 타고 흘러내린다. 그녀는 다시 안경을 추어올리고 나를 향해 웃으며 천천히 박수를 친다.

인정하려니 부끄럽지만, 누군가를 뚫어져라 바라보는 건 내 나쁜 습관 중 하나다. 대놓고 끈질기게 그녀를 바라보고 있자니 허벅지께 핸드폰이 진동을 한다. 브리가 보낸 문자라는 걸 알면서도 나는 바람피우다 걸린 사람처럼 화들짝거린다. 심장이 요동치는데 이게 좀전에 인간 소화기가 되어서인지 문자 때문인지 문간에 서 있는 그녀 때문인지 알 수가 없다.

핸드폰을 확인한다. 브리가 보낸 문자가 맞다. 나는 마른침을 삼키고 답장하지 않는다.

"그만!" 프로그램 디렉터인 미미가 외친다. 미미는 활동 프로그램을 이끄는 담당자인데, 양초가 가득한 방에서 트럼프 카드놀이를 하자고 제안한 사람도 그녀였다. 나는 정전중에 창문도 없는 레크리에이션룸에서 카드놀이는 안 하는 게 좋겠다고 말했지만 그녀는 듣지 않았다. '분위기'를 띄워줄 거라나. 커다랗게 손뼉을 치고는 "카드놀이는 이제 끝났어요" 하고 말하는 그녀를

---

* 미국 동물매개치료 단체의 이름.

노려본다.

"아이고, 놀라워라." 이곳에서 내가 제일 좋아하는 퀴니 할머니가 남은 카드를 테이블에 던지며 말한다.

"포커는 영 어렵단 말이야." 세이디 할머니가 어깨를 으쓱인다. 유치원 선생님이었다는데 겉모습에서부터 티가 난다. 핑크색 카디건과 부드러운 목소리까지, 그녀만 보면 나는 동요를 불러야 할 것 같은 기분이 든다.

펄 할머니는 이럴 줄 알았다는 듯 이제 막 하우스에 입주한 단짝 버디 할머니를 팔꿈치로 쿡 찌르며 말한다. "이 사람들 제정신 아니라고 내가 말했지." 버디 할머니는 당황하여 맞받는다. "그래, 그래도 몇 시간이고 여기 이 어둠 속에 있어야 한다는 생각은 잊을 수 있잖아."

에이다 할머니는 고개를 가로젓고 허잡을 바로잡으며 남편인 모르데하이 할아버지를 곁눈질하고, 벗어진 머리에 야물커*를 비스듬히 얹은 모르데하이 할아버지는 에이다 할머니의 카드 패까지 챙기고 있다. (어떻게 저 두 사람이 함께하게 됐는지 아직도 불가사의다.)

아이크 할아버지는 한숨을 내쉬고 묵직한 손을 내 어깨에 올

---

* 유대인들이 쓰는 챙 없는 모자.

린다.

"잘했다, 애야." 불탄 카펫을 내려다보며 할아버지가 말한다.

하지만 내 눈은 여전히 그녀를 바라보고 있다.

"조스, 왔구나, 다행이다." 미미가 문가에 서 있는 여자아이에게 걸어가며 말한다. "오늘은 기나긴 밤이 될 거야. 모르데하이 할아버지가 이미 여길 태워버리긴 했지만. 넬라가 없었으면……"

이 아이가 바로 조스구나. 즉, 이 개는 아주 유명한 개인데 바로—

"지기!" 모르데하이 할아버지가 외친다. 할아버지는 휠체어를 타고 방을 가로질러 지기의 귀 뒤쪽을 쓰다듬으려 몸을 기울이고, 조스가 말을 꺼낸다. "아, 오늘은 지기를 기억하시네요? 그럼 저는요? 제가 누구게요?"

"당연히 조슬린 윌리엄스지." 모르데하이 할아버지가 주저 없이 답하자 나는 사뭇 놀라 웃는다. 요즘 할아버지의 기억력은 위태위태하다. "요즘 젊은 애들 식으로 뭐라더라?" 모르데하이 할아버지가 덧붙인다. "쩔지?"

조스는 웃더니 미미와 포옹하면서 최대한 빨리 왔다고 말한다. 조스와 지기가 와서 그런지 앨시아 하우스 어르신들은 막간의 치명적인 화재는 다 잊어버리고 이제 아무렇지 않은 듯하다. 지기는 여전히 꼬리를 좌우로 움직여 엉덩이를 흔들면서 모르데하이 할아버지의 얼굴을 핥는다. 모르데하이 할아버지가 그렇게 행복해하는 걸 본 적이 없다. 심지어 늘 부아가 나 있는 에이다 할머니조차 미소를 머금고 있고, 지기가 발라당 드러눕자 몸을 숙여 배를 문질러준다.

조스는 내게로 걸어오며 그 짤랑이는 팔을 뻗는다. 나는 그녀의 팔찌를 바라보고 그녀의 눈을 바라본다. 눈동자는 갈색이 짙은 나머지 검은색처럼 보이고 그 눈빛은 색깔만큼이나 그윽하다. "네가 아이크 할아버지 손녀구나. 늘 네 이야기를 하시지. 나는 조스야. 이건 비밀인데 말이지," 그애는 가까이 다가와 속삭인다. "나는 너희 할아버지가 제일 좋아."

그 말이 다 들렸는지 할아버지는 눈썹을 꿈틀거리며 말한다. "감정은 상호적인 거란다, 꼬마 아가씨."

아이크 할아버지가 조슬린 이야기를 해주었던 걸 전부 다 기억하고 있다. 매주 화요일 오후 앨시아 하우스로 심리치료견을 데려오는 여자아이에 대해. 예쁘고 다정하고 무엇보다 정말 정말 똑똑하다고. 조슬린의 강아지는 세상에서 가장 순수한 영혼을 가지고 있다고. 둘이 붙어 있으면 그 존재를 믿기 힘들 정도라고. 만나면 너도 분명 좋아할 거라고. 지난주에는 눈을 찡긋하며 내게 이렇게 말했다. "조스도 여자를 좋아하는 것 같다, 얘야." 학교 여름방학이 시작한 이후로, 정확히는 내가 커밍아웃을 한 이후로 할아버지는 점점 포석을 놓더니 이젠 '이 아이가 제격'이라는 듯 못을 박고 있다. 나는 한 번도 여자친구를 사귄 적이 없고 다들 내가 대학에 들어가기 전에 누군가를 사귀어볼 수 있도록 애를 써주는 중이다.

그게 내가 화요일에 할아버지를 방문하기 꺼리는 이유다. 내가 흠뻑 빠져들 거라고 할아버지가 믿어 의심치 않는 조스와 지기, 이 발랄한 듀오를 마주치고 싶지 않아서다.

하지만 오늘은 금요일인데도 그들이 여기 왔다. 나도 여기에 왔다. 날이 점점 저무는데 더이상 숨을 방법이 없다.

나는 꿀꺽 침을 삼키고 손을 내밀면서, 지금 내게는 또다른 완벽한 여자에게 반할 여유가 없다고 스스로를 다그친다. 만약 어떤 사람이 그 존재를 믿을 수 없을 정도로 멋져 보인다면 그건 진짜가 아닐 확률이 높다. 그게 내가 브리로부터 배운 것이다.

"안녕." 브리 생각을 최대한 멀리 떨치려 노력하며 내가 말한다. "귀여운 강아지다."

"맞아, 정말 그렇지?" 조스가 말하며 지기를 돌아본다. "지기는 최고야." 그러고는 그을린 카펫을 바라보며 의아한 표정을 짓는다. "대체 무슨 일이 있었던 거야?"


앨시아 하우스는 실제로도 하우스, 주택이다. 어퍼웨스트사이드의 담쟁이덩굴이 뒤덮인 백 년 된 브라운스톤 건물에 단짝 친구인 마리잔느 보베와 앨시아 워커가 남편과 사별하고 아이들을 독립시킨 뒤 함께 살았다. 말 그대로 세상을 다하는 날까지 둘은 친구였는데 앨시아가 십 년 전 급작스레 눈을 감았고, 마리잔느는 이 집을 친구의 이름을 딴 시니어 거주 시설로 만들었다. 이 집이 그들에게 기쁨을 주었듯 다른 노인들에게도 기쁨을 주길 바라면서.

다들 마리잔느를 앨시아 하우스 마담이라 불렀지만 우리는 손녀 라나가 오가는 것은 이따금 봤어도 마리잔느는 좀처럼 보지 못했다.

브라운스톤 건물의 위쪽 두 층은 열두 명의 거주자들이 묵는 곳으로, 총 일곱 개의 방이 있는데 네 방에는 더블침대가, 세 방에는 싱글침대가 놓였고, 다락은 마리잔느가 있는 곳이다. 1층에는 널따란 거실과 다이닝룸, 레크리에이션룸, 그리고 볕이 잘 드는 커다란 부엌이 있다. 지하에는 스태프 사무실과 세탁실과 간호사실이 있다. 앨시아 하우스는 직장과 집 외에 내가 들르는 유일한 곳으로, 여름 내내 나의 은신처였다. 1월에 조라 할머니가 돌아가신 이후로는 아무것도 관심 없던 아이크 할아버지도 이곳을 좋아했으니, 이 공간만의 무언가가 있는 것이 분명하다.

나는 커다란 L자 소파에 털썩 몸을 묻고 부츠 밑창을 확인한다. 고무는 멀쩡하고 그건 나름의 작은 기적 같다.

"전기가 나가서 모두들 정신이 나갈 뻔했는데 미미 디렉터님이 원래 하려던 활동을 그대로 하는 게 좋겠다고 했어. 알다시피할일이 있고 침착해야만 정전을 평화롭게 버틸 수 있으니까. 그래서 포커를 하게 됐지." 나는 조스의 질문에 답해준다. "다들불타오르던 중이었고." 내가 계속 말하자 할아버지가 키득거린다. 나는 할아버지를 바라보며 팔을 툭 친다. "말장난하려던 거아니에요. 모르데하이 할아버지가 세 차례 연달아 폴드*를 하고는 화가 났거든."

"카드를 던졌어." 펄 할머니가 말하자 버디 할머니가 고개를끄덕인다.

"성질부리는 아이 같았지." 퀴니 할머니가 소파 끝에서 매니큐어를 칠한 손톱을 바라보며 말한다.

"우린 죽을 수도 있었어." 알렉 몽고메리앨런 할아버지가 뜨개질바늘과 옅은 색 실 뭉치와 담요처럼 보이는 직물을 끌어안으며 드라마틱한 어조로 한마디 보탠다. 에어컨이 남은 전기를동내고 멈춰버리는 바람에 초 단위로 더워지고 있는데도 알렉할아버지의 남편인 토드(또다른 몽고메리앨런) 할아버지는 고개

---

* 카드 패를 보고 승률이 낮을 경우 베팅 없이 내려놓는 것. 한국식으로 '다이'.

를 끄덕이며 어깨에 두른 스웨터(알렉 할아버지가 만든 스웨터다)를 동여맨다. 나는 습기 때문에 내 아프로 머리의 숨이 죽지 않기를 바란다.

"카드 한 장이 촛불을 스치더니 불이 붙은 채로 카펫 바닥에 떨어졌어." 내가 다시 이야기를 이어간다. "그때 모르데하이 할아버지가 후 바람을 불었고. 촛불처럼 불어서 끄면 된다고 생각했나봐."

"바닥이 생일 케이크가 아니란 사실만 빼면 말이 될지도 모르지." 퀴니 할머니가 은빛 아프로 머리를 다듬으며 말한다. 퀴니 할머니의 머리는 내 머리만큼이나 풍성하다.

나는 코로 웃음이 나온다.

"맞아. 케이크도 아니고." 토드 몽고메리앨런 할아버지가 동의한다.

"나라도 그렇게 했을 거예요." 버디 할머니가 모르데하이 할아버지에게 나직이 말하며 그의 다리를 토닥인다.

"아주 작은 불이 아주 조금 커진 거뿐이구만." 할아버지는 우리 모두가 유난이라는 듯 말한다. 어쩌면 우리가 조금은 유난일 수도 있겠지만 그래도 그건 화재였다. "그때 우리 넬라 곰돌이가 행동에 착수한 거란다." 할아버지는 내가 자랑스럽다는 듯 내 어깨를 꼭 잡는다.

세이디 할머니가 맞장구를 치며 속삭인다. "미미는 문자를 보내느라 내가 비명을 지를 때까지 눈치도 못 챘다니까. 믿을 수 있겠어?"

조스는 입술을 지그시 물고 나는 웃음을 참는 건가 생각하지만 이내 그녀는 진지한 표정으로 고개를 젓는다. 믿고도 남는다고 그녀의 눈동자가 말하고 있다. 미미는 입주자들을 사랑하지만 내가 브리에게 문자를 보내는 것 이상으로 문자를 자주 보낸다. (엄청 많이 보낸다는 의미다.)

"어쨌든 그래서," 나는 말을 잇는다. "내가 그 위에서 발을 구른 거야. 사람들은 전부 소리를 지르고. 세이디 할머니만 그런 게 아니었어. 그때 네가 들어온 거지."

"와." 조스가 탄성을 뱉는다. 다시 나를 바라보는 검은 눈동자. "네가 오늘 하루를 구했네."

내가 그렇게 대단한 일을 한 것 같지는 않다. 나는 구해주는 것보다는 구해지는 것에 익숙하다. 그러나 지금 조스가 영웅을 바라보듯 나를 바라보니 우쭐하지 않을 도리가 없다.

감사하게도 아직까진 촛불이 필요 없는 거실로 금세 사람들이 옮겨간다. 몽고메리앨런 부부는 다시 뜨개질을 하러 가고 퀴니 할머니는 돋보기안경과 추잡해 보이는 로맨스소설을 꺼내들고 세이디 할머니는 미미와 이야기를 나누고 에이다 할아버지와 모르데하이 할아버지를 비롯한 나머지 어른들은 지기를 가운데 두고 앉는다.

조스는 메고 있던 핑크색 크로스백에 손을 넣어 강아지 간식한 봉지를 아이크 할아버지에게 건넨다. 그러고는 다른 사람에게는 별다른 말을 건네지 않고 돌출창 옆의 피아노로 성큼성큼 걸어간다. 햇살이 한가득 거실을 채워 그녀의 관자놀이 주변에 곱슬거리는 머리카락이 한 올 한 올 보일 정도다. 나는 쳐다보지 않으려고 노력한다. 그녀가 경쾌한 컨템퍼러리음악을 연주하자 이런 생각이 들지 않을 수 없었다. 얘는 대체 뭐하는 앨까?

아이크 할아버지는 간식을 발견한 지기가 꼬리를 바닥에 철썩, 철썩, 철썩 내리치며 흥분하는데도 간식을 주지 않는다. 할아버지는 조스를 바라보는 나를 바라보고 있다.

나는 팔짱을 끼고 눈길을 거둔다. 그리고 이를 앙다문 채 묻는다. "왜요?"

"좋아할 거라고 내가 말하지 않았니." 할아버지는 폭탄 같은 말을 던지고 지기가 있는 곳으로 간다. "노래도 잘한다지, 아마."

조슬린 윌리엄스 같은 아이와 함께 있으면서 어떻게 버텨야 할지 모르겠다.

내 핸드폰이 또 진동한다. 브리가 보낸 또다른 문자다. 자기 말고 다른 사람에게 관심이 생긴 걸 감지라도 했나.

도시가 다 정전이라며.

괜찮아?

나의 '상상 속 전 여친'(키스하는 상상만 하고 해보지는 못한 사람을 달리 뭐라 부를까?)은 아이티에서 여름을 보내며 툭하면 전기가 나가는 아동병원에서 근무하고 있고 그런 그녀가 나에게 안부를 묻고 있다. 내가 좀 영웅 같다면 브리는 원더우먼이다. 아이러니하게도 그녀는 정말 아프리카-라틴계 갤 가돗(피부색은 더 짙고 곱슬머리지만 그 자체로 찬란한)처럼 생겼다.

나 괜찮아, 재빨리 답장한다. 화면을 위로 스크롤하지 않기 위해 엄지에 꾹 힘을 줘야 했다. 안 그러면 우리가 서로 나누던 말들 사이에서 길을 잃을 테니까. (강박적으로 문자를 읽고 또 읽는 게 나의 또다른 나쁜 습관이다.)

문자가 하나 더 있다. 사촌 트위그다.

트위그: 안녕, 브루클린에 몇시에 올 예정?

넬라: 이게 누구야, 우리 트위기 아기.

트위그: 사람들 앞에서는 그렇게 부르지 않는 게 좋을걸.

넬라: 하하. 나도 몰라. 9시쯤? 정전이라 못 갈지도 몰라.

트위그: 와야지, 무슨 소리야! 파티 진짜 끝내줄 거라고. 불도 나갔는데 밤에 할일도 없잖아.

좀 도와줘. 컵도 더 가져오고.

나는 핸드폰을 주머니에 집어넣고 그 위로 손을 찔러넣는다. 사촌 트위그는 내 연애사에 지대한 관심을 쏟는 또 한 명의 사람이다. 그리고 늘 이런저런 파티에 나를 부른다. 갈 마음 없던 파티에 나를 끌고 가 브리를 소개해준 것도 사실 트위그였다. ("내가 아는 이 친구도 여자를 좋아하는 것 같아!") 그래서 브리와 나 사이에 일이 생겼을 때 그에겐 영 알려주고픈 마음이 들지 않았다. 아니, 아무 일도 안 생겼다고 해야 하나. 몇 달을 붙어다녔으니 트위그와 동네 아이들은 전부 내가 브리랑 파티에 올 거라고 생각할 것이다. 그들은 우리의 진실을, 무엇보다 그녀의 진실을 모른다. 내가 몰랐던 것처럼. 나는 손으로 얼굴을 쓸어내리며 끙 소리를 내지만 아무도 눈치채지 못한다.

"이런 일이 일어났을 때 조라를 만났지." 조스의 손가락이 피아노 건반을 두드리는 소리 사이로 할아버지의 목소리가 들린다. 사람들과 함께 1층에 있지 않았던 코스타스 부부가 기다란 층계를 내려온다. 조스는 몸을 돌려 그들을 바라보고 웃는다.

"마리아! 산티아고! 나와주시다니 기뻐요." 조스가 활기차게 말한다.

"피아노 연주를 듣고 조스일지 모른다고 생각했지." 마리아 할머니의 말을 듣고 나는 입이 떡 벌어진다. 여름 내내 코스타스 부부를 본 건 딱 한 번뿐이었다. 그들은 대부분의 시간에 방에 틀어박혀 텔레노벨라를 보고 십대처럼 사랑을 나누기 때문이다. 마리잔느는 만나본 적도 없다. 실제로 존재하는 인물인지도 알지 못한다.

"이런 일이 어떤 거예요?" 조스가 할아버지를 바라보며 묻는다. 그녀는 여하간 모든 사람의 말을 한꺼번에 듣고 있다.

"1977년 정전을 말하는 거야." 내가 말했다.

"그래 맞다, 넬라 곰돌이. 1977년이 맞아. 결코 까먹을 수가 없지."

할아버지는 할머니 이야기를 할 때마다 보여주는 먼 데를 응시하는 눈빛을 하고 있다. 이야기를 들을 때마다 할머니가 더욱 그리워져 가슴이 미어지지만 할아버지가 너무 행복해해서 그만하라고 할 수가 없다.

"거기서 멈추지 마세요. 나머지 이야기를 들어야겠어요." 조스는 피아노를 닫고 뚜껑에 팔꿈치를 괸다. 으쓱 올라간 어깨 뒤로 두툼하게 땋은 머리가 흘러내린다.

할아버지는 미소를 짓는다.

"나는 조라를 바로 알아봤지. 조라가 이사온 날이었어. 웃음을 지었지. 내가 본 어떤 여성보다 보조개가 움푹했어. 그렇지만 조라는 나란 사람이 있는 줄도 몰랐지." 할아버지가 이야기를 시작하자 모두가, 심지어 지기까지 귀를 기울인다. 지기는 할아버지

발아래 몸을 말더니 에이다 할머니의 교정용 신발에 커다란 머리를 기댄다. 퀴니 할머니는 책을 덮고 알렉과 토드 할아버지는 뜨개질을 멈춘다. 펄 할머니와 버디 할머니는 씩 웃는다. 미미는 심지어 핸드폰을 내려놓는다.

"내가 그 건물 관리인이었어. 세입자들에게 집에 있으라고 말하고 다니던 중이었지. 다들 공황에 빠져 도둑질을 하고 불을 지르고 있었거든. 도시 전체가 엉망진창이었어. 그런데 조라는 동네를 한참 가로질러 엄마를 보러 가야 한다고 요지부동이었지."

나는 미소를 짓는다. 수없이 들은 이야기지만 여전히 좋고, 몇 달 전 조라 할머니가 돌아가신 이후로는 더더욱 좋아졌다. 나는 몸을 돌려 이 대목을 이야기하는 할아버지를 보려고 소파에 무릎을 대고 선다. 사랑하는 사람을 위해 굳은 결심을 하는 것이 딱 할머니다웠다.

"그 여자는. 그런 때마저도 바위처럼 대찼지. 내 말은 듣지도 않았어. 열차도 없고 버스도 없고 삼십 분을 걸어야 했는데. 우리는 거의 사십오 분 동안 실랑이를 했지. 그렇지만 내가 몇 달째 조라를 좋아하고 있었기 때문에 물러섰어. 그리고 정 가야겠다면 나도 가겠다고 했지. 내가 동의하자 얼마나 활짝 웃던지, 얼굴에 그 보조개가 움푹 패는데 나는 무슨 일이 있어도 이 사람이다, 생각했지."

"아니, 뒷이야기를 꼭 들어야겠네요." 조스가 끼어든다. "그런데 혹시 할머니 사진이 있나요?" 그러고는 주변을 돌아본다. "그 보조개를 저만 보고 싶은 건 아니겠죠!"

"아, 우리는 이미 얼굴을 알지." 토드 할아버지가 말하자 다들 고개를 끄덕인다.

아이크 할아버지는 가장 아끼는 할머니 사진을 몇 번이고 사람들에게 보여주었다. 분명 모두가 봤을 사진인데 조스만 아직 못 봤다는 게 놀랍다. 세이디 할머니는 심지어 그 사진으로 조라 할머니 초상화를 그려 아이크 할아버지에게 생일선물로 준 적도 있다. 그 그림은 할아버지 방에 걸려 있다.

아이크 할아버지는 흐뭇이 웃고는 주머니에 손을 넣어 지갑을 꺼낸다. 그런데 닳고 닳은 조라 할머니의 사진이 담긴 곳의 덮개를 열던 할아버지가 의아한 표정을 짓는다.

"음." 할아버지가 소리를 낸다. 우리에게 등을 돌려 지갑과 주머니에 든 것을 다 꺼내더니 다시 몸을 돌린다. 접힌 영수증, 신용카드, 꼬깃한 지폐, 동전 몇 개가 가장 가까운 테이블에 달그락 놓인다.

"괜찮아?" 퀴니 할머니가 묻는다. 하지만 할아버지는 테이블을 한 번 보고 뒤돌아서서 "흠" 소리를 낸다.

할아버지는 문가의 코트 걸이로 가서 재킷 주머니를 뒤집어본다. 텅 비었다. 이제 할아버지는 초조해하기 시작한다.

"미미? 조라 사진 봤나?"

미미는 고개를 젓는다. "못 본 것 같아요."

할아버지는 소파로 걸어가 쿠션을 들어올리고 심지어 나와 퀴니 할머니에게 우리가 앉은 자리 밑을 보게 비켜달라고 한다.

"다른 데 있을 리가 없는데." 할아버지가 말한다. "넬라, 내가 그 사진을 얼마나 아끼는지 알지."

나는 고개를 끄덕이며 할머니가 병을 진단받던 날을 떠올린다. 할아버지가 지갑에 사진을 끼운 그날, 모든 게 바뀌기 시작했던 그날을.

"할아버지," 내가 말한다. "걱정 마세요. 어디 있을 거예요. 사흘 내내 앨시아 하우스를 나가지도 않았잖아요, 맞죠?"

할아버지가 고개를 끄덕인다. 하지만 눈은 여전히 사진이 앞에 있는데 보이지 않는다는 듯 방안을 맴돌고 있다.

"불이 들어오면 같이 찾아봐요." 내가 약속한다. "분명 찾을 수 있을 거예요."

하지만 할아버지는 고개를 젓는다. "아니다, 얘야, 넌 이해 못해. 내가 우리 아파트를 떠난 이래 그 사진은 내 시야를 벗어난 적이 없다. 지금 찾아야 해."

할아버지는 거의 대부분 침착한 편이지만 조라 할머니에 관해서는 예외다. 할머니의 죽음 이후 할아버지는 폐인이 되었다. 그게 엄마가 할아버지가 할머니와 사십 년을 함께했던 아파트에 계속 사는 대신 여기로 이사하는 게 좋겠다고 생각한 이유였다. 엘리베이터가 없는 건물의 방 두 개짜리 할렘 집에서 할아버지를 모셔오는 것은 큰일이었지만, 여기서 할아버지는 자연스럽게 친구가 생겼고 공과금 낼 일도 없었으며 끼니를 거르거나 종일 홀로 외로이 앉아 계신 건 아닌지 엄마와 내가 걱정할 일도 없었다.

할아버지는 계단으로 걸어가더니 첫 계단에서 바로 발을 헛디딘다. 아마 평소보다 복도가 어두워서 그랬을 것이다.

"할아버지!" 나는 달려가 할아버지 팔을 붙잡는다. 한 팔로 몸을 지탱하여 완전히 넘어지지는 않았지만 그래도 할아버지를 일으켜세운다. "제가 지금 찾아볼게요, 알았죠? 여기 거실에서 좀 쉬고 계세요. 할아버지 연세에 엉치뼈 골절되는 거 보고 싶지 않아요."

할아버지는 웃는 듯하지만 눈은 웃지 않는다. 정전 때문에 할머니를 만났던 여름이 몹시 생각나는 것처럼 보인다.

나는 할아버지를 거실 소파로 부축해 데려간다. 세이디 할머니가 할아버지 어깨에 손을 올리고 에이다 할머니는 할아버지가 지갑을 꺼낼 때 떨어트렸던 지기 간식을 건네준다.

"지기," 피아노에 앉은 조스가 지기를 부른다. 아이크 할아버지가 넘어질 때 조스는 벌떡 일어섰다. 조스는 할아버지가 앉은 곳으로 걸어오더니 할아버지를 손가락으로 가리킨다. "무릎" 하고 그녀가 말하자 지기는 엉금엉금 양발을 할아버지 무릎에 올리고는 머리를 그 위에 기댄다. 이보다 귀여운 건 본 적이 없다. 할아버지가 지기의 머리를 토닥이자 조스가 말한다. "이제 그만." 지기는 다시 바닥에 발을 댄다. 할아버지가 간식을 건네자 지기가 할아버지의 손가락에 침을 살짝살짝 묻히며 받아먹는다.

"착하다." 할아버지 말에는 기운이 없다.

"찾아올게요." 내가 말한다. "걱정 마세요. 이야기를 마저 해 주시는 게 어때요? 방 어딘가에 있을 거예요. 금방 올게요." 나는 계단을 향한다.

"조스, 네가 같이 가줄 수 있니?" 할아버지가 제안한다. "그래 줄래?"

"당연하죠." 조스가 답한다. 그녀가 나를 따라오자 지기가 그 뒤를 따라온다. "안 돼, 지기. 금방 올게, 여기 있어 알았지? 아이크 할아버지, 간식 하나 더 주시겠어요?"

할아버지는 고개를 끄덕이고 사람들이 부르는 소리에 지기는 돌아간다. 할아버지의 목소리가 들린다. "그래서 어디까지 이야기했지?"

미미가 말한다. "두 분이서 동네를 걸어가려는 참이었어요."

아까보단 희미하지만 할아버지가 다시 미소를 짓는 게 보인다.

나는 조스를 바라본다. 그녀도 미소를 짓는다. 그 모습이 아름다워 심란하지만 그래도 그녀를 더 알고 싶다.

나는 마른침을 삼키고 미소로 화답한다. 우리는 햇살이 비추는 거실을 벗어나 어둠 속으로 걸어들어간다.


조스의 팔찌는 종소리처럼 짤랑인다.

나는 컴컴한 층계 어디쯤을 지나는지 확인하려 핸드폰 손전등을 켜서 계단 한 칸 한 칸 그리고 위층 복도 바닥을 확인한다. 뒤를 돌아보진 않지만 팔찌 소리 덕에 조스가 거기 있다는 걸 알 수 있다.

"복도 끝이 할아버지 방이야." 계단을 다 오른 내가 말한다. "분명 거기서 지갑의 사진이 떨어졌을 거야."

"그래, 걱정 마." 그녀가 말한다. "찾는 걸 도와줄 수 있어서 기뻐."

나는 방문을 열고 안으로 들어간다. 계단을 오르는 동안 허리 위로 올라온 데님 미니스커트를 아래로 잡아당긴다. 방은 복도보다는 살짝 더 밝은데 벽이 외부와 더 가까워서 그런 듯하다. 하나뿐인 창문이 이웃집 벽돌 벽을 향해 난 탓에 해가 지지 않았는데도 기다란 그림자가 바닥을 덮고 있다.

나는 할아버지의 책상에 핸드폰을 고정하고 조스 역시 서랍장 위에 핸드폰을 세운다. 부드러운 두 개의 하얀 빛이 어둑한 방을 비춘다. 라운지 의자 팔걸이에 스웨터가 걸쳐 있고, 침대는 정돈되지 않았지만 그 밖에는 제법 깔끔하다. 바닥 정중앙에는 담요가 펼쳐져 있고 그 위에 크래커 봉지와 칩이 담긴 세련된 도자기 그릇, 찻주전자와 찻잔이 놓여 있다. "이게 다 뭐지?" 조스가 묻자 나는 당황하여 얼굴이 화끈거린다.

"아, 음." 이 여자애는 귀엽다. 나는 괴팍하고. 이 괴팍한 실체를 조금은 천천히 보여줄 수 있을 줄 알았는데.

"우리는 가끔 자판기 다과회 소풍을 가거든." 내가 작게 말한다.

"자판기…… 다과회…… 소풍? 앨시아 하우스에 자판기는 없지 않아? 있나?" 조스가 묻는다.

나는 여전히 얼굴을 돌린 채 살짝 이맛살을 찌푸리며 말한다. "없어." 사진을 찾는 시늉을 하며 담요들을 할아버지 침대 쪽으로 옮기지만 실은 그저 시선을 피하려는 것뿐이다. "일하는 곳 자판기에서 과자를 가져와. 나는 YMCA 안전요원이야. 할아버지 보러 올 때 그 과자를 들고 오는 거야."

"뭐라고?" 조스의 목소리가 웃음을 머금은 듯 들리지만 확인하려 고개를 돌리진 않는다. "왜?"

"그냥 바보 같은 이유로."

조스는 내 어깨에 손을 올리고 나는 뒤를 돌아본다. 씨익 웃는 그 모습은 얼굴에 그늘이 드리웠는데도 너무나 아름답다. 웃으면서 살짝 인상을 쓰고 있는데 혼란스럽다는 표정이다.

"넬라."

그녀가 처음으로 내 이름을 불렀다. 그 목소리로 이름이 불리니 나는 더 달아오른다. 얼굴이 더 화끈거려 방문이 닫혀 있고 내 피부색이 어두운 게 고마울 지경이다. 조스는 알아보지 못했을 것이다.

"그냥 이렇게 노는 거야. 조라 할머니가 병원에 있을 때 이렇게 했거든. 알잖아. 마지막이 다가왔을 때."

조스는 여전히 이해하지는 못한 채로 고개를 끄덕이고 나는 계속 이야기한다.

"할머니는 다과회랑 소풍을 제일 좋아하셨거든. 밖에 나가질 못하는데다 아프신 이후로 다과회를 열지도 못했으니까. 그래서 어느 날 생각해낸 거야. 할머니가 제일 좋아하는 도자기를 아파트에서 가져왔어. 할아버지랑 엄마에게 자판기 과자를 잔뜩 사놓으라고 했고. 그다음 할머니 침상에 그걸 펼쳐놓고 다과회랑 소풍을 둘 다 한 거지. 할머니가 너무 행복해서 우리도 덩달아 기운이 났어. 그래서 가끔 내가 슬퍼할 때면 할아버지가 '보급품을 가져오시게'라고 해." 나는 바닥을 가리켰다. "늘 이걸 말하시는 거지."

조스는 미소를 짓는다. "아. 세상에. 정말이지 사랑스러운 이야기다."

내 얼굴은 한층 더 붉어진다.

조금 뒤 조스는 바닥을 기며 도자기와 담요를 조심히 옆으로 치운다. 그녀가 사진을 찾는다는 걸 깨닫고 그게 우리가 여기 온 이유라는 게 기억이 난다. 나는 서랍을 열고 할아버지의 스웨터, 양말, 바지, 티셔츠를 들춘다. 그러나 사진은 어디에도 보이지 않는다.

"우리 할머니는 몇 년 전에 돌아가셨어." 조스가 조용히 말을 꺼낸다. "행사에 나가는 개들을 조련하는 훈련사셨거든. 강아지들이랑 파란 카펫을 달리면서 묘기를 보여주는 여자들 있지?"

나는 가볍게 웃으며 고개를 끄덕인다. "흑인은 별로 못 봤는데." 내가 말했다.

"그러니까." 조스가 동의한다. "그런데 진짜 잘하셨어. 훈련시키는 개마다 한 번은 최우수상을 받았어. 나이드신 뒤에는 심리 치료견을 훈련시켰지. 몸이 덜 고되고 여전히 동물들이랑 종일 함께 있을 수 있으니까."

나는 지기를 떠올리고 질문한다. "지기를 훈련시킨 게 할머니

셔?"

조스는 고개를 젓고는 콧등 위로 안경을 올린다. "내가 했어. 그렇지만 내가 아는 모든 건 할머니한테 배운 거야."

"얼마나 오래 걸렸는데?" 나는 마지막 서랍을 꺼내 안에 있는 모든 걸 뒤적이며 묻는다.

"몇 달 걸렸어. 한 살 정도 된 지기를 입양했는데, 아주 천방지축 사나운 강아지였지. 그래도 사랑스럽고 귀여웠어. 할머니가 강아지 훈련시키는 걸 봐와서 심리치료견에 적합하단 걸 바로 알았어. 왜 아무도 지기를 입양 안 했는지 모르겠어."

"핏불을 무서워하는 사람이 많더라." 내가 말한다. "인터넷에 바보 같은 이야기가 많으니까."

"아, 알지. 진짜 화나는 일이야. 제일 많이 안락사되는 종이 핏불인 거 알아? 그리고 종에 상관없이 검은 개들은 입양이 잘 안 되는 것도?"

나는 서랍을 닫고 뒤를 돌아 그 아이를 바라본다. "정말이야? 젠장. 몰랐어. 그건 마치…… 개에게 하는 인종차별 같네."

조스가 고개를 젓는다. "정확히 그런 거지. 어쨌든 지기는 바로 훈련을 받았어. 재롱도 잘 떨고, 침착하고, 낯도 안 가려. 병원의 아이들부터 시작해서 어른들 집에도 가기 시작했어. 한 달에 한 번 호스피스 방문도 하지만 내 정신건강 때문에 너무 자주 가지는 못해."

조스는 일어나서 할아버지 침대 옆 테이블에 쌓여 있는 책더미를 들어올린다. 그러고는 한 장 한 장 책장을 넘겨본다. 내가 미처 생각지 못한 부분이다. 사진은 책갈피로 딱이니까.

"이게 할머니야?" 조스가 묻는다. 순간 사진을 찾은 줄 알았다. 올려다보니 문 옆에 걸어놓은, 세이디 할머니가 그린 조라 할머니 그림을 가리키고 있다. 나는 슬며시 웃는다.

"맞아." 내가 답한다.

초상화 속 할머니는 사진과 마찬가지로 긴 회색 머리를 곧게 폈지만 자기 전에 핀으로 올려 고정해둔 탓에 어깨 부분에선 끝이 둥글게 말린 모습이다. 에메랄드색 원피스를 입고 부엌 테이블에 팔꿈치를 괴고 앉아 담배를 쥐고 있다. 할머니를 폐암에 걸리게 하고 우리에게서 떠나가게 만든 바로 그 주범. 할머니는 아름답고 드세고 또 엄마를 몹시 닮았다. 나는 고개를 돌린다.

가끔 사진을 너무 오래 바라보면 공황에 빠질 것 같은데 그건 그 사진이 엄마도 언젠가는 나를 떠날 거란 사실을 상기시키기 때문이다.

"아름다우시다." 조스가 말한다. 그 아이가 그렇게, 현재시제로 말해주자 내 심장은 이완되고 숨도 고르게 돌아온다.

"맞아." 내가 다시 말한다. "정말 그래."

"너랑 닮으셨는걸." 조스의 말에 나는 빠르게 눈을 깜빡인다.

"나랑?"

"응." 그녀는 더는 나를 바라보지 않고 답한다. 이젠 몸을 기울여 할아버지 침대 밑을 확인하고 있다. 고요함 사이로 뱅글 팔찌 한 쌍이 짤랑이고 동시에 커다랗고 선명하게 이어지는 그녀의 목소리. "그리고 너도 아름다워."

네가 엘시아 하우스에 첫발을 디딘 그 순간부터, 나 역시 네가 아름답다 생각했다고 말하고 싶지만 목소리가 나오질 않는다.

나는 아무 대꾸도 하지 않는다.


우리는 좀더 사진을 찾아본다. 나는 서랍 아래와 벽장 안으로 핸드폰 손전등을 비추고 조스는 할아버지 의자에 붙은 쿠션을 떼어내 뒷부분과 옆부분을 확인한다. 그래도 사진은 없다.

"아이크 할아버지가 가시는 곳이 더 있어? 내 말은, 그러니까 화장실 같은 곳 말고. 퀴니 할머니 방이라든가?"

"아, 맞아." 나는 바닥의 케이스에 든 할아버지의 색소폰을 바라보며 답한다. "늘 함께 음악을 연주하시거든."

"알아." 조스가 웃으며 말한다. 어떻게 아느냐고 묻고 싶지만 나는 묻지 않는다.

몇 분 뒤 우리는 반대편 방을 향해 복도를 걷고 있다.

"왜 슬펐어?" 화장실을 지나칠 때 조스가 묻는다. 나는 머리를 톡톡 두드리며 타일 바닥을 바라보지만 아무것도 없다.

"뭐라고?" 내가 말한다.

"네가 슬퍼하면 아이크 할아버지가 보급품을 가져오라고 했다며. 그게 소풍을 갔던 이유 아니야?"

"아, 맞아." 기억을 더듬으며 내가 말했다.

"왜 슬펐는데?"

나는 내 푹신한 머리를 매만진다.

"사실 학교 마지막날부터 실의에 빠져 있었거든." 내가 말한다. "내 여자친구가 여름을 보내러 아이티로 갔는데 떠나는 전날까지 알려주지 않았어."

"아이고." 조스가 말한다. "장거리가 힘들지."

"뭐?" 나는 뭘 잘못 말했는지 깨닫는다. "미안. 여자 사람 친구 말하는 거야."

"아."

"응. 나는…… 실은 걔한테 푹 빠져 있었거든. 그래서 아이티에 간다고 말해줬을 때 그게 마치 '넌 너무 질척여. 널 떠나 외국으로 갈 거야. 안녕' 이렇게 들렸어."

"후." 조스가 말한다. 심기가 불편해 보여 말을 너무 많이 했나 후회가 된다.

"그러니까 지나친 단순화이긴 하지만, 그냥 우린 달랐던 거야. 무슨 말인지 알지?" 나는 다시 치마 끝을 잡아내린다. 내가 이걸 나쁜 습관 목록에 올리지 않은 건 할아버지가 말했듯 그저 언제든 더 긴 기장의 치마를 사면 되기 때문이다.

"다름이 결정타가 될 수 있지." 조스가 말하며 퀴니 할머니 침실 문에 손을 뻗는다.

허락을 받지 않고 할머니 방에 들어가려니 다소 껄끄럽다. 나는 걸음을 멈추고 뒤돌아 계단 아래로 크게 소리를 지른다. "퀴니 할머니, 할머니 방에 사진 있는지 확인해도 돼요? 할아버지가 거기에 떨어트렸나 해서요."

얼마 후 퀴니 할머니가 큰 소리로 말한다. "실컷 하렴. 그래도 첫번째 서랍은 건드리지 마."

조스가 큭큭 웃는다. "분명 포르노겠지." 조스가 속삭이고 몇 초 뒤에 에이다 할머니가 소리지른다. "거기가 빈티지 〈플레이걸스〉 있는 데다!" 조스랑 나는 서로를 바라보고 자지러지게 웃는다.

"닥치라고." 퀴니 할머니의 목소리가 들린다. 방으로 들어가느라 에이다 할머니 말은 들리지 않지만 실랑이를 하는 건 분명하다.

나는 퀴니 할머니의 방을 돌아본다. 패턴이 있는 바닥과 베개,

레이스 커튼, 침대의 패치워크 퀼트 이불, 점성술과 젬스톤, 타로에 관한 책 한 무더기가 보인다. "히피 카탈로그에서 튀어나온 방 같네. 대신 보헤미안 백인 소녀 느낌을 빼고 현실성을 가미한."

"세상에." 조스가 고개를 끄덕인다. "그건 정말 완벽한 묘사야."

우리는 핸드폰 손전등으로 바닥을 살피고 퀴니 할머니의 드럼 세트 뒤편도 확인한다. 나이 지긋한 퀴니 할머니는 할아버지와 일주일에 며칠 합주를 하더니 밴드를 결성하겠다고 말하셨지만 과연 실행에 옮길 수 있을지는 알 수 없다.

"두 분이랑 가끔 피아노를 치거든." 둘이서 잠자코 퀴니 할머니 방을 둘러보는데 조스가 말을 꺼낸다. "퀴니 할머니가 드럼을 들고 내려올 필요가 없도록 내가 키보드를 가져와. 밴드를 결성해야 한다고 내가 말했어. 길모퉁이에 있는 작은 솔푸드 레스토랑에서 공연도 하고. 거긴 가끔 라이브 연주도 하거든."

"그래서 이 방을 봐야 한다고 했던 거구나. 그 합주 아이디어의 근원이 너였다니." 내가 팔꿈치로 쿡 찌르자 그 아이가 웃는다.

"딱 걸렸네." 조스가 말하더니 나로서는 알 수 없는 표정을 짓는다. "다름이 결정타가 될 수 있어." 그애는 내가 브리 이야기를 할 때 했던 말을 다시 반복한다. "그렇지만, 아무리 달라도 정말 잘해보고 싶고 두 사람이 노력을 한다면 대부분 해결해나갈 수 있지. 내 말은, 아이크 할아버지랑 퀴니 할머니를 봐. 극과 극으로 다르지. 너희 할아버지는 완전 이성적이고 도덕적으로 엄격하지만 퀴니 할머니 방은 이런 물건으로 가득하고." 조스는 작은 선반에 놓여 있던 큼직한 장미수정을 들어올리고 동그랗게 눈을 뜬다. "그래도 둘 사이에는 훌륭한 음악의 케미가 있잖아. 같이 연주하고 싶어하는 것만으로도 충분해. 끊임없이 실랑이를 하긴 하지만 결국 해내잖아."

나는 어깨를 으쓱한다. "맞는 말 같다. 에이다 할머니랑 모디 할아버지도 그렇고."

"그거야. 내가 말하려는 건," 조스가 말을 잇는다. "다름이 관계를 방해하는 진짜 원인이 아니라는 거야. 정말로 원하는 게 무엇인지가 더 중요하지. 얼마나 간절히 바라는지가. 만약 누가 널 좋아하지 않는다?" 그 아이는 장미수정을 든 손으로 나를 가리킨다. 내 안의 무언가 역시 있는 모습 그대로 귀하고 또 불완전하게 아름답다는 듯이. "그 사람들이 기회를 놓친 거지."

나는 마른침을 삼키고 퀴니 할머니의 서랍장 쪽으로 걸어간다. "너는…… 참 다정하네." 내가 말한다.

조스에게 말하지 않은 브리 이야기가 있다. 브리가 출국하기 며칠 전 나는 그녀 옆의 펜스에 기대서 그녀의 손을 잡고 곱슬거리는 머리를 귀 뒤로 넘겨주며 속삭였다. "네가 아는지 모르겠지만 나 널 사랑하는 것 같아."

브리는 내 손을 놓더니 내게서 한 발자국 떨어지며 말했다. "하지만 넬라…… 너 내가 이성애자인 거 알잖아, 그렇지?" 가슴이 무너져내렸다.

"하지만 우리는 늘 손을 잡고 다니잖아." 내가 말했다. "영화도 보러 가고 밤에 아이스크림도 먹으러 가고."

"그렇지." 브리가 동조했다. "하지만 나는 친구들이랑 전부 그래."

"하지만…… 트위그가 네가 하우스파티에서 다른 여자애들과 키스하는 걸 봤다고 했는걸? 그게 걔가 우릴 소개해준 유일한 이유인데."

브리가 입술을 지그시 다물었다. "아, 젠장. 그건 내가 취할 때만 하는 행동이야."

나는 이성애자라는 브리의 말을 믿지 않았다. 하지만 그녀가 자신의 정체성을 어떻게 규정하느냐 하는 문제보다 중요한 것은 당황스러운 나의 기분이었다. 나와 사귀지 않는다고 생각한 사람을 나 혼자 사귄다고 생각하고 있었던 것이다.

사흘 후 그녀는 내게 떠난다고 말했다. 그냥 그렇게. 수치심 위에 비통함을 더해야 했다. 키스도 못해본 사람에게 차였다는 것.

그래서 나는 조스의 칭찬을 땅에서 반짝이는 동전을 발견한 것처럼 수집한다. 고이 주머니에 간직한다. 그것들은 예쁘고 지니기 좋지만 가치는 거의 없다. 브리처럼 몇 달간 만난 사람마저 그렇게 나를 쉽게 버릴 수 있다면, 방금 만난 귀여운 여자애가 나더러 특별한 사람이라 하는 것에 신경을 써야 할 이유가 뭘까?

조스가 내 생각을 읽었나보다.

"내 말을 안 믿는 거야?" 그애가 묻는다. 나는 어깨를 으쓱해 보인다.

"좋은 것보단 나쁜 걸 믿는 게 쉬우니까."

잠시 골똘해진 그녀는 이렇게 말한다. "나는 진실을 말하려고 최선을 다할 뿐인데. 내 전 애인도 나랑 정말 다른 사람이었어. 팝보다는 메탈을 듣고, 핑크색보다는 검은색을 입고. 고양이를 좋아했지…… 고양이라고, 넬라. 개보다 고양이를 더 좋아했어. 그 계집애도 기회를 놓친 거야."

나는 웃는다. 조스를 안 지 고작 한 시간밖에 안 됐지만(할아버지가 그녀에 대한 이야기를 해줬던 그 모든 시간은 제외하고) 도무지 그런 사람과 함께 있는 조스를 상상할 수가 없다.

조스는 퀴니 할머니의 립스틱에 손을 뻗으며 계속 말한다. "이름은 테일러였어. 테이테이라고 불렀지. 테이가 내 처음이었어. 그러니 아마도 평생 테이를 사랑하겠지. 하지만 내가 테이의 모습을 있는 그대로 받아들였다면 테이는 자신과 좀더 비슷한 사람을 원했어. 그렇게 한번 마음이 떠나면 돌아오지 않는 거지."

나는 그걸 너무나 잘 안다.

조스는 퀴니 할머니의 거울 방향으로 몸을 기울여 질푸른 남색 립스틱을 입술에 부드럽게 문지른다.

"퀴니 할머니가 이 색을 발라보라고 한 적이 있어." 눈을 돌리니 거울 속의 조스가 말한다. "맹세해. 할머니가 싫어한다면 바르지도 않았을 거야."

이제 그녀는 아주 귀엽고 아주 자신감 넘치고 아주 친절한데다…… 그 입술이 순식간에 나의 시선을 뺏는다.

나는 돌아서서 내가 할 일은 사진을 찾는 거지 조스 입술을 뚫어져라 쳐다보는 게 아니라고 되뇐다. 바닥과 퀴니 할머니의 침대, 책과 젬스톤이 있는 선반, 사이드 테이블을 훑는다. 버터스카치 캔디가 담긴 유리병이 보여 몇 개를 집어든다. 립스틱과 마찬가지로, 늘 나눠주던 사탕이니까 할머니는 개의치 않으실 거다.

나는 조스에게 하나를 건네고 침대에 앉는다. "나 이 사탕 진짜 좋아하는데." 조스가 말한다. 그녀는 바닥의 방석에 앉아 껍질을 까고 그 완벽한 보랏빛 입술에 사탕을 쏙 집어넣는다. 그러고는 가장 가까운 책더미에서 책을 하나 집어들며 내 별자리를 묻는다.

"물고기자리야." 나는 답한다. 그리고 너무나 정확하고 당당하게 자신이 누구인지 확신에 차 보이는 그녀에게 물어본다. "너는 테일러를 만나기 전에도 네가 퀴어라는 걸 알았어?"

"아니." 그녀는 망설임 없이 대답한다. 그러고는 손에 든 두꺼운 책에 핸드폰 불빛을 비추어 내 별자리를 읽어준다. 야망과 전환점, 힘든 시기에 사랑하는 사람에게 기대는 것에 대한 모호한 이야기였지만 별 관심이 가지 않는다. 나는 조스를 바라보고 있다.

마침내 조스가 고개를 들어 다시 나와 눈을 맞추고 나는 미소를 짓는다. "그럼 언제 알았어?"

"테이테이랑 나는 열두 살에 만났어. 하지만 고등학생이 되기 전까진 별로 어울리지 않았지. 같이 있을 때면 느껴졌어. 무언가 뜨거운 것이. 우리는 자석 같았어. 손을 가만히 둘 수가 없었어. 서로 새끼손가락을 걸고, 상대방의 머리칼에 장난을 하고, 부둥켜안고 영화를 보고. 베스트 프렌드였어. 퀴어라고는 생각해보지 않았지. 그러다가 작년 어느 날 밤, 나에게 고백을 한 거야. 자신이 논바이너리* 퀴어라고, 나를 좋아한다고. 테이는 모든 것에 확신이 가득해 보였어. 테이가 꺼내는 모든 말을 보면 얼마나 많은 고민을 했는지 알 수 있었어. 내 생각에 테이는 내가 퀘스처닝**이란 걸 알아본 것 같아. 나는 내 정체성에 확신이 들지 않는다고

* 남성과 여성이라는 기존의 이분법적 성별 구분에서 벗어난 성 정체성을 가진 사람.

** 자신의 성 정체성이나 지향을 확신할 수 없어 탐색의 단계를 거치는 사람.

말했어. 테이는 정말 낙담한 듯했고. 하지만 다음에 난 이렇게 말했지. '어디에 체크 표시를 해야 할지는 몰라. 그래도 내가 널 좋아하는 건 알고 있어.'"

내가 고개를 끄덕인다. "내 경우도 비슷했던 것 같네. 1학년 때 학교에서 가장 인기가 많았던 남자애 트리스탄이 나한테 러브레터를 보냈어. 나는 제일 친한 친구에게 편지를 보여줬지. 친구가 웃을 줄 알았는데 대신 잘해보라고 하더라고. 내가 왜 트리스탄과 대화조차 나누려 하지 않는지 이해를 못했어. 그건 그녀를 좋아했기 때문인데. 그냥 결론만 말하자면, 그애는 나를 좋아해주지 않았고. 이 관계를 어색해했어. 나는 매달렸고. 결국 친구도 되지 못했지."

"정말 싫다." 조스가 말한다. 우리는 한동안 아무 말 하지 않는다.

나는 침대에서 스르륵 내려와 조스 옆의 방석에 앉는다. 점성학 책을 받아들고 조스는 핸드폰 불빛을 내 쪽으로 비추어 그녀의 별자리를 찾도록 도와준다. 그녀는 황소자리고 책은 온통 기회에 관한 이야기와 우주가 보내주는 것에 마음을 열라는 이야기뿐이다. 어둠 속에서 그녀의 눈빛이 살짝 반짝인다.

"여긴 사진이 없는 것 같아." 내가 말한다. 한편으로는 그녀 곁에 좀더 있고 싶었지만.

"그러게." 조스가 말한다. 하지만 그녀도 움직이지는 않는다.

"도와달라고 해야 할지도 모르겠다." 몇 분 뒤 조스가 제안한다. 조스는 바닥을 짚고 일어서 손을 내밀고 나도 손을 뻗어 그녀의 쭉 뻗은 손을 잡는다. 그녀의 손은 부드럽다. 조스는 나를 잡아당기지만 바로 놓아주지는 않는다. 온기어린 손바닥과 극명히 대조를 이루는 반지의 차가운 금속의 감각이 좋다. 우리는 문으로 걸어가고 문을 여는 조스의 팔찌가 짤랑, 소리를 낸다.

"도와달라니?" 내가 그녀 뒤를 따르며 묻는다.

조스가 계단을 뛰어내려가 거실로 돌아가자 미미와 다른 노인들이 기대에 차서 우리를 바라본다.

"죄송해요, 할아버지. 못 찾았어요." 내 말에 아이크 할아버지가 말한다. "아니, 이런."

"그래도 아이디어가 하나 있어요." 조스가 말한다. "아이크 할아버지, 지갑 좀 봐도 돼요?"

"음, 그래." 할아버지는 주머니에서 지갑을 꺼내고 조스는 지기를 부른다. 조스의 손에 들린 지갑을 지기가 열심히 킁킁거린다.

"이게 통할지 모르겠어요." 조스가 말한다. "그래도 사진이 지갑과 같은 냄새가 날 거예요. 맞죠? 대개는 지갑에 있었으니까? 가죽냄새가 날지도 모르고요. 지기가 더 효율적으로 찾도록 도와줄 거예요."

나는 함박웃음이 나오는 걸 참으려 아랫입술을 깨문다. 뭐 이런 애가 다 있나.

"아주 좋은 생각이다." 버디 할머니가 말한다.

"천재적이야." 모르데하이 할아버지가 중얼거린다.

"범죄와 싸우는 소녀네." 미미가 핸드폰에서 눈을 떼지 않고 말한다.

코스타스와 몽고메리앨런 부부가 전부 웃음을 터뜨린다.

"충직한 조수 없이는 안 될 일이죠. 지기, 앞장서." 조스가 말하고는 나를 바라본다. 나는 또 뚫어져라 바라보고 있었다. "뭘 보고 있어?" 그녀가 묻는다.

나는 고개를 흔든다. "그냥…… 너." 나는 이렇게 말하고는 지기 뒤에 붙는다. 팔찌 소리가 들리지 않아 뒤를 돌아보니 조스는 그 자리에 그대로 서 있다. "그냥 나라고?" 하며 실룩 웃는다.

"맙소사." 내가 무슨 말을 뱉었는지 깨닫고 입을 틀어막는다. 그러나 조스와 눈이 마주쳤을 때, 나는 받아들이기로 마음을 먹는다. 다시 그녀의 손을 잡는다. 위층에서 손을 잡았을 때 너무 당연하게 느껴졌기 때문이다. 너무 자연스럽게. "어서 와."

지기는 부엌으로 이어지는 기나긴 복도를 졸래졸래 걸어가고 우리는 지기를 따라 어둑한 통로를 따라간다. 복도 바닥에는 건 전지로 작동하는 티라이트 양초가 놓여 필요한 사람들은 화장실을 찾아갈 수 있다. 부엌은 창문이 제법 많아서인지 환하다.

지기는 건물 뒤에 있는 작은 발코니로 이어지는 미닫이 유리문을 지나간다. 문 아래 모서리를 밀자 유리에 하트 모양의 코 자국이 남는다.

"사진이 있는 곳으로 가는 것 같지 않아." 내가 말하며 문을 밀자 지기는 문지방을 뛰어넘어 쿵쿵거리더니 다리 하나를 들어 난간 사이로 완벽한 호를 그리며 오줌을 싼다.

"지기, 안 돼!" 조스가 소리를 치지만 이미 때는 늦었고 나는 쓰러질 듯 웃는다.

"아래 아무도 없어야 할 텐데." 나는 난간 쪽으로 가 아래를 바라본다. 다행히 콘크리트 위로 튀었을 뿐이다.

"착하네." 나는 보드라운 머리를 쓰다듬고 벨벳 같은 귀를 문질러준다. 분홍색 혀가 밖으로 늘어져 마치 웃는 것만 같다.

"하나도 착하지 않아!" 조스가 말한다.

"적어도 발코니에 싸지는 않았잖아." 나는 옥외용 나무 의자에 털썩 주저앉고 지기는 더 토닥여달라며 내 손에 머리를 들이민다.

"사람들 생각이 맞았어." 조스는 내 건너편 의자에 앉더니 길 건너 빌딩을 바라본다. 사람들이 숯불 그릴을 꺼내놓고 블루투스 스피커로 음악을 틀어놓고 있다. 나이 지긋한 두 남성이 함께 춤을 추고 친구들은 손뼉을 친다.

이 밝음이 몇 시간 남지 않았다는 것을 아는 채로 환한 빛 속에 앉아 있자니 기분이 이상하다. 해가 지고 나면 우리가 무엇을 할지, 모두 어떤 기분일지 궁금해진다.

"모든 걸 볼 수 있는 상태에 우리가 얼마나 익숙해져 있는지 생각하면 기묘해. 할머니 할아버지가 그 어두운 길을 걸었을 때 분명 무서웠을 거야. 그때는 약탈이나 다른 일도 흔했고."

"아, 맞다!" 조스가 갑자기 소리를 낸다. "남은 이야기를 못 들었어." 그녀는 코 위로 안경을 올리고 지기에게 손을 뻗는다. 지기는 곧장 조스에게 달려가 의자 위로 올라간다. 지기는 제법 몸집이 큰데 그 커다란 몸이 조스의 몸 위로 펴져 있는 모습이 웃기면서도 사랑스럽다. "들려줄래?"

둘은 같은 의자에 앉아 있고 나만 1미터쯤 떨어져(하지만 믿을 수 없을 만큼 멀리) 앉아 있으려니 갑자기 외로움이 밀려온다. 나는 고개를 끄덕이고는 길 건너를 다시 바라본다.

"그래서 모닝사이드파크 북쪽 건물에서부터 증조할머니가 살던 이스트할렘, 헌드레드식스틴스 애비뉴와 세컨드 애비뉴 교차로까지 그 먼길을 걷기 시작한 거야. 그 길을 왕복했지."

"와." 조스는 탄성을 지른다. 표정을 살피려 고개를 돌리진 않았지만 조스의 팔찌 소리와 지기가 헥헥거리는 소리가 들린다. 나는 브리가 생일선물로 준 로즈골드 로켓 목걸이를 만지작거리며 절절한 외로움을 느끼고 그러자 조스가 더 멀리 있는 것처럼 느껴진다. 목걸이에서 손을 떼고 계속 이야기를 해나간다.

"그랬지. 그래도 가는 길 내내 이야기를 나눴어. 할머니는 할렘에서 자란 이야기를 들려주었어. 할아버지가 뉴욕에 온 지 얼마 안 됐었거든. 할아버지는 고향이었던 노스캐롤라이나 샬럿에 산다는 게 어떤 건지, 북쪽으로 올라와서 얼마나 기쁜지 이야기했고. 아폴로극장을 지날 때 할머니는 어머니가 자기를 아마추어 나이트*에 데려가 딸기 밀크셰이크를 사준 이야기를 했어. 극장이 라이브 공연을 없애고 이제 영화만 틀어주는 바람에 얼마나 슬픈지도 이야기했고. 그때 할아버지가 아폴로극장에서 또 아마추어 나이트가 열리면 할머니를 데리고 가고 싶다고 했대."

"큰 용기를 내셨네." 짤랑이는 팔찌 소리 사이로 조스가 말한다.

"그랬지. 그리고 아이스크림 트럭 앞을 지나갈 때 할아버지가 스프링클을 뿌린 딸기 아이스크림을 사주고는 '셰이크는 다 나

---

* 아폴로극장에서 오래도록 운영중인 신인 발굴 공연. 마이클 잭슨, 스티비 원더, 냇 킹 콜, 엘라 피츠제럴드 등을 배출한 등용문으로 알려져 있다.

갔나봐요'라고 한 거야. 할머니는 엄청 좋아하셨고." 나는 미소
를 짓는다. "그 아이스크림에 마음이 넘어간 것이 분명한 게, 몇
블록 뒤에 불이 난 가게를 지나며 할머니가 할아버지 손을 잡았
고, 이후로 걷는 내내 손을 놓지 않으셨대. 증조할머니가 있는
건물에 다다랐을 때는 이미 서로의 미들네임이나 살면서 바라온
꿈과 소원까지 다 알게 되었고. 할아버지에 의하면 '꼭 들어맞는
손'이었다나."

조스는 만족스럽다는 듯 숨을 내쉰다. "넌 미들네임이 뭐야?"
그녀가 물었다.

"로즈." 내가 답한다. "넌?"

"메이." 조스가 답한다. "우리 할머니 할아버지는 야구 경기
에서 만났어. 할아버지가 선수였고 할머니가 파울볼을 받았어.
할머니는 경기가 끝나고 할아버지에게 사인을 해달라고 했고 할
아버지는 전화번호를 적어줬지."

내가 씩 웃는다. "부모님은?"

"부모님은 대학에서 만났어. 엄마는 델타, 아빠는 Q였지. 스
텝쇼*에서 만났는데 분명 인연이었던 거야. 너희 부모님은?"

---

* 델타와 Q는 대학 내 여학생 모임과 남학생 모임의 이름으로, 각 모임은 스텝쇼
라는 쇼를 통해 전통 스텝 기술과 안무를 선보인다.

"고등학교 커플이었어. 내가 열 살 때 이혼했지만 지금도 좋은 친구로 지내. 가끔은 그게 이상하기도 하지만. 어쨌든 좋아." 커플 무지개 셔츠와 반바지를 차려입고 나와 함께 프라이드 행진에 갔던 두 사람을 생각하니 미소가 나온다. 참으로 엉뚱하면서도 귀여웠다. "둘 다 귀여우셔."

"아, 아, 아!" 조스가 탄식한다. "나도 언젠간 그런 걸 경험해보고 싶어. 미친듯이 낭만적이다." 내 생각에는 여기 그녀와 앉아 러브스토리를 이야기하는 것이야말로 꽤나 낭만적이다. 그렇게 말하려는 찰나 핸드폰이 진동한다. 주머니에서 전화기를 꺼내보니 브리다.

**아직도 정전? 어디야?**

"으으, 지그, 거긴 방광이야." 조스가 지기를 살피며 무릎 방향으로 민다. "금방 돌아올게, 넬라."

"응." 나는 답하지만 조스가 정말 화장실에 가려는 건지, 내 핸드폰 화면 위 브리의 이름을 본 건지 알 수 없다.

그러지 않는 편이 낫다는 걸 알면서도, 나는 좋았던 대화가 나올 때까지 스크롤을 하며 브리랑 나눴던 문자를 훑는다. 나를 거절하고 떠난 여름 이전에 우리가 나눴던 부드럽고 달콤한 문자들.

**넬라: 네 얼굴 보고 싶어.**

브리: 나만큼 보고 싶진 않을 텐데.

넬라: 네 머릿결은 세상에서 가장 아름다워.

브리: 네 아프로도 정말 근사해.

넬라: 너는 나를 알아. 어떻게 그러는 거야?

브리: 나야 모르지.

넬라: 우리는 왜 이제야 만났을까?

그보다는 이렇게 물었어야 했다. 나는 어떻게 그렇게 눈치가 없었을까?

갈망 같은 것, 고통 같은 것이 가슴을 조여온다. 나는 다시 스크롤을 내려 답장한다.

넬라: 응. 아직도 정전이지만 날이 어두워지지 않았어. 나는 할아버지네 있어. 잘 있으니 걱정 마.

브리: 전화해. 잘 있는지 목소리를 들어야겠어.

넬라: 아니야.

브리: 왜?

넬라: 넌 내 마음을 찢어놨잖아.

문이 열리는 소리가 들려서 핸드폰을 주머니에 밀어넣는다.

"아이크 할아버지한테 지갑 받아왔어. 다시 해보자." 조스가 말한다.

조스는 지기가 냄새를 맡도록 지갑을 내밀고 그와 동시에 나는 훌쩍거린다. 젠장.

"아니⋯⋯" 조스가 내 어깨에 손을 올리고 얼굴을 보려 몸을 숙인다. "울었어?"

"살짝."

"잠깐. 뭐라고? 왜? 무슨 일이야?"

"그냥 바보 같은 일이야." 내가 팔 언저리로 눈을 비비며 말한다.

"눈물이 나는데 바보 같은 일이 어딨어."

"그냥 바보 같은 전 여친, 아니 전 여친이든 아니든, 걔 때문에. 우리가 같이 다닐 때 나는 걔가 나를 좋아하는 줄 알았어. 친한 거 말고, 좋아하는 거. 좀 부끄럽지만 나는 사실 우리가 사귄다고 생각했어. 근데 알고 보니 그냥 친절했던 거였어. 걘 언제고 친구이길 바랐는데 나는 완전히 다른 방향으로 가고 있다고 생각했단 말이야. 지금 걔가 내 안부를 확인하니까 그냥 몹시 초라해진 기분이 들었어. 날 자기가 돌봐줘야 할 철부지 어린애로 보는 것 같아서. 돌아버릴 것 같은데 또 한편으로는 너무 보고 싶어서 참고 있어. 너무 싫어."

조스는 내 앞에 무릎을 대고 앉아 엄지로 볼을 훔쳐준다. 눈을 살짝 찌르긴 했지만. "아야." 나는 웃음이 나온다.

"아이고, 미안해." 그녀가 말한다. "안아줄까?" 나는 *끄덕*이고 둘이 동시에 일어서도록 그녀의 손을 잡는다.

우리는 껴안는다. 기분이 좋다. 조스는 갓 만든 빵이나 도넛처럼 부드럽고 달콤하면서도 산뜻한 향이 난다. 둘의 키가 똑같아서 내 몸이 꼭 들어맞는다.

"자, 이제 사진을 찾아보자." 조스가 말한다.


지기는 임무에 착수했다. 부엌으로 다시 들어가더니 바닥에서 코를 떼지 않는다. 그는 지하실 문으로 우리를 이끌고 문을 열자 마치 사진 탐색과 구조를 위해 태어난 것처럼 달려내려간다.

"세탁실." 내가 말한다. "왜 세탁실 찾아볼 생각을 못했지?" 만약 사진이 지갑에서 주머니로 떨어진 거라면, 스태프 누군가가 바지를 빨기 전에 발견했을지도 모른다.

"지기, 이 끝내주는 똑똑이." 조스가 말한다.

계단 아래 바닥에는 아마도 미미가 나중에 내려와 물건을 꺼낼 때를 위해 남겨둔 듯한 휴대용 랜턴이 있다. 랜턴을 들어 버튼을 눌러 켜고 우리 셋은 미스터리를 거의 다 해결했다는 기대감에 차 세탁실로 향한다.

세탁기 위에 랜턴을 올려놓고 우리는 핸드폰 손전등 불빛을 이용해 주머니에서 빼놓은 물건이 있는지 선반과 바닥을 살핀다. 세탁기와 건조기 옆 선반 곳곳에 구슬과 잔돈, 열쇠 등이 든 작은 유리병이 늘어서 있다. 영수증과 펜, 단추로 가득한 선반 하나하나를 살피지만 어디에도 사진은 없다.

"아아!" 내가 외친다. "이제 됐어. 다른 곳에 있을 리도 없잖아? 그렇게 큰 집도 아닌데. 할아버지가 다른 데를 돌아다니시는 것도 아니고. 이렇게 안 나오는 게 말이 돼?"

조스는 여전히 사진을 찾고 있다. 팔찌가 음악처럼 짤랑이고 지기는 방 이편에서 저편으로 조스를 따라다닌다. 그애가 혀로 입술을 훔치는데 여전히 립스틱이 남아 있다. 발코니에서 그녀를 뚫어져라 바라보지 않으려 무진 애를 썼던 터라 립스틱을 잊고 있었다.

"있잖아, 이렇게까지 안 해도 돼." 내가 말한다. 오로지 내가 안쓰러워서 돕는 걸까봐 걱정이 된다. 조스에게 털어놓은 이야기를 상기하니 한심한 기분이 든다. 할머니는 돌아가셨지, 내 베스트 프렌드는 나를 좋아해주지 않고, 공식적으로 사귀지도 않은 사람에게 차였어. 그러고는 울어버렸다. 맙소사.

"나는 정말 괜찮아, 넬라." 조스는 깨끗한 옷이 들어 있는 빨래바구니를 발견하고 개킨 셔츠와 바지를 꺼내 옷 하나하나를 샅샅이 확인한다.

"조스, 그만해."

그녀가 멈추고 나를 바라본다. 입술이 너무나 보랏빛이다.

"괜찮아." 내가 말한다. "도와주지 않아도 돼."

"하기 싫었으면 안 도왔을 거야."

나는 약간 움찔한다.

"맞아. 그렇지만 그게 문제인걸. 내 어딘가가 사람들을 도와주고 싶게 만드는 걸까? 뭔가 한심해 보인다든가. 내 말은, 나는 어떤 여자애랑 두 달간 사귄다고 생각했고 심지어 가족들도 내 연애를 도와주려 애썼어. 사람들은 날 도와주고 싶어하거나 보살펴주고 싶어하나봐. 그렇지만 그 돌봐줘야 할 것 같은 모습 때문에 결국 더이상 나를 곁에 두고 싶어하지 않아."

"넬라, 네가 보살핌을 받을 필요는 없어. 너는 무력한 어린아이가 아니니까."

"알아."

"정말 알아?" 질문하는 조스는 화가 난 듯 보인다. "네가 한심해서 널 돕는 게 아니야. 분명히 하자면, 넌 한심하지 않아. 넌 세심해. 부드러워. 연약하고 다정해."

나는 눈을 빠르게 깜빡이고 따가운 눈에 물기가 어린다.

"내가 널 도와주는 건 너랑 이야기하고 널 알아가고 어두운 건물을 이리저리 따라다니려는 구실이었어. 넌…… 뭔가 대단해. 아이크 할아버지가 말한 그대로야. 하지만 네가 그걸 깨달을 때까지 나나 다른 사람의 생각은 상관없을 것 같네."

나는 무슨 말을 해야 할지 몰라 가만히 말없이 있는다.

"그 여자애가 의도했든 안 했든 널 유혹한 건, 네가 따뜻하고 상냥하고 다정해서야. 지금쯤 자기 실수를 깨닫고 있겠지. 넌 퀴니 할머니 방의 장미수정 같은 사람인 거야. 에너지에 사랑이 넘치는 사람."

나는 마른침을 삼킨다.

"그런 건 잘 모르겠고," 나는 그렇게 답하고 말하려던 것보다 훨씬 빠르게 말을 이어간다. "대단한 사람은 너야. 다른 사람을 도와주려 개를 훈련시키잖아. 아동병원, 동물보호소, 요양원과 호스피스에 자원봉사를 가고. 클래식 음악가처럼 피아노를 치고. 할아버지한테 듣기로는 노래도 한다며! 내 말은, 너 자신을 봐봐. 네 존재 전부가 하나의 엄청난 예술작품이야."

마지막 말은 입 밖으로 내려던 게 아니었지만 사실이다. 그 말은 사실이다. 그걸 알 만큼 뚫어져라 바라봤으니까. 나는 치마를 아래로 잡아당긴다.

조스는 내게 다가오고, 뒷걸음질을 하는 내 등에 건조기가 닿는다. "그래." 낮게 깐 조스의 목소리에 얼굴이 화끈거린다. "넌 아프신 할머니를 행복하게 만드는 방법을 찾아냈지. 넌 친구에게 사랑한다고 고백할 정도로 용감했어, 그 친구가 널 똑같이 사랑해주지 않아도 친구로 남으려 애썼지. 네 맘을 부순 애한테 계속 친절하게 굴고. 네가 문자 보내는 걸 봤어. 그리고 넌 부츠 신은 발로 그 망할 불도 비벼 껐어! 존재가 예술이니 하는 이야기는 하지 마, 왜냐하면……" 조스는 한 걸음 물러서더니 위아래로 나를 바라보고는 말한다. "젠장, 넌 정말."

"아. 그래, 하지만."

"더 말할 것도 없어, 넬라 로즈 잭슨."

이렇게나 가까이 붙어서자, 우리의 키가 똑같다는 게 다시금 눈에 들어온다. 그녀의 안경테는 내 목걸이처럼 로즈골드다.

우리는 잘 어울린다.

조스의 눈동자는 우리가 있는 방의 색깔이다. 모든 조명이 꺼진 방의 색깔. 하지만 우리 바로 옆의 랜턴처럼 가운데가 연한 금빛으로 빛난다. 여기서 보니 피부는 헤이즐넛 껍질이나 다운타운에 있는 낡은 극장 화장실의 종이타월처럼 내 피부보다 살짝 밝은 갈색이다. 나는 길게 땋은 조스의 머리 갈래에 손을 뻗는다. 그녀의 다른 모든 것들처럼 부드럽고 단단하다.

"알았어. 조슬린 메이 윌리엄스." 내가 말하자. 조스가 살짝 웃음을 짓는다. "알았어. 이해했다고. 하지만 문제는……"

"네가 두려워한다는 거야." 그녀가 말한다. 나는 브리를 떠올리며 고개를 끄덕인다. 사랑을 하고 그 사랑을 잃는 기분을, 그것이 얼마나 미어지는 일인지를 생각한다.

"네가 원한다면 내가 우리 두 사람 몫만큼 용감해질 수 있어." 그녀가 말한다. "이 무언가, 우리의 무언가가 특별하게 느껴져."

나는 너무나 두려운 나머지 브리에게 키스를 시도한 적이 없었다. 부서진 마음에 새로운 누군가를 들여보낸다니 너무 이르고 위험한 것 같다. 하지만 별안간 두려워하지 않으면 용감해질 수도 없는 거라고 마음을 먹는다.

나는 조스의 새까만 입술, 검은 머리칼과 검은 눈동자를 바라본다. 그녀가 무언가 더 말하기 전에 나의 두려움을 집어삼키고 둘 사이의 공간을 좁혀간다.

키스는 느리고 따스하다. 퀴니 할머니 침대 옆 테이블에서 가져온 버터스카치 캔디처럼 아주 풍부하고 감미롭다. 하지만 내가 아는 그 달콤한 맛 사이로 느껴지는 무언가는 조스의 것인 게 분명하다. 더 맛보고 싶다. 나는 더 깊이 키스한다. 우리는 반대편 방들에서 왜 그렇게 많은 시간을 낭비한 것일까. 왜 이야기만 나누고, 키스 이외의 것만 해댄 걸까.

처음으로 입을 뗐을 때, 조스가 말한다. "일단 우린 네 그 비관주의부터 어떻게 손을 봐야 해. 일이 좋게 풀릴 수 있다고 생각할 순 없는 거야? 재앙으로 이어지진 않을 거라고? 너희 할머니 할아버지의 꼭 들어맞은 손처럼 우리가 서로 어울린다는 걸 알게 되면 어떻게 할래? 네 그 달콤함, 지나치게 섬세한 마음, 그

예쁜 눈, 아찔하게 짧은 치마, 그 모든 게 내가 찾던 거라면?"

내 얼굴이 붉어진다.

모르겠다. 알 수 없다. 그래도 알고 싶다는 생각이 든다.

나는 몸을 숙여 다시 키스를 한다.

그다음 입을 떼었을 때 말을 건네는 사람은 나다.

"나는 잘 울어." 내가 경고하자 그녀가 웃는다.

"감당할 수 있을 것 같아."

"나는 늘 브리에게 문자를 해."

"이제 거기 말고 나한테 보내."

"난 널 만나고 싶지 않았어. 만나면 이럴 거란 걸 알고 있었으니까."

"난 아이크 할아버지가 처음으로 네 이름을 말해줬을 때부터 널 만나고 싶었어." 우리는 다시 키스를 한다.

손을 내밀어 그녀가 앨시아 하우스에 걸어들어온 순간부터 내가 뚫어져라 바라보았던 그 허리춤에 손을 얹는다. 특이한 민소매와 그 민소매가 허락해주는 접근성에 감사하고 우주에, 요즘의 패션 트렌드에, 신에게 감사를 표한다. 비단처럼 부드러운 피부에, 그녀가 사용하는 로션에 무한한 감사를 느낀다. 그녀가 내 허벅지에 손을 올리고 그간 허리의 데님 스트립을 몇 번이나 잡아내려야 했던 것이 귀찮지 않게 느껴진다. 긴 치마를 입지 않았다는 게 너무나 기쁘다.

아침이 올 때까지 키스하고 만지고 싶지만 지기가 우리 둘 사이를 파고든다.

"지금은 안 돼, 지기." 조스가 세번째 키스가 끊기지 않도록 애쓰며 내 입술에 대고 말한다. 하지만 내가 눈을 떴을 때, 세탁실 문가에 할아버지가 서 있는 게 보인다.

"할아버지!" 나는 조스의 손을 잡아 옆으로 끌어당겨 그녀가 내 앞이 아니라 옆에 서게 만든다.

"우리가…… 피자를 시키려는데 말이다." 할아버지가 씩 웃으며 말한다. "너희도 먹고 싶은가 해서 왔지."

"아, 그럼요. 당연하죠." 조스랑 내가 동시에 말한다.

"여기 뭐가 묻었네." 할아버지는 말하며 엄지로 자신의 입술을 문지른다.

립스틱. 죄다 번졌겠구나.

나는 얼굴을 가리고 할아버지와 조스는 웃음을 터뜨린다. 조스는 이내 엄지로 내 얼굴에 번진 립스틱을 문질러 닦아준다.

"아직 내 지갑 갖고 있니? 꼬마 아가씨?" 할아버지가 묻자 조스는 주머니에서 지갑을 꺼내 건넨다. 할아버지는 지갑을 열고 나는 피자 주문을 위해 신용카드나 현금을 꺼낼 거라 생각하지만, 꺼내든 건 작고 네모낳다. 그건……

"사진이잖아요?" 조스가 말한다.

"어디서 찾은 거예요?" 어리둥절한 내가 묻자 할아버지가 나를 바라본다.

"잃어버린 적도…… 없는 거였네요?" 조스가 묻는다.

할아버지가 어깨를 으쓱한다. "네가 좀 가라앉아 있어야지, 넬라 곰돌이. 브리가 떠난 뒤로는 여기서 시간을 너무 많이 보내잖니. 네 또래의 다정한 아이를 알았으면 했지. 친구를 만들었으면 했어. 이렇게 빠르게 전개될 줄은 몰랐지. 그래도 이 관계에 반대하진 않는다." 할아버지는 더 활짝 웃는다.

나는 걸어가 할아버지를 팔로 툭 친다. "믿을 수가 없네요." 하지만 사실은 믿어 마지않는다.

지기는 할아버지와 나, 조스를 차례대로 바라보더니 꼬리로 트월킹을 춘다.

"고마워요." 나는 방금 쳤던 할아버지 팔을 문지르고 할아버지를 꼭 안는다.

"그래서 무슨 피자 먹고 싶니?" 할아버지가 위로 올라가려고 몸을 돌리며 묻는다. 나는 건조기로 걸어가 랜턴을 든다. 조스의 손도 잡는다. 키스와 어둠 때문에 흥분한 것도 맞지만 우리의 무언가가 분명 꼭 들어맞는다.

"저는 하와이안이요. 지기는 뭐든 잘 먹어요." 조스가 말한다.

"페퍼로니가 좋겠어요." 내가 말한다. "그렇지만 네가 더 맛있어." 나는 조스의 귀에 속삭인다.

핸드폰 진동이 울려 꺼내보니 트위그가 또 문자를 보냈다.

**트위그: 컵 가져올 거야 말 거야????**

**넬라: 이런. 진정해, 트위기.**

**트위그: 그렇게 부르지 말라고 했지?!!**

나는 웃으며 핸드폰을 다시 주머니에 넣는다. "어떻게 가야 할지 감이 안 잡히지만, 이따 내 사촌이 여는 브루클린 블록파티에 갈래?"

조스가 씩 웃는다. "당연하지. 어쩌면 너희 할머니 할아버지처럼 걸어갈 수도 있고. 가는 길에 딸기 아이스크림도 먹고?"

나는 활짝 웃으며 몸을 내밀어 그녀의 뺨에 키스를 한다.


우리가 위층으로 올라갔을 때 할머니 할아버지들은 서로 속닥이고 있다.

몽고메리앨런 부부가 우리를 보고 웃는다.

버디 할머니와 펄 할머니는 눈을 동그랗게 뜨고 서로를 바라본다.

세이디 할머니는 미미에게 '젊은이의 사랑'에 관한 무언가를 중얼거린다.

퀴니 할머니는 우리의 상기된 얼굴을 보더니 "흐으음" 하는 소리를 낸다.

에이다 할머니와 모르데하이 할아버지는 우리를 아랑곳하지 않은 채 실랑이를 하고 있다.

소파 한가운데에는 내가 여태 한 번도 본 적 없는 근사한 여성이 모피 로브 차림에 와인잔을 들고 앉아 있다.

"둘이 아주 오붓해 보이는걸." 그녀가 말한다.

"마담 마리!" 조스가 소리친다. "마리? 그 마리잔느 보베?" 내가 외친다.

"바로 그 사람이지." 그녀는 눈을 가늘게 뜨고 우리를 보며 와인을 살짝 들이켠다. 그러고는 고양이를 대하듯 지기를 쓰다듬는다. "지금 너희, 우리 아들이 처음으로 다른 남자애와 키스하다가 걸렸을 때랑 똑같은 모습이야."

나는 꿀꺽 침을 삼키고 아래를 바라보며 그녀의 시선을 피한다. 내 손과 깍지를 낀 조스의 손가락은 아무 움직임이 없다.

"여러분, 나는 개의치 않아. 터럭만큼도. 사랑은 사랑이지, 소녀들. 지금은 한창 배울 때고."

나는 얼굴이 새빨개지고 조스는 큰 소리로 웃는다.

참았던 숨을 내쉬고 조스를 힐끗 바라보며 말한다. "이제 브루클린까지 걸어가면 어떨까?"

이 말을 들은 마리잔느가 말한다. "걷는다고? 브루클린까지? 얘들아, 안 돼. 내가 있는 한 있어선 안 될 일이란다. 내가 내일 아침 손녀랑 JFK공항에 가느라 오늘밤 아들과 사위네 집이 있는 베드스타이에 머물 생각인데. 동승하지 않겠니?"

조스는 지기를 바라본다. "지기를 데려가도 된다면요."

"너희의 친구가 내 친구란다." 마담 마리잔느는 확답해준다.

조스는 고개를 끄덕이고 감사하다고 말한 뒤 활짝 웃는다.

"피자 시킬 거야, 말 거야?" 모르데하이 할아버지가 큰 소리로 묻는다.

나는 내 손을 꽉 붙드는 조스의 손을 더욱 세게 잡아쥔다.

# blackout

아주 기나긴 산책
3막

콜럼버스서클, 오후 7시 2분

우리는 계속 걷는다. 브로드웨이를 내려와 링컨센터를 지나 59번가로 이어지는 콜럼버스서클 로터리까지. 72번가부터 차들이 간격 없이 바짝 붙어 있더니 로터리는 아예 주차장이다. 이 도시는 전기 없이는 엉망진창일 뿐이다. 59번가역 입구는 경찰 수사 테이프로 막아놨다. 아직도 열차가 안 다니는 걸까?

"다운타운에 들어설 때쯤이나 전철이 운행하겠어." 나는 무심코 말을 꺼낸다. "안 그래?"

카림은 어깨를 으쓱하며 내 쪽을 보지도 않고 말한다. "아마도."

"하지만…… 곧 정상 운행을 할지도 몰라." 우리가 다운타운에 들어서기 전에 반드시 적어도 어떤 열차는 운행해야 한다. 그래야만 한다.

"잘도 그러겠다." 길모퉁이의 인파를 가르며 그가 큭큭 웃는다. "이 도시에선 아무것도 제때 고쳐지질 않지."

"아! 정말 지긋지긋해! 조금 더워졌다고 도시 전체가 멈춰버렸어."

"와. 너 정말 뉴욕을 조금도 그리워하지 않을 거야?"

"하! 그리워할 게 있긴 해?" 애틀랜타와 할리우드가 나를 부르는데.

카림은 입을 열려다가 다시 꾹 닫고서 핸드폰을 보고, 나는 얼굴에 부채질을 한다. 몇 시간은 걸은 기분이다.

"좀 쉬었다 갈 수 없어?" 내가 외친다.

"야, 우리 아직 미드타운도 못 왔어! 지금 쉬고 싶다고?"

"카림, 불지옥처럼 덥잖아." 등에 구슬땀을 흘리며 내가 툴툴거린다. "더 가고 싶으면 가. 그치만 난 지쳤어. 목도 마르고 진짜 쉬어야겠다고!"

카림은 한숨을 쉬더니 두 주먹을 주머니에 집어넣는다. 내가 흥분했을 땐 실랑이하지 않는 편이 낫다는 걸 그는 잘 알고 있다. 우리는 막 자리가 생긴 공원 입구 근처의 벤치로 향한다. 구석에 길거리 상인들이 몇 있다. 한 명은 핫도그를 팔고 다른 이들은 구운 견과류와 핸드폰 액세서리 등을 판다.

카림은 지나가면서 좌판을 훑어본다. "보조 배터리 사서 핸드폰 충전 좀 해야겠어."

"나 참! 돈을 다 쓰겠다고? 나랑 내 폰을 되게 떨구고 싶은가 보다? 응?"

그는 양손을 들어 보인다. "태미! 왜 이렇게 너만 생각해! 누군가는 해야 할 일이 있다고!"

"그럼 무슨 상관이야! 하고픈 대로 해! 네 돈이니까. 난 저기로 갈게!" 나는 그의 답을 기다리지도 않고 벤치로 쿵쾅대며 걸어간다. 원피스는 땀에 흠뻑 절어 빨래처럼 쥐어짜도 될 정도다. 나는 땋은 머리를 둥글게 말아올리고 핸드폰을 확인한다. 배터리 65퍼센트. 카림의 마지막 통화가 배터리를 잡아먹은 게 분명하다. 핸드폰마저 꺼지면 어떻게 될까? 그땐 내가 더이상 필요하지 않겠지. 트위그의 파티에 가기 위해 나를 두고 가버리겠지. 이마니에게 가기 위해. 나는 홀로 남을 거다. 폰도 없고, 돈도 없고, 전철이 다시 움직이지 않으면 집에 갈 방도도 없이.

나는 고개를 숙이고 몇 차례 심호흡을 한다.

괜찮아. 넌 괜찮아. 괜찮다고!

"여기." 카림이 앞에 서서 차가운 물병을 얼굴에 들이민다.

나는 그를 쏘아본다.

"목마르다며. 맞지?" 그가 말한다. "그럴싸한 이온음료는 아니지만 이게 내 최선이야. 관광객 가득한 공원 주변이라 3달러나 주고 샀으니까 시비 걸지 않는 편이 좋을걸."

받고 싶지 않다. 무엇 때문이든 내가 자신을 필요로 한다고 생각하지 않았으면 좋겠다. 하지만 맨해튼 끝에 도착하면 전철을 타는 데 내 남은 5달러를 쓰려고 계획을 해둔 상태다. 그때쯤이면 전기가 들어와야 한다. 반드시 그래야 한다. 그리고 지금 몸에 물을 보충하지 않으면 열사병으로 기절할 것만 같다.

"고마워." 내가 웅얼거린다.

"너…… 그거 뭐야, 또 공황발작 하려는 건 아니지? 응?"

내 볼은 불타듯 뜨거워진다. 나는 목을 축이려 고개를 돌린다.

"아니야." 내가 중얼거린다. "그냥 더워서 그래, 그게 다야."

거짓말이다. 전기가 나간 이후로 가슴속이 계속 진동하는데 곧 폭발할 것만 같다. 말을 꺼내기가 두렵다. 네가 필요하다고 말하기 너무 창피하다. 그리고……

아냐!

아니, 난 카림이 필요하지 않다.

지난 넉 달간 그의 도움을 받지 않고도 혼자서 잘해왔다.

카림은 내 말을 믿는 것 같지 않지만 별말 하지 않는다. 내 옆

자리에 앉더니 자기 물을 마시며 주위를 둘러본다. 나는 꼬치꼬치 참견하며 질문을 하고 싶어 입이 근질거린다. 카림은 무슨 대학에 갈까? 누구에게 계속 전화를 거는 걸까?

잠깐!

침착한 척 나는 가방을 뒤져 통화 기록을 살펴본다. 이러면 안 된다는 걸 안다. 사생활을 침해하는 일이지만 나는 알아야겠다. 알면 기분이 나아질 것이다.

번호는 718로 시작하고 유선전화인 듯하다. 이마니의 집전화 일지도 모른다. 아니면 누구겠어?

"이렇게 사람들이 밖에 나와 있다니 진짜 진풍경이다." 카림은 컴캐스트 유니폼을 입고 최선을 다해 교통정리를 하고 있는 노인을 바라보며 말한다. "우리가 이 중차대한…… 순간의 한복판에 앉아 있다니. 훗날 자식들에게 이런 일을 겪었다고 말해줄 수 있겠지!"

"2차대전이라도 난 것처럼 얘기하네?" 나는 웃는다. "그냥 정전일 뿐이야."

"그래. 그렇지만 정전중엔 온갖 난리가 일어나잖아." 카림은 자기 핸드폰을 다시 확인하며 말한다. 폰이 죽었다고 하지 않았나? "1970년대 정전에 관한 것들 다 기억나?"

우리는 선택과목인 '뉴욕 역사' 시간에 1970년대에 발생했던 정전에 대해 배웠다. 스물네 시간 정도였지만 대량 범죄를 유발해 도시가 큰 피해를 입기 충분했었다. 그가 어두워지기 전에 집에 가고 싶어하던 데는 이유가 있었다.

"응. 기억나."

"만약에 말야," 카림이 슬그머니 웃으며 말한다. "오늘밤 그런 일이 다시 일어나면 어떡할 거야?"

"뭐? 그땐 건물이 불탔어! 상점이 털리고. 브롱크스가 불바다였다고!"

카림이 웃는다. "하지만 그 모든 약탈 끝에 사람들이 힙합을 발견했지."

나는 입을 맞문 채 눈썹을 치킨다.

"나 진지하다고!" 그가 다시 웃는다. "네가 보자고 우긴 그 다큐멘터리에 집중했던 사람은 나 하나인 게 분명하네."

"뭐래! 대학에 걸맞은 지성을 기르려면 교육방송만한 건 없다고 했어. 게다가 애니메이션은 견디는 데 한계가 있다고. 나는 진지한 영화를 만들 생각이야. 상을 받고 모두 기사를 쓰는 그런 영화."

카림은 눈을 굴린다. "어쨌든…… 정전이 아니었으면 그 사람들이 턴테이블을 훔치지도 않았을 거고 그러면 파티를 열지도 않았겠지. 그러면 오늘날 힙합은 없었을 거야. 그러니까 그때처

럼 이런 상황에서도 무언가 좋은 일이 생길지도 몰라. 그런 마법
은 어둠 속에서만 일어난다고."

눈이 마주치자 그에게 기대고픈 충동이 든다. 그 순간만이라
도. 안전한 기분을 느끼고자…… 하지만 화끈거리는 얼굴로 마
음을 억누른다.

"음, 그때 정전은 스물네 시간 넘게 계속됐지." 내가 시간을
확인하며 말한다.

"걱정 마. 그전에 집에 도착할 테니까." 그가 일어서며 말한다.

그게 바로 내가 걱정하는 것이다.

그는 백만번째 핸드폰을 보고는 눈썹을 찌푸린다.

"너 왜 계속 폰을 보는 거야?" 내가 묻는다. "폰 꺼진 줄 알았
는데. 그래서 내 거 필요한 거 아니었어?"

그가 끙 하는 소리를 낸다. "2퍼센트 남았어. 왜 자꾸 꼬치꼬
치 캐묻는 거야?"

"솔직하게 말하라고. 그게 다야."

그의 눈이 커진다. "솔직? 대체 뭔 말이야. 내가 너한테 정직
하지 않다는 거야?"

나는 어깨를 으쓱한다. "나는 그렇다고 안 했다. 네가 말한 거
야."

"야, 나는 너한테 거짓말한 적 없어. 단 한 번도!"

"파티에 대해선 거짓말했지."

"진심이야? 그것 때문에 이러는 거라고? 아직도?"

"그냥 말하는 건데, 그 여자애, 너도 알겠지만 우리 사이가 끝나 자마자 네가 바로 만나는 개한테 전화 걸려는 거면 그냥 말해!"

카림은 두 손을 들어 보인다. "말 다 했어? 제기랄. 날 거짓말 하고 바람피우는 인간으로 몰아가게 놔두지 않겠어. 네가 계속 참견하는 이상, 어쩔 수가 없네!" 그는 숨을 깊이 들이마신다. "시니어 주택에 있는 할머니한테 전화하고 있다. 됐어? 만족해?"

"할머니?"

"그래. 어둠을 무서워하시거든. 언제부터냐면 그때 그……"

"그때 그 정전." 나는 눈을 꼭 감고 카림의 말을 이어받는다. 젠장! 당연한걸!

"그래, 그거! 엄마는 쌍둥이를 돌봐야 하고 나 말고 할머니 상 황을 확인할 사람이 없어. 혼자 계시는데 우리가 할머니를 홀랑 잊었다고 생각하시지 않았으면 좋겠다고! 그래서 빨리 거는 거 야. 오늘밤 파티 열리기 전에 확인해야 하니까."

카림의 할머니는 70년대에 있었던 정전을 겪었다. 그래서 그 가 정전에 그렇게 관심이 많은 거였다.

젠장, 기억력이 나쁜 건 내가 아니라 카림이어야 하는데.

카림의 할머니는 우리가 어렸을 때 학교 끝나고 돌아온 우리를 돌봐주시곤 했다. 할머니는 단 몇 시간이라도 우리가 혼자 있는 걸 좋아하지 않으셨다. 숙제를 끝내고 TV에만 붙어 있지 않도록 온갖 게임을 고안하시기도 했다. 엄마가 근무를 끝내고 집으로 돌아오면 할머니는 집 네 채만 지나가면 되는데도 나 혼자 걸어가게 놔두지 않으셨다. 늘 나와 함께 걸어주셨고 카림과 내가 손을 꼭 잡아 서로 잃어버리지 않게 하셨다.

얼마나 무서워하고 계실까……

"알았어. 잠깐만…… 기다려봐." 나는 몇 걸음 떨어져 내 핸드폰을 꺼내든다. "여보세요, 엄마."

"우리 딸, 지금 어떻게 하고 있어?"

"나는…… 괜찮아요. 엄마, 있잖아. 부탁 하나만 들어주면 안 될까? 카림 할머니 계시는 시니어 주택에 들러줄 수 있어? 카림이 많이 걱정해요. 깜깜한 걸 무서워하신대."

"아, 그럼. 당연하지. 들러서 확인하고 알려줄게."

나는 전화를 끊고 손바닥에 주먹을 비비고 있는 카림에게 돌아간다.

"우리 엄마가 시니어 주택에 들르겠대."

그의 입이 떡 벌어진다. "뭐야, 정말이야? 그래주신대?"

"응. 안 될 게 뭐야?"

"그야 우리가 이제 안…… 만나니까."

내가 어깨를 으쓱한다. "우리가 더이상 만나지 않는다고 해서 네게 할머니가 얼마나 중요한지 모르는 건 아니니까."

그가 알 수 없는 표정으로 고개를 끄덕인다. "아…… 고마워."

"천만에."

우리는 잠깐 서로를 바라보고 그는 눈을 돌리더니 목을 가다듬는다.

"음. 그러니까…… 브로드웨이로 걸어야겠네."

"타임스스퀘어의 그 인파를 뚫고 가자고? 아니, 11번가로 간 다음에 쭉 내려가야지."

"정전이 한창인데 사람 없는 동네로 걸어간다고? 나는 오늘 털리고 싶지 않거든?"

그의 인내심이 바닥을 드러내는 듯해 나는 입을 다문다. "하지만."

"나를 좀 믿어주면 안 돼? 한 번이라도?"

"무슨 소리야? 난 너 믿었어."

그는 고개를 절레절레 흔들고 말없이 걷는다.

나는 따라간다.


도시 중심가에 들어서자 그곳은 예상한 대로 혼돈이다. 모두가 새해 전야에 볼드롭*이나 번쩍이는 거대한 전광판들을 보러

오는 곳. 이번에는 사람들이 전부 핸드폰을 들고 하늘을 향해 고개를 꺾은 채 진기한 광경을 바라보고 있다. 온통 새까만 타임스스퀘어를.

"우와." 사람들 사이를 걸으며 카림은 감탄하고 웃는다. "이런 건 처음 봐. 스크린이 다 까맣잖아. 와, 미쳤다!"

나는 팔꿈치로 사람을 밀치고 유아차들을 건너뛰어 뉴욕시가 관광객을 위해 늘어놓은 빨간색 접이식 철제 의자를 요리조리 피해가면서 사이사이에 숨을 쉰다. 의자는 사람들이 밟고 올라서 감탄을 내뱉으며 사진을 찍는 데 사용되고 있다.

카림은 평소에는 선명한 빨간색으로 빛나는 유리 계단 관람석 앞에 있는 작은 티켓부스 근처의 사람 없는 곳에 멈춰 선다. 카림이 밸런타인데이에 나를 데려왔던 곳이다. 길거리 화가들이 얼굴을 그려주는 걸 내가 얼마나 좋아하는지 알기 때문이다. 심지어 장미까지 사줬다. 기억을 하는지는 모르겠지만……

그만 생각해. 걔는 아무것도 기억 못해.

"왜 그러고 있어?" 내가 인파를 벗어나려 안달하며 묻는다. 사람은 너무 많고 공기는 희박하다.

---

* 매년 타임스스퀘어에서 열리는 행사로 신년을 맞이하는 순간에 거대한 공 모형을 아래로 내린다.

카림은 미소를 지으며 위를 올려다보고 있다. "있지, 그게 네 문제라고. 너는 순간을 살아가는 법을 몰라."

"뭐? 아니거든!"

"1학년 때부터 너는 늘 다음에 무슨 일이 생길지 걱정했잖아." 여전히 위를 바라보며 그가 말을 잇는다. "아침을 다 먹기도 전에 점심에 먹을 걸 생각했지. 중학생 때는 어느 고등학교에 갈지, 고등학생 때는 어느 대학교에 갈지가 네 모든 관심사였고. 네 바로 앞에 있는 걸 즐기지 않잖아."

그는 나를 내려다보고 씩 웃는다. 늘 나를 녹아버리게 만드는 저 미소가 지금은…… 불편하다. 더이상 내 것이 아니므로.

"제때 파티에 가야 한다고 밀어붙인 건 너야." 내가 받아친다.

"그래, 하지만 우리는 지금, 역사적인 순간 한가운데 있다고. 인생에 단 한 번만 일어나는 그런 일이야. 그런데 너는 잠시도 보지를 않네. 봐봐, 저 위를."

그는 내 턱 아래 검지를 대더니 고개를 젖히게 한다. 하늘은 짙푸른 색이고 우리는 마천루의 그림자에 잠겨 있다. 다른 때 이곳에 서 있는 건 전구알 속에 앉아 있는 것 같았다. 하지만 오늘 밤은, 모든 전광판, 모든 조명과 간판의 불이 꺼져 있고 온 세상이 느리게 돌아가는 듯하다. 우주의 중심에 서서 빅뱅을 기다리고 있는 듯한 기분이다.

"와." 내가 나직이 감탄한다.

"말했지! 쩔어주잖아, 그치?"

내 얼굴에 웃음이 퍼지는 것이 느껴지고 우리는 함께 웃는다.

"아, 나는 네가 왜 그렇게 멀리 있는 학교로 일찍 떠나려는지 모르겠어. 우리 도시 같은 곳은 세상 어디에도 없어. 분명 그리워하게 될 거야."

나는 지그시 입을 다물고 미소는 점차 옅어진다. "아무도 날 그리워하지 않을 거야."

"누가 그런 거짓말을 해?"

나는 눈을 깜빡이며 그가 있는 방향으로 고개를 확 꺾는다. "뭐라고?"

말없는 그의 얼굴 위로 자동차 헤드라이트 불빛이 스쳐간다. 알 수 없는 표정이다. 하지만 그의 입술은…… 그의 입술은 나를 부르고 있고 나는 버틴다. 의식과 심장이 줄다리기를 한다. 키스를 하고 싶지만 그런다고 그가 내 것이 아니라는 현실이 변하는 것은 아니다.

"화, 화장실에 가야 할 것 같아." 내가 불쑥 말한다.

"으어어! 못 참겠어?"

"이제 겨우 미드타운이고 한참 더 가야 하잖아! 그렇게 오래 참으라는 거야?"

"젠장." 그가 탄식한다. "길에서 쪼그려앉기라도 하겠다는 거야?"

그렇게, 그는 다시 무성의한 인간으로 돌아왔다.

"42번가에 맥도날드 있어." 내가 답한다. "거기로 가자."

"좋아. 그런데 제발 좀 서두르면 안 될까? 벌써 일곱시 삼십분이 지났다고. 트위그한테 아홉시까지 간다고 했는데 아직 다리도 못 건넜잖아."

바람이 나를 집어삼킨 것처럼 숨이 막힌다.

괜찮아. 다리 건널 때쯤이면 전철이 운행할 거야. 당황하지 말자.

"글쎄. 불이 나간 전광판이나 바라보며 서성인 건 너야." 나는 쏘아대며 급격하게 방향을 틀다가 빨간 의자에 서 있던 남자와 정면으로 부딪힌다.

"아아아!" 남자가 비명을 지르며 고꾸라지고 내가 그의 몸에 걸려 콘크리트 바닥에 머리부터 착지하려던 순간…… 카림이 내 허리를 잡고 낚아챈다.

"와, 너 괜찮아?"

발이 대롱거리는 채로 나는 그를 올려보고 그의 팔을 다시 내려다보며 현기증 같은 것을 느낀다.

"음. 응, 그럼, 나 괜찮아." 나는 그의 손에서 벗어나려고 버둥대며 횡설수설한다. 그는 내 것이 아니야. 되뇌고 또 되뇌며 그의 팔에 다시 안겨 있는 기분이 얼마나 좋은지를 잊으려 애쓴다.

"어이!" 바닥의 남자가 소리를 지른다. "내 폰 망가졌잖아!"

그는 손에 핸드폰을 쥔 채 앉아 있고 핸드폰 액정은 산산조각이 나 있다. 젠장!

"죄송해요. 보지 못했—"

"장님이야? 눈앞에 있는 사람을 못 본다고?"

"애한테 그렇게 말하지 마요." 카림이 큰 소리를 낸다. "사고였다고요, 진정해요!"

남자는 일어나 다리의 먼지를 떤다. "그래서 네가 내 핸드폰 액정을 보상한다는 거야? 아니면 네 여자친구가 보상한다는 거야?"

카림이 내 앞에 나서며 그를 훑어본다. "아저씨, 난 돈 안 내요. 쟤도 안 내고요."

"무조건 둘 중 하나는 내야지. 사람 물건을 부수고 그냥 가는 법은 없어."

카림이 코웃음을 친다. "그렇게 말하는 걸 보니 관광객 같네."

"사고였잖아요." 내가 쏘아대고는 카림을 바라본다. "가자, 이 사람 제정신 아니네."

"좋아. 그렇다면 경찰을 부르지."

"정신 나갔어요?" 카림이 고함을 친다. "그게 무슨 의민지 알기는 해요? 지금 진짜 심각한 긴급 상황인데. 경찰은 충분히 바쁘다고요!"

둘이 언쟁을 벌이자 사람들이 주변을 둘러싸고 무슨 일이 벌어지든 영상을 찍을 준비를 한다. 정전이 끝나기도 전에 온갖 SNS를 오르내릴 지경이다. 이걸 학교에서 보고 뭘 해보기도 전에 우릴 쫓아내면 어떡하지?

"카림, 그냥 가자." 내가 사정하며 팔을 잡아당긴다.

"아니, 너흰 아무데도 못 가!" 남자가 소리치며 우리 쪽으로 성큼 다가온다.

"어쩔 건데!" 카림이 그의 얼굴에 소리지른다. "막기라도 하겠다는 거야?"

남자는 멈칫하더니 상황을 재는 듯하다. 카림은 물러설 기미가 없다. 본 적 있는 장면이다. 그래서 나는 중학교 시절 카림이 동네 쓰레기 녀석들에게 괴롭힘을 당할 때 했던 행동을 한다. 양손으로 그의 두 손을 맞잡고 그를 끌어당긴다.

"카림." 내가 부드럽게 호소한다. "제발. 가자."

카림은 그 남자에게서 눈을 떼어 나를 바라본다. 그 순간만큼 우리는 다시 우리다. 간단한 눈짓 사이로 많은 말들이 오간다. 혼란할 대로 혼란한 내 마음에는 불공정한 처사지만, 이게 그가 나에게 집중하게 만드는 유일한 방법이다.

카림은 마지못해 고개를 끄덕이고 내 손을 잡는다. 우리가 사람들 사이를 뚫고 걸어가자 남자가 뒤에서 소리를 지른다. 우리는 쉬지 않고 걸어가 42번가와 브로드웨이 교차로에 도착하지만 맥도날드는 닫혀 있다.

"젠장." 내가 투덜거린다.

카림이 우리 손을 내려다보더니 이내 손을 풀고 목을 가다듬는다.

"음…… 피프스 애비뉴에 있는 큰 도서관에 화장실이 있어." 카림이 제안한다.

"아직 열었을까?"

"도서관을 닫진 않을 거야. 그건 법인지 뭔지에 어긋날 텐데."

"좋아, 가보자."

"잠깐, 기다려." 그가 화살표 표시와 함께 아이스크림 무료라고 적힌 길모퉁이의 입간판을 가리킨다. 얼굴에 웃음이 퍼져나간다.

"카림, 안 돼……"

하지만 이미 늦었다.

그는 그 블록을 달려내려가더니 붐비는 가게 안으로 쏙 들어간다. 나는 바깥 도로 표지판에 몸을 기대고 기다린다. 해는 졌지만 조금도 시원해지지 않았고 수많은 사람들이 길 위를 배회

하고 있다. 아직 모두 기절하지 않은 게 신기할 지경이다.

나를 좀 믿어주면 안 돼? 한 번이라도?

그의 말이 머릿속에 맴돈다. 왜 그런 말을 했을까? 왜 예전에 내가 그를 믿지 않았다고 생각한 걸까? 그 일이 일어나고, 그를 믿지 않는 편이 옳았다고 결국엔 자신이 직접 증명하지 않았던 가?

"여깄다!" 카림이 컵 두 개를 들고 나타난다. "네 올드한 취향 대로 케이크 반죽 맛 아이스크림에 그레이엄 크래커랑 딸기 넣었어. 음, 미리 생일 축하해?"

"와. 고마워." 내가 말한다. "기억하고 있었네."

"당연하지."

우리는 42번가를 따라 동쪽으로 빠르게 걸어내려가며 상점, 레스토랑, 브라이언트파크를 지나간다. 뉴욕공립도서관에 도착했을 때 내 아이스크림은 거의 밀크셰이크가 되어 있다.

"녹기 전에 이거 먼저 먹고…… 화장실을 가자." 내가 말한다.

"좋아." 카림이 동의한다.

우리는 콘크리트 앞 계단, 거대한 사자 동상 사이에 앉아 피프스 애비뉴를 지나가는 차량을 내려다본다. 도시에서 유일하게 빛이 나는 건 차, 트럭, 택시뿐인 듯하다.

"뭐라도 먼저 먹어야 하는 거 아냐? 제대로 된 점심이나 저녁

같은 거?" 내가 웃으며 내 컵의 플라스틱 뚜껑을 연다. "우리가 여기서 야채 먹기 전에 디저트부터 먹는 걸 아시면 너희 할머니가 혼쭐을 내실 텐데."

"내가 뭐랬어? 지금 이건 역사야, 디저트부터 먹는 게 나아." 그가 말하며 한 숟가락 뜬다. "음! 반쯤 녹긴 했지만 끝내주네!"

나는 내 입으로 스푼을 밀어넣으며 얼음 같은 차가움과 우리가 어느 여름날 함께 발견해낸 아이스크림 토핑의 완벽한 조합을 즐긴다. 이마니와 이걸 먹었을지 궁금하다. 진심으로, 우리가 함께했던 모든 것을 그들이 같이하고 있는지 궁금하다.

"우리 아빠 결혼해."

나는 너무 놀라 스푼을 떨어트릴 뻔한다.

"뭐? 진짜야?"

"응." 카림은 한숨을 내쉬며 고개를 절레절레 젓지만 미소를 짓고 있다. "1월에 휴양지에서 결혼식을 올릴 거야. 내게 베스트맨 들러리를 해달라고 했어. 너희 엄마가 너한테 안 말한 게 의외네. 그 여자가 너희 엄마랑은 얘기했거든."

엄마가 '카림 언급 금지' 규칙을 매우 잘 지키긴 했지만, 이런 건 당연히 나한테 이야기해줬어야 하는 거다!

"너희 어머니는 어떠셔?" 내가 묻는다.

"엄마는…… 화가 나 있지. 아니면, 화가 났었지. 그다음엔 속상해하시고. 졸업식에서 아빠한테 말을 걸지 않으려 했지. 그래도 나는 이해해."

"그럼…… 너는 어떤데?"

그는 코를 한 번 들이마시며 목덜미를 문지른다. "나는, 처음에는 그냥…… 아빠가 나가서 등에 새 배터리를 끼우고 새로 솟는 에너지를 엉뚱한 사람에게 들이붓는구나 생각했어. 엄마랑 노력을 해봤으면, 진심으로 노력해봤으면 했어. 엄마만을 위해서가 아니라 나랑 쌍둥이를 위해서. 아빠한테 그렇게 말했어…… 내가 잃을 건 없잖아. 맞지? 더이상 살지도 않는 집에서 쫓겨날 수도 없고."

"와." 내가 응수한다. 카림은 절대 속에 있는 생각을 꺼내지 않는 사람이다. "뭐라 하셨어?"

그는 깊이 숨을 들이마신다. "'사람은 서로 멀어지고 또 변한다. 그 변화에 맞설 수는 없다. 변화하는 사람과 싸우는 것은 너자신과 싸우는 것이나 마찬가지다. 그 사람들을 받아들이고 어찌되었든 사랑해주는 선택지밖에 없다. 만약 그걸 못하겠다면 그 사람의 안녕을 위해 보내줘야 한다'고 했어. 무슨 말인지는 알겠어. 어쨌든 이젠 서로 대화는 해. 형제처럼. 이런저런…… 조언을 아끼지 않아. 새엄마는 예쁘셔. 둘이 여행도 다니고 온갖 유치한 사진도 찍고 같이 운동도 하고…… 베스트 프렌드 같아

보여. 아빠가 행복해서 나도 기뻐. 아빠랑 내가 진작 이런 사이면 좋았을 텐데. 가령 아빠가 떠나던 사 년 전에."

카림은 웃는다. 그렇게 행복해하는 카림을 보는 게 좋다. 중학교 때 서로 싸우기 시작한 이후로 카림과 카림 아버지는 사이가 나빴다. 나는 속을 갉아먹듯 밀려드는 후회를 무시하려 애쓴다. 이런 일이 일어나는 동안 그의 곁에 있어줘야 했다. 어마니가 아니라 내가. 나는 의아해진다. 내가 왜 같이 있어주지 않았지?

"네가 아까 한 말, 그거 말하는 거야?" 내가 묻는다. "내가 헤어지자고 했다는 거?"

카림이 천천히 입에서 스푼을 꺼낸다.

"그게 네가 한 짓 아니야?" 그가 중얼거린다. "이별 문자 하나 달랑 남겨놨잖아."

"그건…… 아니야, 됐어."

그가 한쪽 눈썹을 치킨다. "뭐, 말해봐."

"나는 네가…… 나와 헤어지잔 걸로 알았는데."

"뭐?" 그가 기겁한다. "왜? 나는 아무 말도 안 했다고."

"바로 그거, 아무 말도 안 한 거. 읽고 씹었잖아."

"그러는 너는 왜 아무 말 안 했는데?"

"그건!" 나는 아이스크림에 스푼을 내리꽂는다. "네가 그 파티에 갔으니까. 나한테 말도 안 하고."

"누가 날 껴주기까지 내가 얼마나 기다렸는지 알아? 난 네가 이해해줄 줄 알았어."

나는 고개를 젓는다. "그냥 빠져나갈 구실이 필요했던 거지. 넌 언제나 그 모든 파티에 가고 싶어했어."

"그래! 음악이 좋으니까! 네가 사람 많은 걸 싫어하는 건 내 잘못이 아니야."

"그리고 내가 그애에 대해 어떻게 생각하는지 말했잖아."

"그건 걱정 안 해도 된다고 내가 말했지, 난 널 만나잖아! 내 말은…… 만났잖아."

나는 깊이 숨을 마신다. '만났잖아'라는 말이 내 목을 찔러댄다. 그는 일어서더니 한 계단 아래서 이리저리 움직이기 시작한다.

"너 그 쓰레기 같은 문자를 읽어보기는 했어? 내가 그 파티에 가는 게 그렇게 퍼부어댈 일이었어? 그건 내가 처음으로 돈 받고 하는 디제잉이었어! 네가 내 일로 기뻐할 줄 알았어. 우린 네가 하고 싶어했던 건 뭐든지 함께했으니까. 대신 너는 나를 거짓말쟁이에 바람피운 쓰레기로 만들었지. 나는 한 번도 너한테 거짓말하거나 널 속인 적이 없었는데도! 걔는 네가 날 찬 이후에 사귄 거야!"

"마지막으로 말하는데, 난 널 차지 않았어!"

"네가 더이상 말을 하지 않았잖아! 내가 어떻게 하길 바란 거야?"

"한 블록 걸어와서 우리집에 노크를 할 수 있었지. 우리가 어렸을 때 수천 번씩 그랬던 것처럼. 그렇게 말을 걸 수 있었지. 그게 내 남자친구로서 네가 해야 하는 일이야!"

그는 내 앞에 멈춰 서더니 몸을 숙여 두 눈으로 나를 쏘아본다.

"태미, 내 유일한 일이 널 사랑하는 거였어. 내가 안 그랬다는 거야? 남자친구로서 해야 하는 일이라고? 네가 해야 하는 일은 뭐였을까?"

심장이 내뱉은 딸꾹질이 목을 타고 올라온다. 이런 이야기는 듣고 싶지 않다. 이런 대화는 나누고 싶지 않다. 사랑이든 뭐든 이야기하고 싶지 않다. 다 끝났으니까! 그도, 나도, 우리도 없고 그저 그와 그 여자애가 존재할 뿐이다.

"우리…… 우리 가야지." 내가 말한다. "오늘밤 파티 있다며, 맞지?"

카림이 입을 열려는 사이 어느 홈리스가 계단을 달려 우리를 지나친다. 우리는 그가 도서관 문으로 달려가 문을 잡아당기는 것을 본다. 문은 잠겨 있다.

"이런." 우리는 동시에 말한다.

"이제 어떡하지?" 나는 신음한다. "골목에다 오줌 싸고 싶진 않아!"

카림은 입술을 깨물고 내 발을 훑는다. "아아아! 너! 그리고 저 망할 신발끈!"

나는 그의 눈길을 따라 내려다본다. 왜인지 끈이 풀렸는데 거기 익숙해져 알아차리지도 못하고 있었다.

그는 무릎을 땅에 대고 손으로 재빠르게 끈을 묶는다.

"끈도 제대로 못 묶으면서 왜 운동화를 사는 건데?" 짜증에 찬 그가 혀를 찬다. "넌 나 없이 몇 달간 대체 뭘 하고 지낸 건데? 보나마나 넘어졌겠지. 아직 팔이 안 부러진 게 놀랍네."

왼쪽 신발을 다 묶은 그가 오른쪽 신발로 넘어간다. 발에 긴장을 풀자 곧바로 발목에 아늑하고도 단단한 안정감이 느껴진다. 몇 달 만에 느끼는 기분인지도 모르겠다.

"고마워." 내가 사근사근한 목소리로 말한다.

그 말이 안에 있는 무언가를 건드렸는지 그는 순간 얼어붙는다. 그리고 서서히 녹아내리면서 어깨에 힘을 풀고 손을 조심히 움직여 내 오른 발목 뒤로 끈을 돌리고 내 신발에서 눈을 떼지 않는다. 그러더니, 나의 맨 정강이에 이마를 기대고 숨을 들이쉰다.

그의 정수리를 바라보는 나의 심장이 요동친다. 그의 손길에 마음이 저리지만 또 간절히 어둠 속에서 이렇게 그와 함께 있고 싶다…… 영원히.

그는 고개를 들어 내 다리에 볼을 댄다.

"우린 왜 이렇게 된 거야?" 그가 조용히 말한다.

처음으로, 나는 확신할 수 없다.

# blackout

## 그 모든 위대한 사랑 이야기와······ 먼지

도니엘 클레이턴

뉴욕공립도서관, 오후 8시 3분

어떤 이야기는 어두운 곳에서 펼쳐지는 편이 낫다. 덤불 속에서 쫓기는 무서운 이야기만 그런 건 아니다. 한집에 모든 용의자들이 갇혀 있는 탐정소설만 그런 것도 아니다. 사랑 이야기도 불이 나간 와중에 빛을 발한다.[*]

나는 도서관 애스터 홀의 문을 살금살금 지나간다. 길에는 한

---

[*] 진실: 내게는 사랑 이야기가 없다. 562명의 사람 중 단 한 명만이 사랑을 찾는다. 운이 좋으면. 어제 이걸 읽고 인간관계에 관한 스크랩북에 추가했다. 신문에 실린 낭만적인 첫 만남과 결혼 이야기를 오렸다. 하지만 사랑을 찾는 것은 동일한 모양의 눈송이를 찾는 것만큼 드문 일이라 생각한다. (원주)

무리의 사람들이 넘쳐나고 그들의 얼굴은 다가오는 일몰과 도시가 맞이할 어둠에 대한 공포로 가득차 있다. 하지만 나는 그 광경이 참을 수 없이 보고 싶다. 도서관 건물 사자상 사이에 앉아 있는 두 사람에게서 눈을 뗄 수가 없다. 내가 어렸을 때 할머니는 나를 여기로 데려왔고 우리는 사자 하나하나와 인사를 나누었다. 할머니는 저 한 쌍의 사자, 인내와 용기가 도서관의 모든 책을 위험으로부터 보호해준다고 속삭였다. 나는 언제나 자부심 가득한 할머니를 올려다보며 누가 왜 도서관의 책들을 위험에 빠뜨리는지 물었고, 할머니는 눈을 찡긋하며 우리가 나누는 이야기들은 때로 위험할 수 있다고 재차 알려주었다.

남자아이가 내 또래로 보이는 여자아이 앞에 몸을 숙이고 있고, 그 여자아이는 내가 지난주에 했던 머리처럼 두껍게 땋은 머리에 피부는 나와 비슷한 갈색이다. 여자아이가 나처럼 주근깨가 있을지 궁금하다. 여자아이는 기이한 표정으로 남자아이를 바라보는데 마치 남자아이에게 묻고 싶은 질문이 있는 것만 같다. 내가 늘 품고 다니는 그 질문과 비슷한 질문.

저 두 사람에게 이미 사랑 이야기가 있는 것인지 궁금해진다. 아니면 한 명의 짝사랑 이야기인 걸까. 언젠가 나도 그런 이야기를 가질 수 있을까.

"붙잡히기 전에 빨리 와." 내 베스트 프렌드 트리스탄이 손을 흔들어 아동열람실로 오라는 신호를 보낸다.

직원들이 외부 문을 하나하나 직접 닫기 시작하고 나는 그의 뒤를 따라 달린다. 정전으로 도서관은 일찍 마감을 하고 있다. 금속이 끼익하는 소리가 남아 메아리친다.

어둑한 방으로 우리는 살금살금 걸어간다.

"라나, 그냥 졌다고 해. 나는 여기서 밤을 보내지 않을 거야. 이 내기 때문에 트위그의 파티를 놓치진 않을 거라고." 트리스탄이 내 팔을 툭 친다. "트위그한테 내가 사회 본다고 말했어." 그가 팟캐스트를 진행하는 그 특유의 목소리로 말한다. "내 친구를 실망시킬 순 없지."

"『클로디아의 비밀』 도서관 버전 같겠네."* 내가 놀린다. "그 파자마파티."

"뭐?"

그는 우리가 얼마나 자주 서로의 집에서 함께 잤는지 기억하지 못한다. 유치원 때부터 자기가 얼마나 코를 골고 잠꼬대를 했는지도. "4학년 때 읽었어. 아메드 선생님 숙제로."

"나는 너 같은 기억력이 없어."

그의 눈앞에 나의 최신 스크랩북 다이어리를 흔들어 보인다.

---

* 『클로디아의 비밀』은 가출한 두 아이가 미술관에 머무는 이야기다.

"스스로를 더 돌아보고 기록도 제대로 한다면 기억할 수 있지."

"아니면 너처럼 천재 수준의 기억력을 갖고 태어나거나. 꼬마 코끼리." 트리스탄은 내가 머리의 핀컬에 매놓은 레트로 코끼리 스카프를 만지려고 한다. 가장자리가 땀으로 젖은 스카프를 제 자리에 고정시키려 나는 실핀을 만지작거린다. 앞머리가 붕 뜨는 것이 느껴진다. 완벽했던 빅토리 롤*은 재앙이 되어가고 있다. 이 레트로 머리는 파티까지 무사하지 않을 것이다. 좋지 못한 아이디어였다. 7월은 옷을 망쳐놓는다. 나는 점프슈트의 앞부분을 반듯하게 편다. 오늘밤은 모든 것이 완벽해야 한다. 그래야만 한다.

나는 입을 다시고 그가 평생 나를 꼬마 코끼리로 불러온 게 싫다는 시늉을 한다. 그건 전부 내 비상한 기억력 때문이었다. 선생님들과 사서 선생님들은 늘 내 기억력에 대해 이야기해댔다. 생일이나 크리스마스에는 항상 코끼리와 관련된 무언가를 새로 받았다. 방은 코끼리로 가득했다. 모든 곳에 그를 떠올리게 하는 장치가 있어서 결코 잊을 수가 없다. "코끼리가 정말 기억력이 좋대?"

"뭐?"

---

* 이마 위로 컬을 넣은, 1940년대에 유행했던 머리 모양.

"코끼리 말야."

"다들 그렇게 말하잖아."

"다들이 누군데?"

"웃긴다 너."

나는 그를 발로 찬다. "네 얼굴이 더 웃겨."

"여자애들은 아무 불만 없던데" 트리스탄이 내 다리를 밀어낸다. "다리에 뼈밖에 없네! 발차기는 시늉도 하지 마."

나는 그를 밀치고 우리는 열람실을 살핀다. 그는 손전등 앱을 켠다. 불빛에 그의 검은 피부가 완벽해 보인다. 우리는 작은 테이블과 의자 사이를 누비는 거인들이다. 뜨거운 여름의 냄새가 스며들어 도서관의 종이와 잉크, 먼지와 접착제 냄새와 뒤섞인다. 모든 게 땀을 흘리는 것 같다. 그런 일이 가능하다면 말이다. "난 아직 못 골랐어." 내가 다른 서가를 굽어보며 말한다.

"돈 내. 내가 이겼어. 이제 그만하자. 브루클린으로 가야 돼. 트위그가 기다리고 있어." 서가 너머로 나를 바라보는 그의 입가에 의기양양한 승리의 미소가 걸려 있다. "넌 시간 초과야."

"열시나 되어야 시작할 테니까. 시간은 많아." 나는 자그마한 책등을 손가락으로 훑는다. "넌 괜히 재촉하는 거고. 겁이 나서." 내가 제대로 보이지는 않겠지만 어쨌든 나는 그를 바라본다.

"시간 다 됐다고. 서점을 세 군데나 갔었고 이젠 도서관에 간히게 생겼는데 넌 아직 아무것도 안 골랐잖아." 그가 내 뒤를 따라온다. "그리고 지나치게 말이 없고."*

"내 생각엔 네가 지금 내 말을 못 듣는 것 같은데." 나는 모퉁이를 돌아 그를 가로막으며 어깨를 민다. 이젠 그가 나보다 한참 더 크다. 지난여름만 해도 언제나 도전의식으로 가득차 있는 그 짙은 다갈색 눈동자가 내 얼굴을 정면으로 바라봤건만. 이젠 30센티미터는 족히 더 크다.

"내가 무슨 말 하는지 알잖아." 그가 말한다.

"모르겠는데…… 좀 알려줘봐."

그는 내 주위를 빙 돌며 말한다. "뭔 일 있지. 말해봐."

"다 네 망상이야." 나는 그에게 등을 돌린다.

핸드폰 화면에 불이 들어온다.

또다른 베스트 프렌드 그레이스의 문자다. 트리스탄에게 그 말을 했는지 묻고 있다.

할 수가 없다. 말들이 내 안에서 뒤엉켜 있는걸.

---

* 진실: 사실은 너에게 할말이 있어. 어떻게 해야 할지 몰라서 거짓말을 하고 있는 거야. 아빠가 상담치료를 할 때 사람들은 세 가지 이유로 거짓말을 한대. (1) 진실을 말해서 일어날 부정적인 결과가 두려워서. (2) 다른 사람이 그들에 관해 사실이 아닌 걸 믿길 원해서. (3) 다른 사람의 감정을 다치게 하는 일은 피하고 싶어서. 하지만 그게 다른 사람의 감정이 아니라 자신의 감정이면 어떻게 되는 걸까? (원주)

188

"떠나게 돼서 이러는 거야? 돌아오면 전부 다 여기 그대로 있을 거야."[*] 그는 선반에서 책 몇 권을 더 꺼내더니 불빛이 아래로 향하도록 선반에 핸드폰을 올려놓고 엄지로 빠르게 책장을 넘긴다. "네가 그 쩌는 컬럼비아 기숙사로 이사가는 거 내가 너희 아버지들이랑 같이 도와주기로 했어. 내가 빙엄턴으로 떠나기 전에. 그니까 긴장 풀라고! 네가 바보 같은 생각 하는 거 다 보여."

"아니거든." 거짓말이다. "방해하지 마. 이 사기꾼아."

"좋아. 다시 하자고 부탁해 그럼. 그러고 싶은 거 아니까. 징징대는 거 들어줄 준비 됐어. 정전을 탓해, 라나."

"입다물라고. 너야말로 이미 잔뜩 약이 올랐으면서. 내가 이길까봐 두려운 거잖아."

"원래 내가 이겨."

"그렇다고 치자." 내가 대꾸한다. "계속 거짓말하라고."

"나랑 붙는 게 지겨운 적은 없었어?"

이건 우리 둘만의 게임이다. 뭐가 되었든 누가 더 잘하는지를 겨루는 게임.

---

[*] 진실: 하지만 넌? 내가 떠난 자리에 다른 여자아이를 채울 거야? 넌 기억력이 나쁘잖아. 나처럼 장면 하나하나 기억하지 못하잖아. 내가 기억하는 그대로 전부 다 기억해줄 거야? 나처럼 반복해서 회상해줄 거야? 우리 둘 다 떠나면 그땐 어떻게 되는 거야? (원주)

여섯 살 때, 트리스탄네 가족이 옆집의 브라운스톤 집으로 이사를 왔을 때 그는 우리집 문을 두드리며 말했다. "내가 너보다 자전거 빠르게 탈걸."

헬로도 하이도 올라Hola도 아니었다. 새로 온 이웃이에요도, 마이애미에서 방금 이사왔어요도 아니었다. 전혀. 어머니가 만든 연유 케이크를 건네며 바로 도전장을 내민 것이다.

열한 살에 그는 코지어스코 수영장에서 나보다 오래 숨을 참을 수 있다고 했다가 거의 익사할 뻔했다.

열네 살에는 가장 무서운 공포영화 시리즈를 보긴 봤지만 불을 켜고 잔 건 나한테 숨겼다.

그리고 오늘, 열여덟 살엔 이거였다. 지금까지 쓰인 책 중 가장 훌륭한 책은?

트리스탄은 내기에서 질 때마다 자신을 승자로 만들기 위해 모든 상황을 왜곡한다. 그게 그가 제일 재밌어하는 부분이다. 내기는 끝나도 그가 지어낸 이야기는 오래 남는다.

트리스탄은 허튼소리를 하기 위해 산다.

나는 내 스크랩북 다이어리를 가슴에 꼭 붙든다. 속내를 드러내려 애쓰는 낱장들을 가냘픈 고무밴드 하나가 간신히 한데 붙잡고 있다.

"속이려면 관둬." 내가 핸드폰을 들고 열람실 뒤편으로 이동하자 핸드폰 불빛이 수천 권의 책등을 비추며 따라 흐른다. 나는 집중하려고 애쓴다. 그가 내 머리를 휘젓게 두어선 안 된다. 오늘 그에게 말하기로 결심한 것에만 정신이 팔려 있지 않으려고 애쓴다.

"브루클린으로 돌아가야 해. 트위그가 성질을 내고 있다고." 그는 핸드폰 화면을 내게 들이민다. 알림이 휘몰아치고 있다. 일부는 트위그가, 일부는 다른 여자애들이 보낸 하트와 스마일 이모티콘들이다. "자기를 도와주지 않는다고 원망하잖아."

트리스탄의 아버지는 올여름 초에 그와 여동생을 브롱크스로 보냈다. 작년에 어머니가 돌아가신 이후로 식료품점을 꾸려나가는 데 애를 먹고 있어서, 어린 팔로마를 돌보기 위해 고모와 할머니가 가까이 사는 곳으로 가야 했던 것이다. 그래서 우리는 이제 여기서 만난다. 베드스타이와 모트헤이븐의 중간에서. 동네 사람들은 모두 트리스탄을 그리워했다. 그는 사람들 마음에 구멍을 남기는 유형의 사람이다.

"내 마이크 아직 너네 집에 있어?" 그가 묻는다.

"응. 백 번은 말했어." 그의 팟캐스트 장비는 여전히 그가 놔두고 간 곳, 침대 아래 있다. "내기는 내기야."

그는 열람실을 둘러싼 벽화에 핸드폰 불을 비춘다. 벽화는 밝은 벽지와 함께 뉴욕시의 다채로운 이미지를 생생히 보여주고 있다.

"너 정말 애들 책을 고를 거야?" 그는 드레드록스 머리를 뒤로 모아 하나로 묶는다. "그게 네가 생각하는 지금까지 쓰인 가장 훌륭한 책이야?"

"아동 도서 덕분에 너도 책 읽는 걸 좋아하는 거잖아." 나는 존 스텝토의 『무파로의 아름다운 딸들』을 찾아 선반을 훑는다. 아니면 엘로이즈 그린필드의 『허니, 내가 사랑하는 것은요』나 버지니아 해밀턴의 『하늘을 나는 마법의 주문』을 고를까. 이 내기는 나를 위한 것이다. 나의 아버지는 유명한 작가로, 정치와 인종 관계에 관한 그의 책은 모든 서점의 진열대에 놓여 있다. 그리고 아빠는 책을 통해 사람들의 갈등을 풀어주는 심리상담사이기도 하다. 게다가 할머니는 이런 여름밤마다 내게 책을 읽어주셨다. 침실 창가 구석에서 남동생 랭스턴과 나는 함께 몸을 웅크리고 있었고, 할머니는 책장이 넘어갈 때마다 도시의 소음에 불만을 토로하며, 어린 시절 머물던 아이티의 작은 도서관이 얼마나 그리운지 이야기하셨다.

내 성은 보베여서는 안 됐다. 리브르나 모,* 아니면 책이나 단어, 이야기로 번역될 만한 무언가여야 했다.

트리스탄은 날 이기지 못할 것이다. "예의 좀 갖추라고."

---

* 리브르는 '책', 모는 '단어'를 뜻하는 프랑스어.

"넌 나 못 이겨." 그는 아랫입술을 깨물며 자신이 고른 책을 숨겨놓은 가방을 가슴팍에 끌어안는다. "못해도 삼십 분 안에는 출발해야 해. 전철은 운행을 안 하고 라이드 앱은 이용자 폭주야. 방금 봤는데 일단 사십팔 분 대기해야 탈 수 있어. 넉넉하게 출발해야 해."

"파티 놓치는 일은 없을 거야. 진정해." 내가 말한다.

"전철이 끊겼는데 늦장부릴 수 없어. 시간 기억하고 있을 거지, 코끼리?"

"당연하지." 그냥 파티일 뿐이야, 라고 말하고 싶다.

"그래야 해. 네가 고등학교는 이미 다 잊어버린 기분이라면서 이상하고 괴팍하게 구는 것 때문에 파티를 놓칠 순 없어."

"네가 괴짜겠지. 난 널 좋아하지도 않아."* 마음이 이상하게 널을 뛰어서 침착할 수가 없다. 머릿속에서 모든 기억이 뭉게뭉게 모여든다. 우리가 함께 여름을 보내지 못하면 어떻게 되는 건지 하는 걱정들. 우리가 각기 다른 장소에 있을 내년은 어떻게

---

* 진실: 이제는 내가 무슨 기분인지도 모르겠어. 나는 스크랩북과 다이어리에 내 기분을 채워넣어. 혼란스러운 단어들을 잡지에서 오려 붙이고 잉크 스탬프를 찍고 종이에 물감으로 두꺼운 소용돌이를 칠했어. 내 마음과 그 착잡함을 반영한 거지. 아빠는 종이에 진실을 적기 위해서는 감정을 잠금해제할 필요가 있다고 하셨어. 하지만 마음을 쏟아내는 곳이 종이가 아니라면, 입 밖으로 꺼내야 한다면 어떻게 되는 걸까? (원주)

되는 것인지에 대한 두려움들.

머릿속이 안개처럼 뿌옇다. 우리의 내기에 대해 충분히 생각할 수도, 그를 이길 전략을 짤 수도 없다.

내가 생각한 밤은 이런 게 아니었다.

스크랩북을 새로 시작하려 했다. 추억도 새것으로, 머릿속에서 두고두고 떠올릴 놀라운 순간들도 새것으로. 나의 글 주변에 그리고 붙일 풍경도 새것으로.

나는 낡은 스크랩북을 다시 가슴에 안는다. 손이 축축해서 노트 모서리가 자꾸 미끄러진다.

할머니는 새로운 이야기로 이루어진 여름이 될 거라고 말했다. 모험으로, 마법으로, 심지어 로맨스로 이루어진 여름. 저 '빛의 도시'는 나 자신에 대해 가르쳐주고, 특별한 첫 경험들을 안겨주고 글이 될 이야기를 찾게 도와줄 거라고. 파리는 스크랩북 백 권을 채울 만한 이야기를 선사해줄 거라고. 할머니는 그곳에 끝내지 못한 일이 있다고, 시작을 했으면 어떻게 마무리해야 하는지 보여주겠다고 했다.

이번 여행…… 이번 여름은 모든 게 변화하는 때 같다.

하지만 이 어두운 도시의 어두운 도서관에 갇힌 지금, 나는 그게 우리에게 무슨 의미인지를 생각한다.

"그래서 언제 출발해야 한다고, 코끼리?" 그가 묻는다.

나는 그가 말해준 것을 고스란히 읊어주고 거기다 브라이언트 파크에서 베드스타이까지 정전으로 엉망이 된 교통 상황을 고려했을 때 얼마나 걸릴지 계산해서 말해준다.

그가 나를 쏘아본다. "기억하다니 기쁜데."

나는 비웃는다. "너나 시간에 쫓기고 있지."

"책임감이 있는 거라고 하자." 그가 답한다.

"그래, 미스터 책임감."

그가 씩 웃는 게 느껴진다.

"뭔데?"

"내 생각에 네가 새로운 헤드폰을 사줘야겠어. 내 마이크랑 잘 맞는 헤드폰이 필요하거든. 그게 내 상이 되겠다." 트리스탄은 내 어깨를 친다. "우리의 마지막 여름 내기에 걸맞은 괜찮은 송별 선물이라 할 수 있지." 그는 내가 선반에서 꺼내는 책을 슬쩍 엿본다. "네가 나랑 여기랑 이 모든 것을 뒤로하고 떠나니까."

"화난 거야?"

"네가 가면 난 누구랑 다퉈?"

"케이샤."

그가 혀를 차더니 바로잡는다. "켈리야."

"아, 미안요. 그 이름들을 다 제대로 기억했어야 하는데."

"지난주부터 걔랑 말 안 해."

"왜? 충분히 똑똑하지가 않아? 아, 아니다. 어디 보자. 입냄새? 치열?" 나의 맥박이 급속도로 뛴다. 언제나 트리스탄 레스트레포를 쫓아다니는 여자아이가 있다. 어디선가 나타났다가 사라지고 그러면 다음 사람이 나타난다. 그는 동네에서 제일 똑똑하고 키가 크고 잘생긴 남자애다. 음, 우리집 옆 브라운스톤 집에 살며 매일 아침 나를 기다리던 시절에는 분명 그랬다. 언제나 나와 별의별 수다를 떠는 이웃이자 베스트 프렌드였다. 하지만 이번 여름을 따로 보내고 가을에 다른 학교에 들어가면 우리는 무엇이 되는 걸까.

"자기 할일이 없어. 늘 나를 기다리고 있어." 그가 한숨을 쉰다. "다시 내기 이야기를 하자면…… 그럴 리는 없겠지만 만약 네가 이긴다면 뭘 원해? 내일 밤 공항 가기 전에 준비해야 할 테니까. 정전 때문에 지금 가게는 다 문을 닫았고."

"살 수 있는 게 아니라면?" 내가 거의 가라앉은 소리로 말한다.

"뭐라고?"

"아직 안 말할래."*

---

* 진실: 내가 그 말을 정말 할 수 있을지 아직 모르겠다. "보베 시먼스 가문에 독심술이란 없다"가 우리 가족의 규칙이긴 하지만 말이다. 그래서 식사 때 콘브레드와 차카 수프 위로 온갖 말과 감정이 오간다. 하지만 지금은 어떻게 해야 할지 모르겠다. (원주)

내가 원하는 게 뭘지 열심히 궁리하는 소리가 들리는 것만 같다. 그는 늘 자신만만해서 내가 뭘 말하려는지 자기가 다 안다고 믿는다.

"네가 맨날 얘기하는 그 스파 이용권을 사줄게. 콧수염 왁싱이나 하라고."

"나한테 진짜 콧수염이 있다면 네 수염보다 풍성할걸." 나는 그에게 입술을 내밀어 보이고 책을 선반에 도로 꽂는다.

"그럼 눈썹을 정돈하든가. 타투를 하거나."

"네가 눈썹 문신에 대해 뭘 알아?"

"막달레나 크루스 알지? 작년에 우리랑 미적분 수업 들은 애. 걔가 눈썹 문신 했잖아."

나는 그를 올려다본다. "넌 그걸 대체 어떻게 아는데?"

그가 웃는다. "맞춰봐."

나는 눈을 굴린다.

"새로 만나는 애가 가이아나 혼혈이거든. 걔가 매주 해. 눈썹이 진짜 엄청나지."

심장이 조여온다. "또다른 여자라고. 어련하겠니."

"여자애들이 날 좋아하는 걸 어떡해. 나는 인기가 많잖아. 걔는 제법 괜찮아. 너도 좋아할걸. 시모어 사촌이랑 친구야."

"그러든가 말든가."

"그러든가 말든가라고?"

"넌 맨날 누구한테 반하잖아."

"관대한 심장이지. 넘쳐흐르는 거야," 그가 혀를 내민다. "나 눠줄 사랑이."

"내가 없는 동안, 넌 또 어떤 여자애를 알게 될 거고, 그다음은 뻔해. 콧구멍이 링컨 터널만큼 커지며 걔한테 반하는 거지. 그 여자애를 행복하게 해주려고 집도 팔걸."

"엄마 사진 빼곤 다 팔지." 그는 민소매 안 로켓 목걸이를 들어 키스를 하고 성호를 긋는다. "그렇지만 넌 아무도 좋아한 적 없잖아."*

트리스탄은 책이 들어 있는 백팩을 어루만진다. "그냥 항복하시지, 챔피언." 나의 맨어깨에 그가 따뜻한 손을 올린다. 내가 평생토록 알아온 그 손이 아니기라도 한 양 예기치 못한 전율이 느껴진다. 나와 끝도 없이 가위바위보를 했던 그 손. 나를 수영장에 빠뜨렸던 그 손. 공포영화를 보는 동안 내 손을 쥐고 진땀을

---

* 진실: 어떻게 나를 내려놓을지 모르기 때문이다. 늘 이런 건 아니었다. 어떻게 사람을 그렇게 쉽게 좋아할 수 있을까? 마음 단단한 곳을 무르게 만든 뒤 멍이 들지 않기를 바란다고? 나는 늘 이런 종류의 진짜 사랑은 어떤 기분일지 궁금했다. 다른 사람의 손이 내 손을 꼭 잡는 것. 다른 사람의 입술이 내 입술에 맞닿는 것. 나와 얽혀 있고 싶어하는 누군가가 있다는 것.(원주)

흘리던 그 손. 그의 어머니의 죽음을 지켜보며 내가 병원에서 밤낮으로 곁에 앉아 잡아주었던 그 손.

그 모든 게 다르게 느껴진다. 내가 그걸 말하고 나면 그전과 후로 나뉠 거라는 듯이. 말을 뱉으면 다시는 뒤로 갈 수 없다는 듯이. 이것이 우리가 무엇이었고 무엇이 될 것인지에 대한, 우리에 대한 영원한 기억의 분열이 될 거라는 듯이.

오늘밤 우리 사이에 새로운 이야기가 시작되는 것만 같다.

"이렇게 빨리는 항복 못하지……" 나는 그의 셔츠를 잡고 그를 열람실 바깥으로 끈다. "라이드 앱 예약해놔. 차가 올 때쯤엔 끝낼 테니까."

"어디 가는 거야?" 내가 그를 1층에서 2층으로 이어지는 계단으로 끌고 가자 그가 툴툴거린다. "라이드 앱에 이십팔 분 남았다잖아."

우리는 어둠 속으로 들어간다. 내 액세서리가 짤랑이는 소리가 울려퍼진다. 오늘밤에 이렇게 여러 개를 차면 안 되었는데. 우리 위로 애스터 홀의 흰색 대리석 아치가 굽어 있다. 손전등의 둥근 불빛이 천장에 너울거리자 꼭 거대한 동굴에 갇힌 기분이 든다.

"아름답다. 안 그래?" 나는 위를 바라본다. 천 번도 넘게 본

광경이지만 그래도 지금 같지는 않았다. 어두워서 더 좋다.

사람들이 돌아다닐 때 홀에 울려퍼지던 소음이 기억난다. 이런 적막은 아름답다.

"너는 대리석이란 대리석은 다 볼 거잖아. 유럽의 아치와 건축물들." 그가 코로 드르렁거리는 소리를 낸다.

"네 취향은 형편없어. 그래서 네가 이걸 제대로 못 느끼는 거야. 늘 그랬지."

"나는 너처럼 이딴 고급스러운 것에 관심이 없을 뿐이야. 넌 베드스타이에 있는 우리 도서관에 만족한 적이 없지. 언제나 나를 여기로 끌고 왔잖아."*

"이 도시에서 내가 제일 좋아하는 곳이야. 너도 알잖아."

"알아. 지난 보름 내내 널 여기서 만났잖아."

나는 뒤돌아서 그를 쏘아보는 대신 계단을 올라간다. 이곳엔 너무나 많은 이야기가 있다. 책 속의 모든 단어들이 새어나와 황동과 나무, 대리석에 스며 마법의 공간을 탄생시킨 건 아닐까. 책을 사랑하는 사람들이 오는 곳, 이야기꾼과 작가들이 태어나

---

* 진실: 나는 그냥 사람들을 마주치지 않고 우리의 모험을 계속하고 싶었을 뿐이야. 브루클린의 우리는 맨해튼이나 브롱크스, 퀸스의 우리와 다르니까. 너는 다른 장소에 가면 전혀 다른 사람이 될 수 있다고 생각해? 겉과 속이 전부 다른 사람으로 바뀌는 거 말야. (원주)

는 곳, 만약에 어쩌면 외에는 아무것도 중요하지 않은 곳.

"잠깐만, 거기 둘, 멈춰!" 갑자기 손전등 불빛이 들이닥치며 목소리가 들린다. "여기서 뭐하는 겁니까?"

트리스탄은 손을 들어올려 눈부신 불빛을 가린다. "좋아, 좋아." 그가 얼굴을 찡그리며 내게 은근히 속삭인다. "이런 일이 생길 거라고 말했지."

"도서관은 몇 시간 전에 문을 닫았어요. 이건 무단침입입니다." 얼굴이 불그레한 백인이 말하며 핸드폰을 들어올린다. 금방이라도 뉴욕 경찰을 부를 것 같다.

나는 트리스탄 앞으로 나선다. "죄송합니다. 2층인가 3층에 백팩을 두고 왔어요. 잘 기억이 나질 않아요. 구석구석 전부 찾아보고 있었어요."

"내일 도서관이 열면 그때 찾으러 오세요." 그가 꾸짖는다.

"그렇지만 거기에 지갑이랑 모든 게 있는걸요. 집 열쇠도요. 정전인데 집에 가지 못할 거예요." 나는 거짓말을 한다.

그는 몹시 화가 난 듯 허리 뒤춤에 손을 올린다. "제가 둘러보죠."

"하지만 어떻게 생겼는지 모르시잖아요."

"설명해보세요."

나는 이해할 수 없는 묘사를 줄줄이 읊는다.

그는 얼굴을 찌푸린다. "그쪽이 찾는 게 낫겠어요. 그렇지만 이 사람은," 그가 트리스탄을 가리킨다. "여기 나랑 있어야 합니다."

"전 얘가 필요해요." 내가 애원한다.

트리스탄이 웃음을 참고 나는 팔꿈치로 그를 찌른다.

"귀신이 무섭단 말이에요." 나는 덧붙이고선 혼자선 어둠 속을 헤맬 수 없고 도움이 필요하다는 듯 눈을 끔벅인다.

그때 바지를 입지 않은 남자가 줄행랑을 치듯 우리를 스쳐지나간다. "아니 대체 여기서 뭘 하는 겁니까?" 경비원이 소리를 지르며 손전등으로 그 남자를 비춘다. 그러고는 남자를 쫓으며 우리를 떠난다.

우리는 정반대 방향으로 달려 거대한 돌기둥 뒤에 숨기 위해 텅 빈 고츠먼 갤러리로 들어간다.

"넌 두려운 게 없구나."* 그가 가쁜 숨을 내쉬며 말한다. "체포될 뻔했잖아."

"무서워?" 나는 서늘한 대리석에 등을 기대고 스르륵 주저앉

---

* 진실: 네게 그 말을 하고 나서 일어날 일만 빼고. 내겐 비밀의 두려움으로 가득한 옷장이 있어. 옷장으로 가서 옷을 밀치면 작은 비밀의 방으로 이어지는 작은 비밀의 문이 있을 거야. 네가 수천 번을 우리집에 왔지만 나는 이걸 절대 보여주지 않았지. 침실 창문으로 드는 빛이 닿지 않았으면 하는 곳에 모든 것을 스크랩해놓았어. 미처 이해하지 못한 그 모든 감정들을. (원주)

는다. "손전등 앱 다시 켜봐."

그는 내 옆에 털썩 앉는다. "안 무섭거든."

"좋아." 내가 부드러운 그의 드레드록스 머리 한 가닥을 잡아당기자 그는 놀라 펄쩍 뛴다. "아직도 어둠을 무서워한대요."

"닥쳐."

"너 아직도 거북이 램프 갖고 있어?" 나는 샌들을 벗어 땀에 젖은 발을 꺼내놓는다. 새끼발가락에 물집이 잡히려 한다.

"도나텔로는 최고의 삶을 사는 중이야. 그만 미워해." 그는 먼 곳에서 들리는 소리에 움찔한다. "너 정말 여기 귀신이 있다고 생각해?"

"어쩌면. 여긴 내가 죽은 뒤에도 살고 싶은 곳이니까."

"귀신이 돼서 나한테 달라붙을 거라고 했었잖아." 그가 기억을 상기시켜준다. 열두 살 때, 트리스탄은 우리가 보타니카 산테리아* 가게에서 찾은 위저 보드**를 통해 그의 할머니를 부를 수 있을 거라고 자신만만해했다. 우리는 트리스탄 어머니의 기도 제단에 있는 초에 모두 불을 켜고 플로리다 워터와 세이지 허브를 몸에 뿌렸다. 그리고 다섯 시간 동안 영혼을 기다렸다. 나는

---

* 아프리카 및 쿠바의 토속 신앙과 관련한 심령 주술 용품을 파는 가게.
** 죽은 사람이나 혼령의 응답을 듣기 위해 알파벳 등의 글자를 적어놓은 나무판.

아무도 나타나지 않을 거라고 말했다. 내가 이겨서 그는 일주일 내내 내 수학 숙제를 해야 했다.

하지만 트리스탄은 7학년 모두에게 우리가 그날 비기*를 만났다고 말하고 다녔다.

아이들은 그를 믿었다. 사람들은 늘 그를 믿으므로.

"경비원이 확실히 다시 오지 않을 때까지 여기서 기다리자." 내가 말한다.

"너 발 아파서 그러지."

나는 그의 얼굴 앞에 샌들을 흔든다.

"냄새도 나고."

"장미향인데. 최고의 발가락이야. 저 섹시한 엄지발가락을 보라고. 완벽한 모양이지. 그리고 땡땡이 페디큐어가 얼마나 아름다운데." 내가 발가락으로 그를 건드리려 하자 그는 몸서리를 친다. "발을 좋아하면 여자들한테 더 인기가 많을 거야."

"변태가 되거나." 그가 말한다. "네가 지하철에 있던 그 남자들을 그렇게 불렀잖아."

양쪽 부모님들이 번갈아가며 학교에 데려다주기엔 너무 자란 이후에 트리스탄과 나는 매일매일 전철을 타고 등하교했다. 우

---

*The Notorious B.I.G., 뉴욕에서 갱스터랩을 선보였던 전설적인 래퍼.

리가 작았을 때조차도 그는 존재감이 대단해서, 브루클린에서 어퍼웨스트사이드로 이동하는 길의 모든 것이 내게 쉽사리 다가오지 못했다.

나는 바닥에 드러눕는다. 그는 반대편에서 누워 나와 머리를 나란히 한다. 그의 드레드록스 머리 가닥이 내 볼을 간질이지만 떼내지 않는다. 핸드폰을 들어올리자 부드러운 빛이 유리 진열대에 닿는다. 포스터는 문학의 위대한 러브레터들 전시를 홍보하고 있다. 나는 유리판 아래, 포스터 크기만큼 확대된 글자들에 빛을 비춘다. "너 9학년 때 넬라한테 러브레터 쓴 거 기억나?"

어둠 속에서 그가 미소 짓는 게 느껴진다.

"걔가 받은 편지 중 그게 제일가는 수작이었을걸." 그가 말한다.

"그건 네 생각이고."

"나 말 잘하잖아."

거기에 대해선 논란의 여지가 없다. 그에겐 정학에서 벗어나거나 B+를 A-로 올리는 마력의 기술이 있다. 스테이시 에이브럼스 고등학교의 모든 선생님이 그를 사랑했다. 언젠가 그는 멋진 라디오 디제이가 될 것이다.

그는 진지한 '방송 모드' 목소리로 러브레터 하나를 크게 읽기 시작한다. "우리가 나비여서 여름날 사흘만을 살았으면 해요. 그래도 당신과 함께하는 사흘은 평범한 오십 년보다 즐거울 거예요."* 그의 목소리는 아름답고 깊은 저음이다. 그가 카랑카랑한 남자아이의 목소리였을 때가 기억난다. "키츠는 뭘 좀 알았어. 이 편지는 패니를 미치게 만들었을 거야."

"어쩌면."

"너도 이런 편지라면 백 통이라도 받고 싶어 안달날걸.** 그만 좀 반박해."

"그러든가 말든가. 할머니가 5월에 러브레터를 하나 받았어. 음, 레터라기보단 이메일이지. 그다음엔 아주 정식으로 편지가 왔어. 그게 우리가 파리에 가는 이유야."

그는 내 쪽으로 휙 몸을 돌린다. "그걸 이제 말해주는 거야? 와, 엄청난 사연이네. 할머니 여전히 잘나가시는걸. 언제나 자태가 고고하셨지."

"닥쳐!" 나는 그를 툭 친다.

"누가 보낸 거야?"

"할머니가 만났던 위대한 연인 중 하나겠지. 할머니가 아이티

---

* 영국의 시인 존 키츠가 패니 브론에게 보낸 편지의 일부.
** 진실: 너에게 그런 편지를 받으려고 안달이 나겠지. 뇌리에 새길 거야. 단어 하나하나, 필기체 e가 구부러진 정도, 필기체 l이 올라갔다 내려오는 모양, 그 모든 게 내 기억에 각인될 거야. 나는 영원토록 암송할 수 있을 테지. (원주)

로 돌아가서 결혼할 거라 생각했던 남자. 할머니는 열여덟이었고, 처음으로 깊이 사랑한 사람이 그 남자였대. 하지만 그 남자는 파리에 일을 구하러 가서 다시는 돌아오지 않았고. 할머니 친한 친구분인 앨시아 할머니의 유언 중 하나는 할머니가 그 사람을 만나러 가는 거래."

"아. 이제 할머니도 누가 채가겠네. 할아버지는 돌아가신 지 한참이고. 제일 친한 친구인 앨시아 할머니도 돌아가셨고. 외로우실 거야."

할아버지의 다정한 얼굴, 갈색 피부의 그 얼굴이 떠오른다. 눈가의 주름, 움푹한 보조개와 엷은 미소, 셔츠 주머니에서 나는 파이프 담배 냄새, 프랑스어에서 크리올어로, 다시 프랑스어로 매끄럽게 오가던 입. 방금 전에 할아버지가 돌아가신 것만 같은 상실감이 든다.

트리스탄은 내 팔찌를 갖고 장난을 친다. "괜찮아?" 걱정하는 그의 목소리가 들린다. 할머니와 내가 아무리 많은 스크랩북을 만들어드려도 할아버지의 기억이 오락가락하던 그때, 트리스탄은 매주 나와 함께 할아버지를 보러 가주었다.

나는 고개를 끄덕인다.

"누군가와 이야기하고 싶을 때마다 편지를 써야 한다고 생각해봐. 그때 사람들은 어떻게 서로 호감을 느끼고 사랑에 빠진 걸까?"

나는 눈을 굴린다. "러브레터의 기술은 정말 대단한 거야."

"넬라는 그렇게 생각 안 하던데." 그가 말한다.

"넬라는 퀴어니까." 내가 말한다. "넌 사람들이 다들 널 좋아할 줄 알았겠지."

"그래야지." 그가 으스댄다.

"왜 그래야 하는데?" 내가 놀린다.

"나는 잘생기고 똑똑한 르네상스맨이니까."

나는 토하는 소리를 낸다. 그가 삼 년 전 여름에 저 말을 배울 때 나도 거기 있었다. 그의 어머니는 많이, 아주 많이 아프시기 전에 우리를 미술관에 데려가주셨다. 우리 둘에게 예술을 감상하는 법을 가르쳐서 트리스탄의 그림 그리는 재능을 다음 단계로 이끌어주고 싶은 듯했다. 우리는 갤러리마다 돌아다니며 모든 그림과 스케치와 조각을 보았고, 자그마한 예술작품 엽서를 가능한 한 많이 모았다. 그가 너무 많은 질문을 퍼부은 나머지, 도슨트가 그에게 르네상스맨, 그러니까 모든 것을 알고 싶고 모든 재능을 갖추고픈 사람이 되고 싶은 거냐고 물었다. 그는 바로 그런 일을 하며 여름을 보냈고…… 나를 끌고 다녔다.

"너 아직 그 말 스펠링조차 모르잖아." 내가 말한다.

"아니, 쓸 수 있어. 나는 그저 사랑을 사랑하고 그걸 말할 만큼 남자다운 거야."*

나는 러브레터가 확대 인쇄된 또다른 포스터에 손전등 불빛을 비춘다. 트리스탄은 어머니가 돌아가시고 마음이 영영 산산조각 났다고 말했다. 나는 그게 그가 혼자 있기를 싫어하는 이유라고 늘 생각했다. 그는 가족이 운영하는 잡화점 한곳에서 아버지를 돕거나 여동생이 이런저런 일을 하는 걸 돕거나 옆집으로 와 내 소파에 드러눕거나…… 아니면 돌아가며 만나는 그 수많은 여자애 중 한 명과 있었다.

그의 핸드폰이 울린다. "라이드 십칠 분 뒤 도착이래, 코끼리. 서두르라고."

두려움이 나를 엄습한다.

"어쩌면 지금 새로 만나는 이 여자애한테 러브레터를 써야 할지도 몰라. 아주 구식이거든. 파티마보다 심해."

나는 이를 악물고 뱃속이 뒤틀리지 않도록 애쓴다. "파티마는 나를 싫어했어."

---

* 진실: 사랑을 쉽게 하는 거겠지. 아빠는 사람의 감정이 두 가지 양상으로 나뉜 다고 생각했다. 유창함과 굳건함. 바위 위로 흐르는 물처럼 움직이는 사람들이 있다. 최고조에 올랐다가 미끄러지고 또 왼쪽과 오른쪽으로 방향을 트는. 그들은 물살을 거스르지 않는다. 그리고 진흙처럼 움직이는 사람이 있다. 퇴적물과 돌, 때로는 벌레를 가득 머금고 있는. 진흙은 움직이려면 몸을 떼어내기 위해 물이 더 필요하다. 나는 진흙이다. (원주)

"걔는 나랑 가까운 사람은 그 누구든 싫어했어. 팔로마도 내 아홉 살짜리 여동생이 아니었다면 싫어했을걸."

"걔는 할 수 있다면 네 바지가 되고 싶었을걸. 좀 밝히는 인간이냐고."

"거기 누구 있어요?" 복도 입구에서 외치는 목소리가 들린다.

우리는 얼어붙는다.

불빛이 공간을 가르며 지나간다. "도서관 문 닫았습니다."

우리는 그 사람이 지나가길 기다렸다가 다시 일어나 앉는다.

나는 발을 꼼지락거리며 샌들을 다시 신는다.

"너 이제 졌다. 벌칙 받을 준비해." 그가 나직이 말한다.


우리는 까치발로 3층에 올라가 인류 기록의 역사를 보여주는 벽화를 지나간다. 나는 늘 할머니에게 달라붙어 손가락질을 하며 모든 것에 대해 질문을 했다. 나는 그를 로즈 열람실로 끌고 간다.

아치형 창문으로 희미한 빛이 들자 열람실의 진가가 드러난다. 긴 나무 테이블과 갓등을 씌운 램프, 그걸 둘러싼 다층의 서가, 붉은 타일 바닥과 대리석 통로, 샹들리에. 나는 숨을 죽이고 긴 복도를 걷는다. 처음으로 이곳 정가운데에 서서 다이어리와 펜을 가슴팍에 꼭 쥔 채 작가가 되겠다고, 이 공간에 남을 책을 쓰겠노라고 말하던 어린 시절이 기억난다.

카트에는 책이 남아 있다. 트리스탄은 카트마다 서서 책을 낱낱이 살피며 걸어간다. 그가 하나를 집어든다. "따분한 책……" 그러고는 다른 책을 가리킨다. "인종차별하는 책." 세번째 책은 아주 치워버린다. "우엑."

"네가 고른 책도 우엑일걸." 나는 비아냥거린다.

"그러길 바라겠지. 그렇지만 근사한 책이란 걸 알려줘야겠네. 위대한 책은 널 웃게 하니까. 그게 책의 소명 중 하나지."

"아니면 울게 하거나." 내가 말하며 테이블 사이를 걷는다. 개인 소유의 책이 몇 권 남아 있다. 나는 책더미의 책들을 휙휙 넘긴다. 학교에서 의무로 읽어야 했던 책들부터 아빠가 좋아했던 책, 로맨스와 괴이한 판타지까지 모든 게 다 있다. 이 사람이 대체 무엇을 연구하다가 이 모든 걸 두고 떠났는지 궁금하다. 어둠 속에 집으로 들고 가기가 어려워서 그런 걸까? 책날개를 펼치니 연필로 적은 이름이 나온다. 이든 셰퍼드. 당신은 왜 이 책을 여기 두고 갔나요?

"아니면 생각하게 하거나." 그는 책 하나를 집어들고 내 얼굴 앞에 흔든다. "이런 남자들 좋아해?" 로맨스소설 표지의 백인이 가슴팍을 드러내고 뒤돌아서 나를 노려보고 있다.

나는 눈알을 굴리고 책을 밀어낸다.

그는 내가 있는 방향으로 쪽쪽대는 소리를 낸다. "파리에서 이런 백인 남자 만날 거야? 피에르? 귀스타브? 페페? 첫 키스를 할지도 모르지."

"나 키스한 적 있어."*

"그게 진짜 키스는 아니지. 제대로 된 거." 그는 누군가를 붙잡고 키스하는 시늉을 한다. "키스를 받고도 불평했잖아. 그러니까 그건 카운트하면 안 되지."

"프랑스 남자들 명성이 자자하던데. 훌륭한 사랑꾼들이라 들었어." 내가 으스댄다. "게다가 난 이미 프랑스어도 하잖아."

"제대로 따져보면 콜롬비아 사람들이 최고야. 너도 알잖아."

"조라이다가 너흰 모두 사기꾼들이랬어."

"조라이다는 다 싫어해. 걔는 작년에 남자친구를 일주일마다 갈아치웠어. 프롬 상대도 두 명일 뻔했다고." 그는 테이블에 책을 돌려놓는다. "크리스 기억나지, 걔가……"

"으, 또 시작이야."

"걔랑 오 분은 대화해봤냐…… 그리고 그 녀석은 늘 바지를 깡총하게 입어."

---

* 진실: 키스를 할 때 나는 집중할 수가 없다. 내 뇌는 다른 기억들을 찾아 떠난다. 그와 함께한 기억으로. (원주)

"그래서 네가 사귄 여자들은 전부 모델들이고?" 나는 상기시켜준다.

"아니, 그렇게 말한 적 없어." 그는 반납된 책들 사이에서 또다른 로맨스소설을 집어서 재연을 하려 한다. 책 선반이 여자인 것처럼 붙잡는다. "로맨스소설은 절대로 지금까지 쓰인 가장 훌륭한 책이 될 수 없어."

"잘났어 정말. 네가 집은 책들은 지금까지 나온 가장 잘 팔린 책들 중 하나야. 돈이 된다고. 할머니는 봐도 봐도 질리지 않는다고 하셨어. 일주일에 두 권씩 읽었고. 내 책이 로맨스소설이면 어떡할 건데?"

그가 비웃는다. "네가 사랑에 대해 뭘 아는데, 그래서? 넌 누구도 사귄 적 없잖아. 남자든…… 여자든 뭐든. 어떻게 로맨스를 쓸 건데?"*

"네가 어떻게 알아?" 내가 맞받아친다.

"왜냐면 나는 너에 대한 모든 걸 아니까."

"아니, 넌 몰라."

그가 웃는다. "좋아, 라나. 오늘 우리에게 십오 분 남은 이 게임은 어쩔래?"

---

* 뼈아픈 진실: 왜냐면 나는 기다리고 있기 때문이야…… (원주)

나는 뒤돌아선다. "나는 바빴잖아." 책등을 손으로 빠르게 훑는다. "그리고 내겐 풍부한 상상력이 있어. 로맨스소설을 쓰기 충분해."

"넌 언제나 그렇게 말하지. 다른 사람에게 단 한 번도 다가가지 않으면서."

"내가 왜 그래야 하는데? 네가 여기서 이렇게 중매쟁이 노릇을 하는데." 나는 그를 쳐다보지 않고 말한다.

"오늘밤 파티에 가면 남자놈들이 있을 거야. 다들 너한테 말이라도 한번 걸어보려 하겠지. 다 떠나기 전에 마지막으로 저질러보려고. 내 말 좀 믿어."

"그러든 말든." 나는 그를 바라보지 않으려 애쓰며 말한다.

"그래 두렵겠지." 그가 놀려댄다.

"두려운 거 아니야. 그냥 너무 요란할 뿐이라고." 나는 그에게 등을 돌린다.

"그게 무슨 소리야?"

"우리 아빠들처럼. 둘은 요란하거든. 둘이 나누는 사랑처럼. 우리집이 어떤지 알잖아." 나는 스크랩북을 내려놓을까 생각하다가 그 무게가 내 심장 뛰는 속도를 늦춰줄 듯해 다시 가슴 앞에 붙든다.

"너희 아버지들은 늘 부둥켜안고 계시니까."

"토 나와." 나는 혀를 찬다.

"아름다운 거지."

"랭스턴도 싫어해."

"곧 12학년이잖아. 당연히 싫어하겠지." 트리스탄이 다른 책을 집어든다. "아버지들에겐 멋진 사랑 이야기가 있잖아. 서점에서 만났다고 했나?"

나는 두 아버지의 전설적인 사랑 이야기에 조금도 관심이 없다. 서점에서의 낭만적인 첫 만남, 온 세상을 쏘다녔던 여행, 나와 남동생을 만들기 위해 기꺼이 했던 난자 공여자 고용. 흠잡을 곳 없이 완벽했다. 그 무엇도 여기에 비견될 수 없을 것이다. 특히 내 삶은 더. 그건 정말 평생에 단 한 번뿐인 사랑의 유형이었다. 나는 이 도시 구석구석의 서점이란 서점은 다 가보았지만 나에게 확신을 줄 그 누구도 만나지 못했다. "다른 일을 해야 하니까 안 하는 거야."

"변명이지."

"모두가 항상 누군가랑 붙어 있으려 안달하는 건 아니야. 나는 혼자인 게 두렵지 않아." 말을 뱉자마자 후회가 밀려든다. 어두운데도 그가 멈칫하는 게 느껴진다. "그러니까 내 말은…… 나는……"

"그래. 네 입으로 말했네."

심장이 미칠 듯 뛴다.

"넌 내가 정신 팔린 놈이라고 생각하지."

"아니야. 넌 내 말을 꼬아서 듣고 있어."

"누군가와 같이 있고 싶어하는 건 괜찮은 거야. 다른 사람을 알아가는 걸 좋아하는 것도. 모두가 혼자서도 괜찮은 건 아니야. 넌 지금 나를 깎아내리고 있어."

"하지도 않은 말 지어내지 말고."

"그렇다 치자." 그가 걸어나간다. 달빛 속에 짜증이 묻은 그의 입매가 보인다.

내 심장은 곤두박질친다. 화나게 하려던 게 아니었다. 그 버튼을 누르려던 게 아니었다. 그에게 문제가 있다고 생각하게 만들고 싶은 게 아니었다. 이건 내가 내내 생각한 게 아니었다. 베스트 프렌드에게 진실을 말하는 일은 내 머릿속에선 이렇지 않았다.

"그게 아니면 뭔데?" 그가 묻는다.*

말이 나오질 않는다. 그가 열람실 반대편으로 걸어간다. 기분이 나쁠 때면 그러듯, 어깨를 늘어뜨리고 머리를 헝클이면서.

서둘러, 라나. 나는 중얼거린다. 아무거나 집어. 뭐든.

그레이스에게 또 문자가 왔다. 화면이 밝아지며 내 얼굴을 비

---

* 진실: 나는 네가 나를 보지 않는다고 생각해. (원주)

추고 똑같은 질문이 보인다.

**말했어?**

나는 로맨스소설을 고르겠다는 계획을 포기한다. 하지만……
그에게 고백을 하려면 괜찮은 사랑 이야기를 고르는 게 유일한
방법 같다. 도서관 뒷방에나 있을 법한 구식 도서카드함을 뒤지
듯 나의 뇌가 모든 가능성을 어지러이 살핀다.

갑자기 손전등 불빛이 열람실을 가른다. 열쇠가 짤랑이는 소
리와 함께 두꺼운 신발 밑창이 쿵쿵이는 소리가 들린다.

우리는 둘 다 얼어붙는다.

"여기 누구 있습니까?" 목소리가 들린다. 경비원이다.

나는 숨을 죽인다. 트리스탄도 말 한마디 없이 가만히 있는다.

우리는 그 남자의 발걸음소리가 사라지기를 기다린다. 나는
정리되지 않은 책이 쌓여 있는 테이블을 돌아보고 달려간다. 책
탑을 훑으며 제임스 볼드윈의 『빌 스트리트가 말할 수 있다면』
을 찾는다. 아빠가 위대한 흑인의 사랑 이야기라 했던 책이다.
소꿉친구 포니와 티시가 함께 미래를 약속하지만 포니가 체포되
고 저지르지도 않은 범죄로 기소되면서 계획이 일그러지고 마는
씁쓸한 이야기다.

가슴이 저며온다.

"찾았다." 나는 그에게 외친다.

"좋아, 코끼리. 라이드가 십일 분 후에 도착할 거야."

그가 뒤를 돌아 나를 찾을 때까지 나는 숨을 참는다. 아주 작은 달무리가 테이블과 바닥을 비춘다. 모든 것이 이상하게만 느껴진다. 너무나 어둡고 텅 빈 도시가. 처음 몇 시간은 공간 전체가 담요를 덮은 것만 같았다. 모든 게 정적이고 고요해서 마치 도시가 자신의 새로운 이야기를 써내려가는 듯했다. 잠시 생각하느라 펜대를 멈춘 듯했다.

우리는 한줄기 빛을 발견하고 문 뒤 보이지 않는 곳에 앉는다.

"네가 먼저 해." 그가 말한다. 목소리는 여전히 잔뜩 화가 나있다.

"아니." 내가 말한다. "네가 먼저 해."

"아니. 우리가 내기할 때 하던 대로 해."

나는 그곳에 앉아 두꺼운 책표지에 손가락을 두드리며 지금까지 했던 모든 도박을 합친 것보다 더 큰 것 같은 도박에서 이기려 애를 쓴다.

그는 백팩을 껴안고 기다린다. "아까는 그렇게 말이 많더니 이젠 없나보네."

나는 깊이 숨을 들이마시고 그에게 책을 건넨다. 그는 표지를 보고는 책을 뒤집어본다. "아빠가 읽으라고 했던 책이야." 나는 거의 속삭이듯 말한다.

"이거 슬픈 이야기 아니야? 남자 주인공이 감옥에 가나 그러 잖아. 여자 주인공은 그와 함께하려고 그를 기다려야 했고?" 헷 갈린다는 듯 트리스탄의 눈썹이 위로 올라간다.

"응." 내가 답한다. "씁쓸한 이야기야. 남자가 한동안 멀리 떠 나지만 남자를 깊이 사랑한 여자는 그의 곁을 지켜. 그렇게 사랑 을 표현해." 내 목소리가 떨리는 게 들린다. 눈물이 차오르려 한 다. 그가 보지 못하게 나는 빛을 벗어나 근처 어둠 속으로 몸을 옮긴다. 스크랩북 다이어리를 다시 집어든다.

그는 책의 첫 단락을 읽고 내가 두번째 단락을 읽도록 책을 건 넨다. 어렸을 때의 기억이 반사적으로 떠오른다. 내 방 창가에서 서로의 갈색 다리가 뒤엉킨 채 책을 읽던 기억. "나는 평생토록 그 를 알아왔고 앞으로도 언제나 그를 알고 싶습니다." 나는 한 문장을 읽고 멈추어 그를 바라본다.* 이야기를 하려 하지만 목구멍에 말 들이 막힌다.

"아름다워." 그가 인정한다. "이제 줄거리가 기억나." 그가 가 방을 연다. "준비됐냐. 이 명작을 맞이할 준비가…… 이 빛나는 최고의 책을?"

---

* 진실: 그도 영원토록 나를 알고 싶을까? (원주)

"응 트리스탄." 목구멍에 있는 덩어리들을 밀어내며 내가 답한다.

"눈 감아."

"싫어. 뭐하려고?"

"그냥 감아. 좀." 그는 그 크고 따스한 손바닥을 내 얼굴에 얹어 억지로 내 눈을 감긴다. "책을 읽는 데 포함되는 거야. 너한테 낭독할 거거든. 꼭 이렇게 감상해야 하는 위대함이지."

"알았어, 트리스탄. 누가 들으면 네가 제임스 얼 존스나 베리 화이트* 같은 목소리라도 가진 줄 알겠다."

그는 목을 가다듬는다. "내가 유명해지면 그 말 취소해야 할 거야. 내 방송은 청취자가 세상에서 가장 많은 팟캐스트가 될 거거든. 두고 보라고."

"그러시겠지." 책을 펼치는 소리가 들린다.

"나는야 샘, 샘-아이-엠, 저 샘-아이-엠 녀석! 저 샘-아이-엠 녀석!"

나는 눈을 번쩍 뜬다. "진심이야?"

그가 웃는다. "나는 저 샘-아이-엠 녀석을 좋아하지 않아! 초록 달걀과 햄을 좋아하세요?" 초록색과 주황색의 커다란 닥터 수스

_____

* 각각 〈스타워즈〉 다스 베이더 역을 맡은 성우와 유명한 가수.

책*이 그의 얼굴을 가리고 있다.

나는 책을 끌어내린다. "왜 장난질인데?"

"장난 아니야. 난 이게 완벽한 책이라 생각해."

나는 얼굴을 찌푸린다. "대체 왜?"

"재밌지. 색상도 근사하고. 여기 문장들을 잊을 수가 없어." 그는 손가락으로 허공을 가리킨다. "그게 좋은 책의 기준이지. 운율이 너에게 붙는지 말야."

"트리스탄."

"왜?"

"진심이야?"

그는 가슴에 손을 얹는다. "진짜야!"

"닥터 수스는 인종차별 그림을 그렸어." 내가 눈을 흘긴다. "흑인과 동양인을 끔찍하게 차별하는 그림이었어. 그건 정말 나빴어, 좋지 않았어. 더 잘할 수 있었을 텐데 그처럼……"

"젠장. 난 그건 몰랐어." 그의 목소리가 격앙되더니 진지해진다. "다른 거 고를 시간이 없는데." 그는 핸드폰 화면을 들여다보고 화면 속 라이드 앱에는 우리를 태우기 위해 교통을 뚫고 오

---

* 닥터 수스의 『초록 달걀과 햄』은 샘-아이-엠이 친구에게 끈질기게 초록 달걀과 햄을 먹어보라고 권유하는 내용의 동화다. 샘, 햄, 하우스, 마우스 등의 단어 반복을 통해 아이들이 자연스럽게 각운을 익히게 돕는다.

는 조그마한 차가 보인다. "네가 이겼네."

"나 이기게 해주는 거야? 이건 없던 일인데."

"절대 그러지 않지. 하지만…… 좋아. 네가 이겼어." 트리스탄이 『빌 스트리트가 말할 수 있다면』을 집어든다.

"와, 정말?"

"어. '빌 스트리트'가 훨씬 나아. 그래서 뭘 원해? 상으로 뭘 받고 싶은지 말만 해. 뭘 해줄까?"

"진지한 게 아니네." 내가 깊이 한숨을 쉰다.

"진지해. 좀. 뭘 원하냐니까?"

내가 정말로 원하는 게 뭔지 말할 용기를 끌어올리면서 나는 아랫입술을 깨물지 않으려 애를 쓴다. 그의 뜨거운 시선에 볼이 후끈한 느낌이다. 그를 바라보는 대신 그의 머리 위로 보이는 책들을 뚫어져라 바라본다.

"이상한 거 요구하고 내 지갑 털려 그랬지.* 다 알아. 나 아직 페이 못 받았어. 교습비는 목요일에 들어온단 말이야. 그리고 스튜디오 대여비도 내야 하고."

"내가 원하는 건 돈 드는 게 아니야." 내가 속삭이듯 말한다.

---

* 진실: 몇몇 여자아이들은 그가 데이트에 돈을 쓰기를 원한다. 그게 그를 소유하는 방식이라 생각하고 그걸로 그의 사랑을 증명한다. 그는 가지고 있는 마지막 달러까지 내게 줄 사람이지만 나는 여전히 받고 싶지 않다. (원주)

"뭐?" 그가 내 팔을 친다.

"아야!" 나는 팔을 어루만지며 그를 쏘아본다.

"바라는 게 뭔데?" 나는 그를 바라볼 수밖에 없다.

온몸이 떨린다. "질문이 있어."

"장난치지 마."

"장난 아니야."

그가 눈살을 찌푸린다. "뭔데 그래? 네가 바라는 게 고작 그건 아닐 거 아니야. 넌 나를 이겼…… 거의 무찔렀잖아." 그의 얼굴에 내려앉은 드레드록스 머리 한 가닥을 보자 저 머리가 내가 파리에서 돌아오는 날엔 얼마나 길어 있을지, 아니면 그가 저 머리를 자르고 다른 사람이 되어 있을지 궁금해진다. "너 이기는 거 좋아하잖아. 그냥 질문 하나는 아닐 거 아냐."

"그게 내가 바라는 거야." 심장이 가슴에 닿을 듯 쿵쾅인다.

"너 지금 이상한 거 알지."

"아니." 맥박이 질주한다.

"그럼 해봐. 라이드가 곧 도착할 거야. 트위그가 여전히 내 폰을 잡아먹을 기세라고."

"아무것도 아냐." 속에서 토기가 올라온다. 이건 형편없는 아이디어였다.

그의 손이 나의 맨 어깨에 닿는다.* "뭔데?"

내 눈엔 눈물이 그렁그렁하다. 머리를 흔들어 두려움을 떨쳐낸다. 감정이 요동치기 시작한다. "너는……"

그의 핸드폰에 알림이 쏟아지고 있다. 내 시선은 온통 거기에 쏠린다. 그가 코를 찡긋한다. "내가 뭐?"

"너는 걔들 사랑하듯이 나를 사랑할 수 있어?"

그가 혼란스럽다는 표정을 짓는다. "걔들이 누구야?"

나는 스크랩북을 꽉 껴안는다. "네가 늘 말 거는 여자애들."

"넌 내 베프잖아." 그가 말한다.

"나도 알아, 네가 나를…… 아끼는 거. 하지만…… 그애들처럼……"

그의 눈이 커진다. 놀람과 동시에 알 수 없다는 표정으로…… "아" 하는 탄성이 그가 뱉은 전부다.

"됐어. 내가 한 말은 잊어."

"그게 그냥 잊을 수 있는 말이 아니잖아, 라나."

"잊어도 돼…… 괜찮아." 나는 등을 돌린다.

그가 내 손을 잡는다. "그만 좀—"

그의 목소리가 진지해진다. 웃음기라곤 전혀 없다.

"더이상 이 게임 하고 싶지 않아." 나는 눈물을 삼키며 자리를

---

* 진실: 이제 모든 게 다르게 느껴져. 심지어 익숙한 네 손길조차. (원주)

박차려 한다.

트리스탄이 나를 끌어당긴다. "그런 말을 하고 도망갈 수는 없는 거야."

"네가 나를 그렇게 생각하지 않아도…… 괜찮아. 그러니까 내버려둬. 내가 한 말은 잊어. 난 집에 가서 짐을 싸야 하니까. 돌아오면 그때 만나서—"

"그럼 나한테 키스해줄래?" 그가 묻는다.

그 질문이 우리 사이의 시발점이 된다.

"뭐?" 나는 그의 눈을 살핀다. 진심인 건지 좋은 사람처럼 굴려는 건지 알 수 없다. 나는 다시 돌아선다.

그가 나를 잡아당긴다. "기다려봐…… 네가 말해야 하는 걸 해."

"무서워." 내 목소리가 갈라진다.

"뭐가?"

"모든 게." 내가 중얼거린다.

그가 내 손에서 스크랩북을 가져간다.

"열지 마!" 하지만 그가 고무밴드를 벗기고 노트를 펼치는 걸 저지하지 않는다. 노트 속지가, 아니 나 자신이 훤히 드러난다. 페이지마다 우리의 사진과 우리가 올여름 함께했던 것들의 사진이 빼곡하다. 영화 티켓, 메뉴, 포토부스 사진, 내가 떠나기 전에 우리가 하려고 계획했던 일들의 목록, 그의 팟캐스트 대본.*

그의 입이 벌어졌다 다물어지기를 수없이 반복한다. 트리스탄 레스트레포. 언제나 말할 게 있고, 수천 명의 청취자가 있고, 감정을 감추지 않는 사람이 아무 말도 하지 못하고 있다. "이건 너무 아름다워, 라나." 그가 멍한 갈색 눈동자로 나를 바라본다.

그 시선을 받아낼 수가 없다.

"넌 모든 걸 기억하니까." 그의 손바닥이 내 볼을 어루만진다. "꼬마 코끼리."

뱃속이 조여온다.

"언제나 네가 머리 쓰는 거에 감탄했지. 5학년 때 스노볼 만든 거 기억나?"

나는 말을 했다가는 토가 나올까 두려운 나머지 고개만 끄덕인다. 사랑하는 사람에게 꺼내는 말이 구토여서는 안 된다.

위장이 꼬이는 느낌이다.

그가 웃으며 사진을 바라본다. 달빛에 비친 그의 입매가 아름답다.

나는 숨을 깊이 들이마시고 어깨를 편다. 그냥 말해. 해치우는

---

* 진실: 우리가 함께한 모든 것은 결코 잊을 수 없는 추억이었다. 농담 하나, 손길 하나, 경험 하나까지. 내 노트는 흘러넘쳤다. 그 모든 걸 안에 가둬두기엔 너무 거대했다. 그가…… 내가…… 또 우리가. (원주)

거야. 그에게 말하지 않고 파리에 갈 순 없어. "나를 정말 사랑할 수 있어? 아니면 그 여자애들처럼 그렇게 좋아할 수 있어?"

라이드가 곧 도착한다며 그의 핸드폰이 울린다.

내가 계획한 것은 이런 게 아니었다. 이런 식으로 스크랩북을 보여주고 싶진 않았다. 그레이스와 이야기한 건 이게 아니었다. 나중에 오늘밤을 회상하며 내가 얼마나 용감했는지, 얼마나 명백하고 자신감 있게 말했는지, 내 생각과 감정을 표현할 때 얼마나 트리스탄과 비슷했고 좀 덜 나다웠는지를 기억하고 싶었다.

"너희 둘!" 경비원이 문 앞에 서서 우리 얼굴에 손전등을 비춘다. "당장 나가."

경비원은 스태프 출입문까지 동행한다. 그의 위협적인 목소리가 어둠 속에 메아리치지만 내 심장이 요동치는 소리 때문에 잘 들리지 않는다.

우리는 거리로 나온다. 거리는 어둡고 스산하다. 나는 트리스탄에게, 트리스탄은 내게 손을 내민다.

기억이 밀려든다.

일곱 살에는, 부모님과 학교 가는 길 전철 플랫폼에서 손을 잡았다.

아홉 살에는, 그의 어머니가 처음으로 병을 진단받고 병원으로 문안 가는 길을 나란히 걸었다.

열두 살에는, 거울 앞에 서서 혀를 마는 연습을 했다. 스페인
어에 낙제하지 않도록 그가 내게 r 발음을 가르쳐주었다.

열다섯 살에는, 밤을 새워 그에게 『오만과 편견』을 읽어주며
문학 수업 보고서 쓰는 걸 도와주었다.

열일곱 살에는, 그의 어머니 무덤 앞에 어깨를 맞대고 서서 땅
속 깊이 내려가는 어머니 모습을 지켜보았다.

라이드 운전사가 트리스탄에게 전화를 걸고 그는 모퉁이를 가
리킨다. "준비됐어?"

"아니." 나는 입술이 떨리는 걸 막으려고 아랫입술을 잘근 깨
문다. 내 안에서 방울방울 올라오는 눈물과 사투한다.

평생을 사랑해왔다는 말을 이렇게 하고 싶지는 않았다. 그레
이스에게 약속한 건 이런 게 아니었다.

그가 내 얼굴을 살핀다. "다른 건 다 기억하면서 이렇게 분명
한 것도 못 알아차리고, 내가 널 얼마나 사랑하는지도 모르는 거
야? 언제나 너뿐이었다는 것도?"

"뭐?" 기어코 눈물 한 방울이 밖으로 빠져나온다. "나는 한 번
도 그렇게—"

말을 마치기도 전에 그의 손이 내 등을 받치고 그의 아랫입술
이 내 목으로, 또 귀로, 볼로 올라와 입에 닿는다. 그의 손길이 나
의 모든 걱정을 날린다. 그의 혀가 나의 모든 질문에 답한다. 그

의 온기가 정전의 무더위보다 뜨겁다.

그가 속삭인다. "난 언제나 너를 사랑해왔어. 하지만 네가 날 사랑해줄 거라곤 생각 못했어." 그가 다시 내게 입을 맞춘다.

우리는 숨을 쉬기 위해 잠깐 입을 뗀다.

참을 수 없는 미소가 터져나온다. "지금 이 순간을 기억할 거야?"

"영원히."*

---

* 이건 정말이지 좋은 이야기가 될 것이다. (원주)

# blackout

아주 기나긴 산책
4막

워싱턴스퀘어파크, 오후 8시 38분

우리는 피프스 애비뉴를 말없이 걷는다. 카림이 속도를 제법 늦춰준 덕에 뛰어가는 기분은 들지 않는다. 거리는 사람들로 가득하고 다들 본능적으로 같은 방향으로 걷는 듯하다. 다시 만난 카림은 낯설면서도 익숙했다. 최신 버전의 카림이라고 해야 할까. 이 새로운 버전의 카림은 아버지에 대한 생각을 털어놓고 내가 제일 좋아하는 아이스크림 조합도 아직 기억하고 있다. 지난 넉 달간 내가 보았던 모든 영화와 방송에 대해 말해주고 싶다. 하지만 그는 기나긴 휴가에서 돌아온 게 아니다. 우리는 헤어졌다. 그런 대화를 해도 되는 건지 알 수가 없다. 다시 친구가 되는 게 가능할까? 그게 내가 진정 바라는 걸까?

우리는 유니언스퀘어까지 미드타운을 가로지르고, 또 빌리지*
를 깊숙이 들어가며 다운타운에 가까워진다. 곧 있으면…… 다
리가 나온다.

"정전이 얼마나 오래갈 것 같아?" 겁에 질린 목소리를 굳이 숨
기려 하지 않고 내가 묻는다. "밤새도록 이러진 않겠지, 그렇지?"

그는 다른 데 신경이 팔려 어깨를 으쓱인다. "그렇겠지."

괜찮은지 물어볼까 하다가 이젠 그런 걸 물어볼 사이가 아니
라는 생각이 든다. 적어도 내 생각은 그렇다.

"카림, 나는—"

내 핸드폰이 울린다. 모르는 번호다. 화면을 본 카림의 표정이
밝아진다.

"이런, 트위그잖아." 그가 스피커폰 버튼을 누른다. "어이!"

"요, 친구! 어디야?"

"아직도 맨해튼인데 가고 있어." 그가 시간을 확인하며 말한
다. "뭔 일 있어?"

"아무 일도 없어. 그게 일이지. 올여름 최고의 파티를 좀 열어

---

* 뉴욕 다운타운의 초입 지역. 유니언스퀘어를 기준으로 미드타운과 다운타운이
나뉜다.

보려 했더니 모든 게 날 방해하네. 그냥 빨리 오기나 해. 피스!"

딸각.

"아하. 트위그는 말을 많이 안 하는 모양이네." 내가 웃는다.

"그게 바로 트위그지." 그가 말하고는 고개를 돌린다. "들려?"

음악이다. 근방에서 중저음의 베이스 소리가 난다.

그는 능청스러운 미소를 짓더니 고개를 끄덕인다. "저 공원 잠 깐 들렀다 가자."

나는 토를 달지 않는다. 돌아가면 갈수록 더 늦기 전에 전기가 돌아올 확률이 높아지니까.

워싱턴스퀘어파크 입구의 커다란 흰색 아치문으로 들어선다. 전기가 있을 때는 이 아치에 새하얀 조명을 켜놓는데 그 모습이 유럽사 시간에 배운 파리의 그 유명한 거대한 아치문을 연상시킨다. 문을 들어서면 공원 정중앙의 커다란 분수와 주변 잔디밭, 벤치로 이어진다. 뉴욕대 학생들과 빌리지 주민들이 애용하는 곳이다. 정전인데도 공원은 붐볐고 연주중인 밴드와 어둠 속에서 체스를 두는 사람들, 스케이트보드를 타는 아이들도 있다.

"윽! 저 더러운 분수에서 수영하는 사람이 있다니." 나는 컴컴한 물에 목까지 담그고 앉아 있는 백인 여자를 보며 말한다.

"사람이 문제야? 이 미친 날씨가 문제지." 그가 웃으며 말한다. "네 1지망이 뉴욕대 아니었어?"

나는 원피스에 손을 문지른다. "음, 그랬지."

내가 뉴욕에 머물고 싶었던 그때는 그랬다.

그의 곁에 있고 싶었던 그때는 그랬다.

내 삶에, 내가 바라는 것들에 그가 자리했던 그때는 그랬다.

우리는 음악이 어디서 들리는지 둘러본다. 휴대용 스피커에서 밥 말리의 〈Is This Love〉가 흘러나오고 있다. 힙스터 몇 명이 춤을 추며 노래를 부른다.

"오오오, 좋아! 이 노래인 줄 알았어. 너네 음악이네!"

나는 눈을 동그랗게 뜬다. "캠퍼스에서 대마 피우고 드레드 머리 하는 백인 애들이라면 당연히 밥 말리를 연주하겠지."

"어서 와요." 그가 자메이카 억양을 흉내내고 투스텝을 밟으며 내게 손짓한다. "엉덩이 좀 흔드실래요?"

"그만해." 내가 웃는다.

그는 내 손을 잡고 나를 뱅그르르 돌린다. "춤 한번 춘다고 다 치기야 하겠어."

그다지 느린 노래는 아니었지만 나는 그의 품에 안기고 우리는 우리만의 리듬에 맞추어 몸을 움직인다. 나의 팔은 본능적으로 그의 어깨를 찾는다. 땀에 젖은 그의 뜨거운 피부, 내 허리에 놓인 그의 손…… 내 목은 불타오르고 하늘은 빙그르르 돌고 나는 오로지 그의 발만 바라본다. 지금 내가 아는 그 눈을 보게 되면 키스를 할 것 같았으므로. 그의 입술이 내 이마를 훑자 내 온몸은 파르르 떨린다.

대체 뭘 하는 거야!

나는 몇 걸음 뒤로 훌쩍 물러난다.

"괜찮아?" 손이 텅 비자 그가 혼란스럽다는 듯 이맛살을 찌푸린다.

"응, 괜찮아." 나는 기어들어가는 소리로 답하고 주의를 돌릴 거리를 찾는다. 분수 반대편 또다른 스피커에서 힙합 비트가 흘러나오고 있다. 아이들 무리가 랩 사이퍼*를 벌이고 관중들이 머리를 위아래로 움직인다. 카림도 그들과 함께 머리를 까닥인다.

"이건 누구 비트예요?" 그가 스피커 근처의 남자에게 묻는다. "끝내주네요!"

둘이 이야기를 나누자 사람들은 점점 몰려들고 나는 그의 티셔츠를 잡고 깊이 숨을 들이마시려 애쓴다. 사람들이 너무 많다. 많아도 너어어어무 많다.

"우리 가야지."

"잠깐만 기다려봐." 그가 나를 돌아본다. "폰 좀 다시 보여줄래?"

---

* 힙합 공연 등에서 하나의 주제로 참가자들이 번갈아 즉흥적인 무대를 펼치는 것.

핸드폰을 건네자 그는 구글로 괴상한 음악 페이지를 열더니 스피커의 입력 케이블을 잡아든다.

"좋아. 다들 이 비트에 어떻게 흔드는지 봅시다!"

카림이 새로운 비트를 튼다. 사이퍼는 계속되고 관중은 몸을 흔들며 그에게 음악에 대해 묻는다. 비트는 부드러우면서 차분하고 누구나 랩을 할 수 있으면서도 모두가 몸을 흔들 만하다.

"고마워요, 친구." 사이퍼가 끝나가자 카림이 스피커를 관리하는 남자에게 말한다. "언제든 연락하라고!"

우리는 공원 출구를 향해 걷는다. 카림은 환하게 웃고 있다.

"방금…… 진짜 좋았는데, 카림!" 흥분한 내가 외친다. "폰으로 그 비트를 만든 거야?"

"그래." 카림이 환하게 웃으며 말한다. "비트 더 달라고 연락할 것 같아. 디제이파티라든가."

"나는 네가…… 이 길로 가려고 진짜 노력하는 줄 몰랐어."

"어떻게 몰랐지. 매일 그 이야기만 했는데."

"그래 하지만…… 진지하다고 생각하지 않았어."

카림의 웃음기가 단번에 사라진다. "뭐, 그래. 그랬지. 아빠도 오디오 엔지니어로 전공을 바꾸라고 설득했으니까."

그래서 그 인턴십을 신청할 수 있는 거였다. 전공을 바꿔서. 그가 그렇게 모든 파티에 가려고 안달 냈던 이유를 알 것 같다.

그는 언제나 진심으로 음악에 푹 빠져 있었다.

카림이 우리 앞에 있는 빌딩을 턱으로 가리킨다. "너, 왜 뉴욕대 안 가겠다고 마음을 바꾼 거야?"

뉴욕대 도서관을 바라보며 나는 즉석에서 거짓말을 꾸며낸다. "엄마 집에서 코앞인 대학에 그 돈을 다 부으라고? 사양할게!"

"그야 뭐." 그가 한숨 쉬듯 말한다. "그래도 어느 대학이나 돈은 들잖아. 동네 대학이라도. 그래서 내가 아폴로 일이 필요했던 거야. 디제잉 일도 가능한 한 전부 하고."

동네 대학? 카림은 이마니와 세인트존스대학에 가는 게 분명하다. 이마니는 온 동네에 전액 장학금을 받았다고 뻐기고 다녔다. 나 대신…… 걔랑 같이 대학에 가려고 인턴십이 필요했던 거다. 그 자리를 포기하게끔 여태 나에게 재롱을 부리며 잘해준 거였다.

내 사촌이 말한 그대로다. "예쁘장해서. 그런 타입은 믿을 게 못돼."

"왜 이 길로 가는 거야?" 팔짱을 끼며 퉁명히 내뱉는다. "브로드웨이로 계속 갔어야지."

그가 어깨를 으쓱한다. "나도 몰라. 잠깐이라도 딴 길로 가보면 마음이 바뀔 줄 알았지. 도망가려고 그렇게 허둥지둥하지 않고."

나는 웃는 척한다. "하! 나 도망 안 갔거든."

그는 입을 삐죽인다. "넌 내가 널 모른다고 생각하겠지만 나는 너를 잘 알아, 태미. 우리한테 있었던 일 때문에 일찍 떠나려 했던 거잖아."

카림은 무언가 하고픈 말이 목 끝까지 차오른 듯 보인다.

감정이 북받쳐올라 피부가 따끔거렸다. 생각도 못한 정면 공격이다.

"아니야. 클라크애틀랜타는 내가 늘 가고 싶던 대학 중 하나였어. 내가 네 지원서까지 써줬잖아!"

그가 웃는다. "하나만 물어보자. 네가 같이 가고 싶어했던 학교들, 내가 어떻게 돈을 낼지 한 번이라도 생각해봤어? 네 부모님은 대출도 받아주고 다 해주겠지. 나는? 우리집은 어디에도 보내줄 수 있는 형편이 아니라는 거 알잖아."

나는 변호하려 입을 열지만 아무 말도 나오질 않는다. 우리가 어떻게 같은 학교에 다닐지 계획을 제대로 짜본 적은 없었다. 그저 입학에만 신경을 썼다.

그가 고개를 절레절레 젓는다. "넌 뉴욕대에 가고 싶어했어. 그게 네 꿈이었어. 나는 뉴욕대 갈 형편은 안 됐지만 그래도 우리가 여기, 뉴욕에…… 같이 있을 거라고 생각했어."

"상황은 바뀌잖아!" 내가 말한다. "그건 분명하지."

"모든 게 꼭 바뀔 필요는 없어." 그가 말한다.

나는 두 손을 들어올린다. "왜, 카림? 왜 아무 말 없이 몇 달을 보내다가 이제 와 이렇게 할말이 많은 거야? 이야기할 수 있었던 그 많은 시간 동안 아무 말도 없더니 왜 지금 이런 소릴 하는 거야?"

그는 내게 성큼 다가와 내 손을 잡는다.

"날 알잖아." 그가 말한다. "나 말로 표현하고 그런 거 못하잖아. 그건 네 전공이잖아! 그래도 지금 이렇게 말하잖아. 너무 늦은 거야?"

그가 몸을 숙이며 내 이마에 머리를 마주댄다. 나는 숨을 참고 내 안의 목소리는 외친다. 카림 말이 맞아. 나는 카림을 알아! 나 스스로보다 카림을 더 잘 안다고!

"너무 늦은 거야?" 그가 다시 물으며 내 입술로 내려오고 온 세상은 빙그르르 더 빠르게 돈다.

"카림." 가방의 핸드폰이 울려 나를 현실로 잡아끈다.

"엄마다."

스피커폰 모드를 켜자 카림이 몸을 세운다. "딸. 너희 괜찮은 거야? 카림 어머니도 여기 있어."

"태미!" 머피 아주머니 목소리가 들린다. "너희 무사하니?"

"네." 우리는 동시에 답한다.

"별일 없어?" 카림이 묻는다.

"카림, 기억 안 나? 할머니 어퍼웨스트사이드에 있는 곳으로 수요일에 이사하셨잖아. 펄 할머니랑 같이 지내신다고."

카림이 이마를 친다. "아, 이런! 까먹었어!"

"어퍼웨스트사이드요? 저희 방금 거기 지나왔어요!"

"알아. 그래도 걱정 마라." 엄마가 말한다. "넬라라는 엄마 친구 딸이 자기 할아버지 보러 갔는데 할머니도 잘 계신대. 다른 사람들 진정하도록 도와주신다네."

엄마와 통화를 끊자 카림은 우리가 왔던 방향을 바라본다.

"다시 갈까?" 내가 묻는다.

그가 한숨을 쉰다. "됐어, 벌써 다리까지 다 왔잖아. 네 폰은 35퍼센트 남았고. 브루클린으로 가야 해."

나는 고개를 끄덕인다. "알았어."

웨스트 4번가로 접어들자 음악은 희미해진다. 나는 늘 여기를 걸어다니는 우리 모습을 상상했다. 대학생이 되어서. 지금은…… 이제 내가 뭘 원하는지도 잘 모르겠다. 내가 아는 거라곤 그가 그립다는 것, 오늘이 지나가리란 걸 알지만 마음 깊은 곳에선 오늘이 끝나지 않기를 바란다는 것이다.

브로드웨이로 접어들자 빨간색 2층 버스가 차들 사이로 왔다 갔다하는 것이 보이고 나는 재빨리 운전사를 바라본다.

"여기!" 나는 도로로 달려가 버스를 쫓으며 미친 사람처럼 손을 흔들지만 버스는 이미 차이나타운 방향의 다음 신호등으로 건너가버렸다.

카림이 나를 따라잡는다. "후우! 저게 방금—"

"그런 것 같아." 나는 믿을 수 없어서 웃는다.

"젠장! 탈 수 있었는데! 뭐 적어도 다리까진."

처음부터 끝까지 엉망인 하루다.

"계속 가야지, 어떡해." 한숨을 쉬며 나는 목에 부채질을 한다.

말없이 다시 걷는데 카림이 웃음을 터뜨린다. "아까 말을 못한 것 같은데, 타임스스퀘어에서 그 늙은이랑 싸울 때 신경써준 거 고마워." 그가 웃으며 내 어깨를 툭 건드린다. "그 얼간이를 두들겨팼으면 인턴 일은 절대 못했겠지."

우리는 서로 눈이 마주치자 당황하여 눈을 깜빡이며 피한다. 우리 둘 다 인정하고 싶은 것 이상으로 그 일이 필요한 듯하다. 정전이 우리를 다시 이어줬지만 아폴로 인턴십이 우리를 다시 찢어놓으려는 걸까?

# blackout

## 브루클린에 도착할 때까지 잠들어선 안 돼

### 앤지 토머스

* No Sleep Till Brooklyn, 비스티 보이스의 노래 제목.

뉴욕시 중심가를 달리는 2층 버스, 오후 9시 7분


팩트부터 말해보자.

미시시피 잭슨과 뉴욕시는 1900킬로미터 떨어져 있다.

뉴욕시에 오려면 두 번의 비행과 애틀랜타공항에서의 눈썹이
휘날리는 달리기가 필요하다.

어떻게든 '눈썹이 휘날리게 달려도' 애틀랜타공항은 너무 크다.

미시시피주 전체에 290만 명이 산다.

뉴욕은 뉴욕시에만 830만 명이 산다.

하지만 심지어 정전인 상황에서, 옆자리엔 남자친구가 앉아
있는데 네 줄 너머엔 내가 반한 사람이 앉아 있다면, 뉴욕도 그

렇게 크게 느껴지지는 않는다.

2층 버스가 복잡한 맨해튼 거리를 서행하며 입구에 석조 아치 문이 있는 공원을 지나친다. 버스기사 라이트 씨의 말에 의하면 워싱턴스퀘어파크다. 그렇게 말해주지 않았다면 내겐 여느 맨해튼 거리와 똑같았을 것이다. 하늘 높이 솟은 빌딩, 붐비는 인도와 차로 가득한 도로.

뉴욕에 도착했을 때 처음으로 무슨 생각을 했던가? 모든 게 괴로울 만큼 비좁게 붙어 있다는 것.

두번째로 한 생각은? 모두가 바쁘게 살려고 한다는 것.

정전도 그걸 막을 순 없었다. 우리 반 학생들이 전부 이 버스를 타고 가는 도중 정전이 일어났다. 상상해보라. 열두 명의 예비 11학년생들과 부임 일 년 차 교사가 미시시피에서 수학여행을 온 장면을. 정전이 닥친 빅애플과 '이너시티* 학교'('아우터시티'라는 말도 있을까?)의 예비 11학년생 흑인 열두 명과 스물몇 살의 백인 여성 교사를.

팩트를 말하자면, 뉴요커들은 뉴욕을 '빅애플'이라고 부르지 않는다. 애틀랜타 사람들이 애틀랜타를 '핫틀랜타'라고 부르

---

* 주택 환경이 악화되어 빈민층이 늘어난 대도시의 도심 지역.

지 않는 것과 마찬가지다. 미시시피 사람 일부는 미시시피를 '다 십'이라 부르기는 하지만.

처음 전기가 나갔을 때 우리는 전부 소스라치게 놀랐다. SNS 를 켜서 도시 대부분이 정전이라는 것을 알아냈다. 그다음엔 집 에 있던 가족들의 안부 전화로 핸드폰에 불이 났다. 전형적인 남 부 흑인인 우리 아빠는 "봤지? 나는 뉴욕처럼 엉망진창인 곳은 안 믿는다. 널 거기 보내지 말았어야 했는데. 난 진작 알았다" 하 는 식이었다.

아빠와 뉴욕은 재밌는 관계였다. 아빠와 엄마는 아빠의 남동 생 그레이엄을 만나러 2003년 뉴욕을 방문했고 그때 대규모 정 전이 있었다. 지금 내가 정전을 겪고 있다는 게 아이러니하긴 하 다. 아빠는 엄마와 브루클린브리지에서 관광을 하다가 정전 때 문에 맨해튼의 호텔까지 걸어가게 된 이야기를 수시로 들려주곤 했다. 엄마는 나를 임신한 상태였다. 일주일 전에 그 사실을 알았 다. 아빠는 아직도 발에 그때 그 여행에서 생긴 굳은살이 있다고 말한다.

"다른 도시에 다 불이 나가도 거긴 안 돼." 아빠는 늘 말했다. "난 무서워하는 게 별로 없지만, 돈을 준다고 해도 정전이 된 뉴 욕엔 다시는 안 갈 거다."

불이 전부 나간 뉴욕은 정말이지 오싹했다. 몇 미터 간격으로 깜빡이는 자동차 전조등과 후미등이 주변에서 제일 밝은 것이었다. 핸드폰 손전등을 켠 사람들이 인도를 헤매고 다녔다. 이 모든 광경 중 가장 기이했던 것은 그래도 뉴욕은 뉴욕이라는 것이었다. 우리 동네였다면 정전은, 특히나 오늘처럼 더운 날엔 밖에 앉아 빈둥거리기 위한 좋은 핑계였다. 그러나 이곳은 여전히 계속 움직이고자, 침착함을 유지하고자 모두 방법을 찾고 있었다.

터커 선생님은 그중 한 사람이 아니었다. 선생님은 불쌍하게도 거의 정신이 나가기 직전이었다. 우리 중 누군가가 몰래 버스를 빠져나간 것처럼 출석을 오천만 번 불렀다.

"라샤드?" 선생님이 외친다.

"여기요." 첫번째 줄에 앉은 라샤드가 답한다.

"재즈민."

"네." 내 베스트 프렌드가 뒤에서 답한다.

"케일라?"

"네." 내가 답한다.

"트레숀?"

"네." 옆에 앉은 나의 남자친구가 답한다. 입꼬리가 올라가는 걸 보니 선생님이 언제 정신을 놓을까 생각하는 모양이다. 정신을 놓는다면, 선생님이 캐런* 같은 짓을 할 때마다 우리가 단체 채팅방에서 하는 캐런 빙고에 한 칸 더 칠할 수 있다. 어제 아침이 좋은 예다. 라과디아공항에 도착한 우리는 호텔로 이동하려 셔틀버스 줄을 서고 있었고 터커 선생님은 라틴계 버스기사에게 어디서 왔냐고 물어보았다.

"뉴저지요." 그가 답했다.

"아니, 제 말은, 진짜 출신이 어디냐고요." 터커 선생님은 유치원생에게나 쓰는 목소리로 물었다. 기사에게 욕을 안 먹은 게 다행이었다.

다시 트레숀 이야기를 하자면, 그가 웃을 때 몹시 귀여워 보인다는 사실이 싫다. 힘들이지 않아도 보조개가 뚜렷이 생기고 밝은 갈색 눈동자가 반짝이면 나는 녹아내린다. 지금은 그에게 화가 난 상태여야 하는데도, 젠장. 결국 눈을 돌려 정면을 바라본다.

그가 끙끙거린다. "케이, 이러지 마. 너 아직도 화가 나서 내가—"

"마이카." 터커 선생님이 평소보다 목소리를 높인다. 출석을 부를 때는 조용히 하라고 트레숀에게 눈치를 주는 거다. 그녀는 정말 우리가 유치원생인 것처럼 군다.

"네." 마이카가 우리보다 몇 줄 앞에서 사람 좋게 웃으며 답한

---

* 화를 내는 백인 여성을 지칭하는 신조어로 인종차별적 태도를 보이며 자신의 특권을 이용하는 여성을 가리키지만 여성혐오적 표현이라는 비판을 받기도 한다.

다. 정전에도 끄떡없다. 피부색이 짙은 흑인 남자아이들은 달빛 아래 위엄이 넘쳐 보인다. 마이카는 외따로 앉아 긴 다리를 뻗고 다른 애들처럼 사람을 구경하는 일에는 관심 없다는 듯 뉴욕을 등지고 앉아 있다. 하지만 내 생각에는 나를 보려고 저렇게 앉은 것 같다.

사실 그는 몇 시간 전에 내게 문자를 보냈다. 모든 걸 뒤흔들 열두 글자.

**내게도 기회가 있을까, 꼬맹아?**

나는 문자를 읽기만 하고 답장하지 않았다.

알 수 없었기 때문이다.

그 사실은 나를 쓰레기 같은 여자친구로 만들었다.

트레숀에게 화를 내서는 안 되는 여자친구.

왜냐면 친구들과 놀기 위해 여자친구를 버리고 거짓말을 하는 것은 다른 누군가와 썸을 타는 것만큼 큰 문제는 아니기 때문이다.

다른 누군가와 시시덕거리는 것만큼.

의도적으로 다른 누군가와 시간을 보낼 방법을 찾는 것만큼.

이를테면 그 아이가 거기 있다는 걸 알고 스터디 홀에 간다든지.

아니면 그를 인터뷰할 생각으로 학교 신문에 육상팀 관련 기사를 쓰기로 한다든지.

그러고는 어느 날 학교가 끝난 뒤 그애가 나를 집에 데려다주고.

웃고 떠들다가 완전히 사로잡힌 그가 기어 너머로 몸을 기울여 키스를 하려 들고.

키스를 할 것같이 굴다가.

하지 않았다. 나는 하지 않았다.

할 것 같았을 뿐.

여전히 나쁜 일이긴 하다.

터커 선생님은 출석을 다 불렀고, 당연히 아이들은 사십오 분 전에 확인했던 것과 마찬가지로 고스란히 그 자리에 있었으며, 선생님은 버스 아래층으로 내려간다.

"얌전히 있어라, 얘들아." 단조로운 목소리로 그녀가 말한다. "기사님한테 물어봐서 왜 움직이지 않는지 알아볼 거야."

음, 그건 신호등이 나가고 차들이 꼬리에 꼬리를 물어서겠죠? 버스엔 우리만 남아 있다. 다른 관광객들은 걷기로 작정하고 한참 전에 내렸다. 터커 선생님에겐 어림없는 말이다.

그녀가 계단 아래로 내려가자마자 우리는 웃음이 터진다.

"이야, 기사한테 당신 상사랑 이야기하고 싶다고 말한다는 데 5달러 건다." 라샤드가 말한다.

"피이이이이, 멍청아, 그건 이미 물어봤겠지." 제이슨이 말한다. 트레숀과 헷갈려서는 안 된다. 둘이 생긴 게 다른데도 학교 첫날 터커 선생님은 쌍둥이냐고 물었다. 그저 이름이 비슷하고 성이 같을 뿐이다.

"아니요, 선생님." 제이슨이 말했다. "그렇지만 조상님들을 소유한 노예주는 같은 사람이었나보죠."

그때 선생님의 표정은 정말 볼만했다.

에이자는 버스 난간에 몸을 기댄다. "저 사람들 대체 왜 아직도 레스토랑에 들어가는 거야? 정전인 걸 몰라?"

"저들도 먹긴 해야 할 거 아냐, 에이자, 참 나." 내가 말한다. 솔직히 우리가 완전 관광객처럼 굴고 있긴 하다. 다 같은 사람이래도, 뉴욕 사람들은 우리에 비하면 외계인이었으므로 우리는 대체로 '저들' '저 사람들'이란 표현을 썼다. 그들을 바라보는 일은 굉장히 재밌다.

그들도 다를 바는 없다. 오늘은 호텔 레스토랑에서 아침을 먹는데 종업원이 와서 물었다. "너희 어디서 왔니?"

"미시시피요." 우리가 답했다.

"어머나!" 그녀는 우리가 화성이라고 답하기라도 한 듯 반응했다. "억양이 그렇네!"

솔직히 뉴욕에서 말을 하기 전까지는 내게 억양이 있는 줄도 몰랐다. 메이플시럽처럼 끈적하게 흘러내리는 나의 말이 그들에게 낯설게 들린다는 걸 깨달았다. 그들은 단어를 입에 오래 담고 있으면 혀가 타기라도 하는 것처럼 말을 빠르게 뱉었다. 남부 사람들은 그 말들을 따라잡으려 노력해야 했다.

그레이엄 삼촌은 뉴욕에 처음 이사왔을 때 자기 억양이 부끄러워 말을 하지 않았다고 했다. 그는 사람들에게 "등에 불이 난 플로 조*처럼 미시시피에서 도망쳐서" 뒤도 돌아보지 않았다고 이야기해주는 것을 좋아했다. 삼촌과 삼촌의 남편 장 클로드는 딸 라나와 아들 랭스턴과 함께 브루클린에 산다. 어떻게든 브루클린에 가서 그들을 방문하고 싶지만 터커 선생님으로부터 몇 시간이나 벗어날 수 있을지 알 수 없다.

제이슨은 투어버스 난간에 몸을 기댄다. 버스는 공원 끝자락에서 조금씩 움직이고 있다. 워싱턴스퀘어파크라고 했나. "나 지금 피자 조지고 싶은데." 제이슨이 말한다.

"피자는 꺼져, 애들 좀 꼬셔보게." 라샤드가 말한다. 그러고는 난간에 몸을 기대고 소리친다. "여어, 거기! 입안에 뭐 좀 넣고 싶지 않아?"

우우욱. 저런 메스꺼운 말을 할 줄 알았다.

---

* 플로런스 그리피스 조이너. 80년대 미국의 전설적인 육상선수.

"인간아. 매너 좀 지켜라!" 마이카가 말한다. "좀 경험이 있는 사람처럼 굴어보라고."

"저 바보가 아무것도 못 해본 건 너도 잘 알잖아." 트레숀이 말하고는 마이카와 함께 웃음을 터뜨린다. 트레숀은 어떤 측면에서는 둘이 나를 일부분 공유하고 있다는 것을 알지 못한다.

트레숀은 나를 바라보며 아이 같은 웃음을 짓는다. "나는 아무한테나 집적댈 필요가 없으니 다행이지. 내가 지금 필요한 건 다가졌으니까."

그는 나에게 몸을 숙여 키스한다. 마이카의 시선이 느껴진다.

나는 몸을 뒤로 빼지만 마이카 때문은 아니다. 아니라고 생각한다.

트레숀이 한숨을 쉰다. "젠장, 케일라. 마음 안 풀 거야, 응? 일주일이 다 돼가."

"트레, 넌 나한테 거짓말을 했어."

"그랬지! 더 할말 없음." 재즈민이 뒤에서 끼어든다.

트레숀은 그녀를 뒤돌아본다. "네 일이나 신경써, 젠장!" 그러고는 나를 바라본다. "미안하다고 했잖아. 정말 그게 그렇게 큰일인 거야?"

"거짓말한 걸 보면 너한테 큰일이었던 거겠지." 내가 말한다. "애들이랑 놀러간다고 나한테 말하기만 하면 됐는데. 왜 아파서 못 만난다고 한 거야?"

말을 꺼내는 것만으로도 목이 따끔거린다. 이 점은 명확히 하고 싶다. 나는 칭얼거리며 매달리는 여자친구가 아니다. 만약 내가 그런 여자친구라 하더라도 거짓말하는 게 괜찮은 건 아니다.

트레숀은 처음에는 말이 없다. 버스가 약간 속도를 내며 코너를 돌자 근처에 있던 차가 경적을 울린다. 그게 뉴욕시의 사운드트랙이다. 경적소리. 이곳에서 지난 이틀간 들은 경적소리가 우리 동네에서 평생토록 들은 것보다 많다. 버스기사 라이트 씨가 1층에서 아주 뚜렷한 자메이카 억양으로 욕을 퍼부으며 난리를 치는 소리가 들린다. 아까 터커 선생님은 라이트 씨한테도 어디 출신인지 물었다.

"지구요." 그가 말했다. "계속 머무를지는 모르겠지만요."

우리는 단체 채팅방에서 그가 역대 최고의 버스기사라는 것에 동의했다.

잠시 후에 트레숀이 한숨을 쉰다. "케일라, 네가 화날까봐 그랬어. 너도 알잖아, 널 실망시키고 싶지 않았단 거. 그리고 솔직하게 말하면 네가 같이 보고 싶어하던 드라마는 완전 구려 보였다고."

"미안한데, 난 제대로 된 작품을 골랐어."

"뛰어난 풋볼팀을 고르는 그 실력으로 말이지?"

"음, 팰컨스 팬인 네가 다른 팀더러 못한다고 말하면 절대 안되지." 내가 말한다. "슈퍼볼에서 28대 3으로 이기고 있었는데 결국 패트리어츠에게 졌잖아."

그가 움찔한다. "그 말을 꼭 해야겠어, 어?"

"세인츠를 모욕했으니까 자처한 거지." 내가 계속 말한다. "미시시피주 전체에서 팰컨스 팬은 너 하나일 텐데, 그렇다고 너무 화내진 말고."

트레는 헛기침을 한다. "세인츠는 말야." 그가 말하고 다시 기침을 한다.

나는 그의 손을 살핀다. "그 슈퍼볼 우승 반지 멋지네요. 아, 아니. 반지가 없었지."

트레는 급히 손을 숨기고 나는 웃음을 터뜨린다. 우리 동네에서 풋볼은 종교와도 같고 세인츠는…… 뭐, 수호성인patron saints 이랄까. 나는 태생부터 블랙과 골드였다. 우리 아빠가 내게 입힌 첫번째 옷은 세인츠 유니폼이었다. (두번째 옷은 잭슨주립대학 티셔츠였다. 왜냐하면 그곳도 우리집에서는 거의 종교와 같으니까. 델타 시그마 세타 여학생 모임과 오메가 사이 파이 남학생 모임이 아슬하게 그 뒤를 잇는다.)

우리는 가족이 모여 모든 세인츠 게임을 관전한다. 나, 엄마, 아빠, 큰언니 시아라, 큰오빠 주니어. 우리는 또 사랑해 마지않는 뉴올리언스의 슈퍼돔까지 세 시간을 운전해 가기도 한다. 팰컨스 팬인 트레숀과 이렇게 오래 사귄 건 기적과도 같다. 우리 가족은 팰컨스를 패할 컨스라고 부른다. 한번은 세인츠와 팰컨스가 경기를 하는데 아빠와 주니어가 트레가 집에 들어오는 걸 막았다. 포치에서 경기를 보라고 했다. 엄마가 트레를 안에 들였지만 방 맞은편에 앉게 했다. 적어도 엄마는 타협을 했던 것이다.

트레가 내 볼을 꼬집는다. "풋볼 취향은 형편없지만 사랑한다." 그가 말한다. "애들이랑 노는 것도 재밌었지만 마지막에는 너랑 함께 그 유치한 드라마를 보고 싶었어."

"아니면 세인츠 게임을 보거나?" 내가 묻는다.

트레가 얼굴을 찌푸린다. "그럴 수도 있지만 당연히 응원은 안 하겠지."

"안쓰럽다, 안쓰러워."

"어찌됐든, 케이." 그가 웃으며 말한다. "용서해줄 거지?"

나의 시야 끝에 우릴 바라보는 마이카가 보인다. 그의 시선이 신경 쓰인다는 사실만으로도 나는 트레숀에게 화낼 권리가 없다.

"그래. 용서할게."

이번에는 그가 키스를 하게 놔둔다. 마음이 편안해지는 익숙한 키스. 눈을 감고 백 명의 사람과 키스를 해도 트레숀의 입술은 금세 찾을 수 있을 것이다. 그는 내 모든 처음이었다. 4학년 때의 첫 키스, 8학년 때의 첫 남자친구, 첫사랑, 첫 섹스. 오랜 기간을 사귀었기에 학교 사람들은 편하게 우리의 이름을 합쳐 불렀다. 트레엔케이. 모두들 우리가 영원히 함께하리라 생각했다. 그 기대에 부응하지 못하면 어떻게 보이겠는가?

나는 그런 사람이다. 케일라 시먼스, 기대에 부응하는 사람. 게다가 나는 트레를 사랑하고 있다. 남은 인생을 그와 함께하는 걸 진심으로 그려볼 수 있다.

하지만 그때고 지금이고 모든 순간마다 머릿속에 작은 목소리가 들린다. 만나본 유일한 사람이라 그럴지도 모른다고. 청바지 같은 것이다. 이상한 비유로 들리겠지만, 모든 것이 딱 맞는 청바지를 찾으면 떠나보낼 수가 없다. 그 청바지는 추리닝 바지처럼 편안하고, 맞는 옷이 없는 우울한 날에 입으면 완벽하다. 트레손이 나에게 딱 그렇다.

잠깐. 내가 정말 남자친구를 청바지에 비교하고 있는 건가?

나는 모든 생각을 뒤로하고 트레에게 좀더 키스를 한다. 투어 버스에 올라타기 전에 타임스스퀘어에서 나눠 먹은 솜사탕 덕분에 달콤하고도 끈적한 그의 입술이 좋다. 그의 손이 내 셔츠 아래를 더듬거리고 손가락이 부드럽게 내 등을 짚는다. 즐겨 하는 행동이다. 그는 내 몸에 닭살이 돋게 하는 걸 좋아한다.

"얘, 얘, 얘! 안 돼, 안 돼, 안 돼!" 터커 선생님이 복도를 달려온다. 그녀는 나를 잡아당겨 트레숀에게서 떼어놓는다. 순간 어딜 만지냐고 말할 뻔했다.

"엉겨붙는 거 안 된다, 제발!" 그녀가 정말이지 부자연스러운 목소리로 말한다. 너무나도 '캐런 같은' 목소리다. "케일라, 재즈민이랑 앉아. 트레숀은 마이카랑 앉고."

젠장.

안 되는데.

뉴욕시가 한층 더 작아졌다.


"여기가 소호입니다." 버스기사 라이트 씨가 말한다. "월급을 털어 물 한 잔을 마시고 고급식사라고 하는 곳이죠."

모두가 웃고 위태위태해 보이는 터커 선생님마저 웃음을 터뜨린다. 우리는 드디어 워싱턴스퀘어파크를 벗어난다. 라이트 씨는 좌우로 욕설을 뱉으며 운전을 하고 투어를 계속 진행한다. 터커 선생님이 캐런의 최종 단계인 캐러네이터의 모습을 보였거나 아니면 그가 일을 열심히 하는 거거나. 내 생각에는 선생님한테 놀라서 그런 것 같진 않고 원래 일에 열심인 듯하다.

소호는 내가 좋아할 만한 곳 같다. 사방의 화려한 부티크들이 나는 평생 사 입지 못할 가격의 옷을 팔고 있다. 그래도 구경은 할 수 있으니까. 건축물들은 예술에 대한 애호를 부르짖고 있다.

사실 예술 애호는 소호를 설명하기 위한 말일지도 모른다. 엄마가 요즘까지도 이야기하는 유일한 지역이다. 엄마 말로는 아빠와 함께 왔을 때 사람 구경하기 가장 좋았던 장소라고 했다.

이제는 내가 레스토랑의 야외 테이블에 앉아 초를 켜고 저녁을 먹는 사람들을 지켜보고 있다. 한 커플은 의자를 바짝 붙인 채로 서로를 부둥켜안고 같은 핸드폰을 들여다보고 그 불빛이 그들의 얼굴을 비춘다. 너무 귀여워 바라보지 않을 수가 없다.

둘 중 그 누구도 상대를 청바지에 비유하거나 제삼자에게 감정을 품지는 않았을 게 분명하다.

나는 목을 쭉 뻗어 트레와 마이카를 곁눈질한다. 벌써 백만 번째다. 터커 선생님의 새로운 자리 배치 덕에 가장 앞줄에 앉아 있던 라샤드가 내 바로 앞으로 왔다. 터커 선생님은 본인 말에 의하면 우리 "모두가 잘 보이도록" 라샤드 자리에 앉았다. 하지만 라샤드의 어깨가 넓어서 잘 보이지 않는다. 내 남자친구와 내……

아무것도 아니지만 무언가인 사람. 그게 마이카다.

"야, 너 괜찮아?" 재즈민이 옆에서 묻는다.

조금도 괜찮지 않다. "응. 괜찮아."

"터캐런은 정말 분위기 망치는 덴 뭐 있어." 재즈민이 묶은 머리 밑에 손이 잘 안 닿는 부분을 펜으로 긁적이며 말한다.

재즈민이 또 무슨 말을 꺼내지만 마이카와 트레숀이 앞에서 웃는 바람에 듣지 못한다. 나는 저 두 사람의 웃음을 듣기만 하고도 누구 웃음소리인지 맞힐 수 있다. 트레는 정말 '키키'를 문자 그대로 읽는 것처럼 키키거리며 웃는다. 마이카는 목청 굵은 소리로 웃는데 꼭 담배 좀 피우던 할아버지 소리 같다.

팩트는 호감형이라고 해서 웃음까지 덩달아 멋진 건 아니란 것이다.

둘이 웃는 소리에 짜증나게도 내 머리는 즉각 최악을 상상한다. 내 심리상담사는 그게 내 불안증세의 일부라고 한다. 좋은 일이 아니라 나쁜 일을 기대해 상처받지 않으려는 것. 불안은 가장 좌절스러운 밀고 당기기 싸움이다. 상담사는 내게 불안을 해소할 수 있는 운동법을 몇 가지 알려줬지만 지금은 아무것도 효험이 없다. 그저 나는 마이카와 트레숀이 나를 두고 웃는지 궁금하다. 그들의 가장 주된 공통점은 나일 테니까? 일리가 있다.

마이카는 아마도 이럴 것이다. 야, 너랑 처음 키스할 때도 걔가 까무러쳤어?

그러면 트레는 이럴 것이다. 아니야 친구, 그렇지만 우린 4학년이었어. 우리가 뭘 하는지 알지도 못했거든. 걔는 혀가 닿으면 임신하는 줄 알고 제대로 겁을 먹었지.

그 이야기 때문에 지금 저렇게 웃는 거다.

"케이!" 내 이름을 열 번은 불렀다는 듯 재즈민이 외친다. "나 참. 너 진짜 왜 그래?"

진지하게 이 생각에서 벗어나야 한다. "미안. 뭐라고?"

"너랑 트레숀이랑 잘 지내냐니까?"

"당장은 그렇지."

"당장?" 재즈민이 말한다. "걔가 개망나니 짓이라도 한 거야?"

나는 눈을 굴린다. "재즈민. 트레숀은 망나니가 아니야."

"친구라고 부르는 얼간이들과 놀려고 거짓말을 하는 걸 보니 맞는 것 같은데."

나는 고개를 젓는다. 인정할 수밖에 없다. 지구상의 모든 사람에겐 저마다의 재즈민이 필요하다. 친구가 무엇인지 알기도 전부터 그녀는 나의 베스트 프렌드였다. 우리 부모님들은 대학교 여학생 모임과 남학생 모임 출신이었고 함께 잭슨주립대가 하는 모든 풋볼 게임을 보러 다녔다. 재즈민의 부모님이 몇 달 전에 이혼 절차를 시작한 바람에 이제 그럴 수는 없게 되었지만. 재스민은 재빠르게 내 편을 들어준다. 가끔은 너무 빠를 때도 있다. 하지만 나 역시 그녀를 지켜준다. 우리 둘 중 하나를 건드린다는 건, 둘 다를 건드린다는 의미다. 이론의 여지가 없다.

그녀는 트레숀에 대해선 전혀 지지해주지 않는다. 솔직히 이해가 되질 않는다. 거의 모든 사람이 트레를 좋아한다. 하지만 초등학교 때 재즈민은 트레숀을 한번 보고 눈알을 굴리더니 야유했다. "우우, 응원은 못해주겠는데!"

그러니까, 지금 이러는 게 처음은 아니다.

"망나니처럼 굴진 않았어." 내가 말한다. "그냥 내가 고른 드라마를 같이 보고 싶어하지 않았을 뿐."

"거짓말을 하기엔 부족한 이유잖아, 케이." 그녀가 말한다. "나도 그 유치한 드라마 같이 보고 싶지 않아. 그래도 나는 네 얼굴을 보고 말할 거야."

"잠깐만요?"

"케일라." 재스민이 나를 부르며 고개를 숙인다. 목소리 톤이 마치 길 잃은 어린 양을 대하는 듯하다. "누구도 〈길모어 걸스〉 재방송을 보고 싶어하지 않아. 너 빼고. 받아들여."

"그러든 말든. 누구처럼 〈수퍼내추럴〉 똑같은 에피소드를 보고 또 보는 것보단 낫지."

"〈수퍼내추럴〉은 지상에 존재하는 가장 훌륭한 드라마야. 너도 동의해야 할걸." 그녀가 말한다.

"으으음, 그렇고 말고." 내가 답한다. 무릎의 핸드폰이 진동한다. 우리집이다. 또다시. 사람들은 내가 시먼스 집안의 막내인 만큼 부모님이 나를 풀어주며 길렀을 거라고 생각한다. 부모님은 나 말고도 두 명의 아이를 성인으로 무사히 길러내지 않았던

가. 고삐를 더 늦출 수도 있었을 것이다. 하지만 절대 그러지 않았다. 내 부모는 두 명이 아니라 언니 오빠를 포함해 네 명이나 마찬가지였다. 정전이 일어난 이후 줄곧 메신저의 가족 단체방이 울려댔다. 이번에는 언니 시아라다. 언니가 학기를 보내고 있는 도쿄는 거의 오전 아홉시다.

케이케이, 아직도 버스야?

미처 답장을 하기도 전에 오빠 주니어가 끼어든다.

내려서 걸어, 동생아.

그러고는 덧붙인다. 트레랑 어두운 데서 허튼짓하지 말고.

세상에나. 나는 재빨리 답장을 한다. 안 걸어. 어디로 가야 할지도 모르고. 우리 걱정은 하지 마.

핸드폰을 내려놓으려는 차에 또 소리가 울린다. 이번엔 아빠다.

대체 그게 무슨 의미냐?

지금은 가족들을 상대할 수 없다. 못하겠다.

다행히 엄마가 구해주러 왔다.

터커 선생님이 지켜보고 있을 거야, 프레디. 그 선생님은 정보국에서 일해도 될 정도야. 완전 철두철미하다니까.

이어 아빠가 말한다. 난 여전히 뉴욕 바닥 안 믿어. 사소한 정전이 아니라 더 큰 일일 수 있어. 더 심각한 일.

2003년엔 아니었잖아. 엄마가 응수한다.

다행히도. 아빠가 답한다. 그런데 그때 가장 패닉에 빠진 사람은 당신이었지.

하하. 시아라 언니가 답한다.

나는 눈동자 두 개가 그려진 이모티콘을 보낸다.

케이케이, 그레이엄 삼촌에게 연락해라. 아빠가 말한다. 연락이 안 되면 미국 대사관을 찾아. 그리고 할아버지가 베트남전 참전 용사라고 말해라. 그러면 도와줄 거다.

아빠 지금 진심인 건가?

시아라 언니가 말한다. 아빠, 뉴욕에 미국 대사관이 왜 있어요. 미국이잖아요.

아빠가 말한다. 말도 안 되는 소리 마! 여기랑 전혀 다른 나라잖냐.

주니어 오빠 차례였다.

그게 꼭 나쁜 건 아닌데⋯⋯

아빠가 말한다. 아들아, 넌 미시시피에서 태어나고 자랐다. 댈러스에 있다고 새로 태어난 것처럼 굴지 마라.

엄마가 말한다. 거기야말로 완전 다른 나라지. 텍사스는 대륙 자체가 다르다니까.

언니가 말한다. 실제로 어떤 나라들보다 커요.

잠깐. 왜 갑자기 지리학 시간이 된 거지? 나는 한숨을 쉬고 문자를 친다. 배터리 아껴야 해요. 폰 안 볼 거예요. 이따 다시 연락할게요. 사랑해!

가방에 핸드폰을 휙 꽂아넣고 다시 앞을 살핀다. 트레숀과 마이카는 아주 활발한 대화를 나누고 있다. 말을 하는 마이카의 손은 가만히 있지를 않고 트레는 열심히 끄덕인다. 어떤 우주에서 둘은 베스트 프렌드겠지. 똑같은 비디오게임, 똑같은 음악, 똑같은 스포츠 종목 그리고 똑같은 여자를 좋아하니까.

가끔은 그게 내가 마이카에게 이런 감정을 느끼는 이유인가 싶기도 하다. 왜냐하면 그는 내가 이미 아는 것과 매우 흡사하니까. 브랜드는 같은데 다른 스타일의 청바지랄까. 감정이란 것에 늘 논리적 흐름이 있는 건 아니라는 것을 나는 빠르게 깨닫게 됐다. 논리는 뇌의 영역이고 감정은 자기 영역이 따로 있다. 내가 아무리 바란다 한들 감정은 뇌를 필요로 하지 않는다.

"뭐야, 무슨 일이야?" 재즈민이 묻는다.

내가 그녀를 바라본다. "응?"

"왜 저기 트레를 보면서 미치려고 하는 거야?"

"내가 미치긴 뭘—"

"케이. 넌 네 얼굴을 못 보지만 나는 볼 수 있어. 거의 땀을 흘릴 지경이야. 폭염이라 그렇다고 하지 마. 우리 지역에 비하면 시원하니까."

정말 맞는 말이다. 뉴욕 사람들은 이곳의 더위와 습기를 불평

하지만 그들이 말하는 습기가 무엇인지 아직도 파악이 되지 않는다. 미시시피는 한 해 내내 거대한 사우나 같다. 이건 아무것도 아니다.

나는 목덜미를 만진다. 재즈민은 실토할 때까지 나를 괴롭힐 기세다. 나랑 마이카에 대해서는 아무에게도 이야기하지 않았다. 그러니까, 나와 마이카가 아니라 우리 사이에 진행되어가는 일에 대해서. 만약 우리 사이에 무슨 일이 진행되고 있는 것이라면. 보다시피, 나는 어디서부터 말을 꺼내야 할지조차 모른다.

그러니까 말로는 안 되는 것이다. 나는 문자메시지를 열어 재즈민에게 핸드폰을 건넨다.

핸드폰 화면이 어둠 속 그녀의 얼굴을 비추고 그녀의 눈은 휘둥그레진다. "젠장, 케이." 그녀가 나를 바라본다. "이건 걔한테서 온―"

내가 고개를 끄덕인다. "맞아."

"너네 그러면……?"

"아무 사이도 아냐. 뭐, 몇 번 같이 놀긴 했어. 그게 다야."

"언제? 나한테는 아무 말도 안 했잖아!"

이런 말이 나올 걸 알아야 했다. "별일도 아닌데, 재지."

"누군가에겐 별일이었지." 그녀가 내 핸드폰을 들어 보인다.

나는 코로 숨을 내쉰다. "그런 것 같네."

"너도 같은 감정이야?"

나는 어깨를 으쓱한다.

"젠장." 재스민이 핸드폰을 돌려준다. "감당이 안 되는데, 케이."

"알아. 그리고 지금—" 나는 턱을 들어 함께 앉아 있는 내 남자친구와 내가 좋아하는 사람을 가리킨다.

"미치려는 게 당연하네."

"맞아." 나는 눈을 감는다. 이 모든 난리 때문에 머리가 지끈거린다. "재지, 나 어떡하지?"

몇 달이고 누군가에게 물어보고 싶었지만 누구에게 물어야 좋을지를 몰랐다. 늘 재즈민이 첫번째지만 그녀는 부모님이 이혼하는 것만으로도 버거울 터였다. 보통 두번째로 묻는 사람은 시아라 언니지만 이 일까지 얹어주고 싶지 않았다. 일본에서 흑인으로 지내며 겪을 모든 일에 비하면 이 일은 사소해 보였다. 내 일을 학교에 떠벌리지 않을 세번째나 네번째 사람은 없었다. 우리 엄마? 엄마는 이렇게 말할 것이다. 주님께 맡기렴, 딸. 온 세상에 기아와 질병이 널려 있는데 고등학생의 삼각관계를 신이 신경쓸 리가 없다.

재즈민은 펜으로 다시 머리를 긁는다. "답은 분명해. 케이. 트레손을 버리고 저 멀쩡한 마이카랑 사귀어."

나는 숨이 막힐 뻔한다. "뭐?"

"제대로 들었잖아. 저 얼간이를 진작 버렸어야 했다고. 너희가 왜 사귀면 안 되는지 타당한 이유를 천 개는 댈 수 있어."

"재지, 난 네 트레숀 반대운동을 들으려는 게 아니야. 나는 편견 없는 의견이 필요하다고, 제발."

"음, 내가 생각한 이유는 전부 타당한데. 들어볼래, 말래?"

나는 한숨을 내쉬고 그녀 쪽으로 몸을 틀어 버스 아래 저 요란한 세상과 등을 진다. "좋아. 열 개만 말해봐. 딱 열 개만." 내가 경고의 눈빛으로 말한다. "밤새도록 듣고 싶진 않으니까."

"좋아. 어디 보자. 첫째. 자기가 아주 괜찮은 줄 알아."

"안 그래!"

"하! 친구, 걘 그래. 인류에게 내린 신의 선물인 것처럼 학교를 걸어다니지. 귀엽긴 한데 뭐 엄청나게 잘난 건 아니야."

"사람마다 의견이 다를 수 있지. 다음은 뭐야?"

"웃는 거 그 자체로 문제야. 사레들려서 목을 가다듬는 소리가 나."

오케이. 그건 꽤 정확한 묘사였다. "난 그 웃음이 귀여운데."

"넌 세뇌당한 거야. 그러고도 남지. 세번째는 유치한 농담을 해. 그래, 아주 가끔은 웃기긴 하지만 젠장. 좀더 나은 소재를 써보라고."

내가 웃는다. "그만 미워해."

"전부 팩트인 거 알지. 으으. 미워하는 게 아니야. 네번째, 웃을 땐 눈빛이 환해져서 완전 바보처럼 보여." 그녀가 말한다. "다섯번째, 춤을 못 춰. 내내 반복하는 동작이 하나 있긴 한데 무슨 바보 같은 이유에서인지 자기가 재주 있다고 생각해. 여섯번째, 매일 똑같은 향수를 써. 젠장, 난 늘 이렇게 생각하지. 좀 바꿔라 이 녀석아. 오로지 폴로 랄프로렌만 뿌려대. 그 냄새를 맡을 때마다 개 생각이 나잖아, 이젠. 일곱번째, 입술을 너무 자주 핥아. 특히 뭔가 집중해서 생각할 때 더 그래. 여덟번째, 손이 너무 부드러워. 아홉번째, 입가에 털이 있어. 기르든지 깎든지 제발. 열번째, 입 이야기가 나와서 말인데 우선 입술이 너무 두툼해. 짜잔, 다 댔네. 열 가지 이유."

"와." 내가 재스민을 바라보며 감탄한다. "그걸 다 알아챘단 말야?"

"그래." 재즈민이 어깨를 으쓱한다. "어떻게 모를 수 있어?"

어떻게 나는 모르는 거지?

재즈민이 방금 말한 것 중 절반은 내가 신경도 쓰지 않았던 것이다. 그의 여자친구인 내가, 춤동작이 딱 하나라는 것도 입술을 자주 핥는다는 것도 모르고 있었다. 향수는 알고 있었다. 내가 너무 좋아하기 때문에 랄프로렌을 뿌린다.

하지만 내가 이 작은 디테일을 눈치 못 챈 게 짜증나는 건 아니다. 내 베스트 프렌드가 알아차렸다는 사실이 거슬린다.

엄마가 언젠가 해준 말이 생각난다. 엄마와 아빠는 잭슨주립대학에서 신입생으로 만났다. 아빠는 드럼 전공이었는데, 엄마는 아빠가 캠퍼스를 그냥 돌아다니는 게 아니라 거드름을 피우며 걸었다고 했다. 마치 자신이 '특출나다'는 걸 안다는 듯이.

"신이시여, 정말 참을 수 없는 남자였지." 엄마가 말했다. "프레디 시먼스에 관한 자잘한 모든 것이 내 신경을 미치도록 긁어댔어. 그런데 하루는 깨달은 거야. 그 자잘한 모든 것에 이끌리는 나 자신에게 화가 나서 신경이 긁히는 거란 걸. 강렬한 감정을 느꼈지, 그랬어. 그런데 그게 내가 생각한 방식이 아니었던 거지. 사랑과 증오가 한끗 차이라는 말은 틀린 게 아니야."

나는 재즈민을 바라본다. 그녀가 왜 그렇게 트레숀을 싫어하는지 몇 년 동안 나는 설명할 수가 없었다. 하지만 이제야 그녀가 숨겨온 모습이 보이는 듯하다. 아니면 그 자리에 줄곧 있었는데 내가 보고 싶지 않은 거였을지도 모르겠다.

"우린 친구지, 그치?" 내가 묻는다.

"그걸 말로 해야 해? 당연하지."

"그리고 넌 나한테 완전히 솔직할 거지, 그렇지?"

"당연하지." 재지가 답한다.

나는 입술을 꽉 깨문다. "너…… 트레숀 좋아해?"

재지의 눈이 동그랗게 커진다. "뭐? 케이!"

"잠깐, 너 뭐라고 했냐?" 트레숀이 앞에서 으르렁거린다. 그는 자리에서 일어나 마이카를 위협한다. 마이카도 덩달아 일어나려 하지만 터커 선생님이 빠르게 끼어든다.

선생님은 내 남자친구를 끌어낸다. "싸움은 안 돼! 자리 다시 바꾸자! 케일라, 여기 와서 마이카랑 앉아. 트레숀, 너는 재즈민이랑 앉고."

젠장.

밤은 점점 최악으로 치닫고 있다.


"너 트레숀한테 뭐라고 했어?"

"말했잖아, 케일라. 난 별말 안 했어." 마이카가 말한다.

"그래, 그래서 뭐라고 했냐니까?"

버스는 엉금엉금 차이나타운을 지난다. 라이트 씨는 이곳에 도시에서 가장 맛있는 아이스크림 가게의 본점이 있다고 알려준다.

콘 아이스크림 하나면 모든 문제가 해결되던 날들이 그립다. 내가 처한 문제를 해결하기엔 세상의 모든 아이스크림으로도 부족하다.

나는 뒤를 흘깃 바라본다. 달빛에 입을 꾹 다문 채 우리 쪽을 바라보는 트레숀의 모습이 보인다. 재즈민은 좌석 끝에 나무판자처럼 꼿꼿이 앉아 있다. 내 남자친구에게서 가능한 한 멀리 떨어진 채.

그녀는 내게 문자 폭탄을 날린다. 나는 아무것도 읽지 않는다.

마이카는 차이나타운을 구경하고 있다. "어떻게 도시가 지역마다 이렇게 다 다르고 특색 있는지 정말 대단하다. 너라면 어디 살 것 같아?"

"화제 바꾸려 하지 말고 내 질문에 답해." 내가 말한다 "트레숀에게 뭐라고 했어?"

마이카는 어깨를 으쓱한다. 전혀 신경 쓰이는 게 없는 것 같다. 불안증세 진단을 받은 사람으로서 부럽다못해 존경스럽다. 지금 이 순간이 정말이지 초조해 미칠 것 같으니까.

"사실대로 말했어, 케이." 그가 말한다.

내 심장이 두근거린다. "무슨 사실."

"친구들이랑 놀려고 너한테 거짓말한 거 정말 쓰레기 같다고. 조심하지 않으면 다른 사람이 널 채갈 거랬지."

세상에. "아냐, 마이카. 그럴 리가 없어."

그가 다시 어깨를 으쓱한다. "사실대로 말했을 뿐이야. 그래서 날 좋아한다고 하지 않았어? 네가 학교 신문에 쓴 기사에서 강조까지 했잖아."

그랬다. 마이카의 육상 팀원들이 그를 리더로 앉힌 중요한 이유 중 하나가 바로 그것이라고 했다. 그는 지나칠 정도로 정직했고 다른 사람에게도 그걸 기대했다. 무엇에 관해서든 믿을 수 있는 사람이었다. 감정도 거기 포함되는지 궁금했던 적도 있었다.

"그거랑 상관없어." 나는 그에게, 그리고 나 자신에게 말한다. "너는 그런 말을 할 처지가 아니잖아."

"나는 언제든 내가 좋아하는 사람을 위해 당당히 의견을 밝힐 수 있어." 마이카가 말한다.

나는 시선을 돌린다. 마이카가 저렇게 말할 때는 똑바로 쳐다보기가 어렵다. 최대한 가깝게 묘사를 하자면, 태양을 보는 것과 비슷하다. 몸에 좋은 일은 아니지만 한편으로는 그 따스함 때문에 바라보고 싶어지는 것.

"그래도 넌 그런 말을 할 처지가 아니라고." 내가 중얼거린다. "트레가 화가 났잖아."

"그러라고 해. 걔가 거짓말을 하고 널 무시했을 때 너도 화가 났잖아."

"난 진작에 용서했어." 내가 말한다.

"용서하려고 스스로에게 거짓말한 건 아니고?"

"내가 무슨 거짓말을 한다는 거야?"

"네가 알겠지." 마이카가 말한다.

나는 고개를 가로젓는다. 그편이 대답보다 쉽기 때문이다. "그냥 그만해, 마이카."

"좋아." 그는 몸을 돌려 아래의 거리를 바라본다.

마이카는 작년 크리스마스 직후에 우리 학교로 전학을 왔다. 그전까지 나는 누군가가 그렇게 손쉽게 내 삶을 뒤집어놓을 수 있다는 것을 몰랐다. 복도에서 눈이 마주치면 얼굴이 화끈 달아올랐다. 선생님이 조별 모임을 시킬 때 그가 내 책상 옆으로 책상을 끌고 와 앉으면 나는 내심 팔이 스치거나 발이 닿기를 바랐다. 언제나 마이카와 마주친 뒤에면 그런 감정을 느꼈다는 생각에 자책을 하곤 했다.

지금 이렇게 가까이 그의 옆에 앉으니 속이 울렁거린다. 빨리 가라앉으면 좋겠다.

난데없이 마이카가 질문을 한다. "너 뉴욕에서 사람들은 여기에 있으면서 또 있지 않은 거 알아?"

나는 그를 바라본다. "뭐라고?"

"저기를 봐봐." 그가 명백히 관광객으로 보이는 커플을 향해 고갯짓을 한다. 그들은 어둠 속에서도 건물들을 가리키고 있다. "저 사람들은 정말 여기 있는 거지. 주위의 모든 걸 알아차리면서. 반면 저런 사람도 있지." 그는 핸드폰에 빠진 채로 걷는 사람을 가리킨다. "저 남자에게 차이나타운은 그냥 인도일 뿐인 거지. 너무 잘 알아서 어딜 가는지 쳐다볼 필요도 없는 거야."

"뉴욕 토박이겠지." 내가 말한다.

"그럴 수도 있지. 그렇지만 나는 여기서 태어났다 해도 저 사람들처럼 되고 싶어." 그는 다시 커플을 가리킨다. "늘 거기 있으니 감사하지도 않는 게 아니라 모든 걸 경외하면서."

그는 말하면서 나를 바라본다.

"무슨 말을 하려는 거야?"

그가 조금 더 가까이 내게로 몸을 기댄다. "내가 언제 무슨 결론을 내리겠대?"

사실대로 말하자면, 마이카가 가까이 다가오자 소름이 돋았다. 그가 나를 만진다는 생각만 해도 살갗이 살아 움직이는 것 같다. 기대를 하면 괴로운 법이다.

나는 몸을 멀리 떼고 힐끗 돌아본다. 트레숀이 이쪽을 바라보고 있지만 다행인지 불행인지 어두워 표정을 읽을 수가 없다.

"트레숀 기분 망치려고 그런 건 아니야." 마이카가 말한다.

다시 그를 바라본다. "와, 정말?"

"진심이야. 널 채갈 사람이 나라고는 절대 말 안 했어. 누군가 그럴 거란 말에 열받은 거야."

"그러니까 다른 사람 여자친구에 대해 그렇게 말하는 사람은 없다고, 마이카."

"그게 진실이라고 해도?" 그가 묻는다. "걔는 진짜 행운이야. 무려 널 만나잖아, 케일라."

다른 남자애랑 데이트하려고 애쓰는 여자친구와 사귀는 걸 행운이라고 하지는 않는다. "그렇게 말해줘서 고마워. 하지만 마이카 너는 진짜 나를 몰라."

"그럼 알게 해줘." 그가 내 방향으로 몸을 확 튼다. "스무고개 하자."

"뭐라고?"

"스무고개. 시간을 때우려면 뭔가를 해야 하잖아."

"마이카, 그만 좀—"

"그 어떤 꿍꿍이 없이 너를 알아가는 거라도?" 그가 말한다. "진짜 장난 안 칠게. 약속해. 내가 말한 대로 그냥 정말 시간 때우는 게임이야."

우리는 다시 느릿느릿 움직이고 있다. 이 버스보다는 내 걸음이 더 빠를 듯하다. 지나치게 흥분하지 않도록 다른 일을 하는 것도 괜찮을 것이다. 자칫하면 지옥 같은 불안의 투어버스 여행이 될 수도 있다.

"좋아." 내가 말한다. "내가 먼저 시작할래."

"물론이지. 물어봐."

"좋아. 네가 가장 두려워하는 것은?" 내가 묻는다.

"젠장. 시작부터 약점을 찌르네." 그가 말한다. "물에 빠지는 거야. 두 살 때 풀장에 빠졌거든. 아직도 몇몇 장면이 기억나. 그때부터 물을 싫어했어. 넌?"

"뭐야, 독창적인 질문을 할 수는 없어?" 내가 놀리자 그는 눈을 굴린다. "사랑하는 사람을 잃는 일이 제일 두려워. 언니가 해외로 이주했을 때랑 오빠가 댈러스에 갔을 때 완전 아기처럼 울었어. 바보 같지, 죽은 것도 아닌데. 그렇지만 그게 두려움을 건드렸던 것 같아."

마이카가 천천히 고개를 끄덕인다. "알 것 같아. 내게 형제가 있는데 다른 나라로 간다면 비슷한 감정을 느낄 거야."

"네가 외동인 걸 까먹었네."

"자랑스럽게도. 외동은 욕을 잔뜩 먹지만 우린 괜찮은 인간들이야. 그저 남이랑 공유하는 걸 안 좋아할 뿐이라고."

"우리 가족 막내로서, 나도 응석꾸러기에 나누는 것 안 좋아해. 이해해. 자, 그럼 다음 질문. 고양이가 좋아, 개가 좋아?"

"언제나 개지. 고양이는 요물이야."

나는 기겁한다. "뭐? 어떻게 그런 소릴!"

마이카가 양손을 든다. "난 질문에 답했을 뿐이야. 내가 여덟 살 때 고양이 한 마리가 나를 할퀴었어. 그래서 못 믿어. 네가 뭘 더 좋아하는지는 안 물을게. 아주 잘 알겠으니까. 내 질문은, 넌

280

아침형이야, 저녁형이야?"

"틀림없는 아침형이야. 넌?"

"누가 독창적 질문을 못하는지 보라고, 지금." 나는 눈을 굴린다. "나도 아침형이야. 아침에 처음 뛸 때 기록이 제일 잘 나와. 초콜릿이야, 바닐라야?"

"쉽네. 초콜릿이지." 내가 말한다.

"그래서 나를 그렇게 뚫어져라 보는 건가? 여기저기 초콜릿처럼 멋져서?"

내 입은 떡 벌어지고 마이카는 큭큭 웃는다. "딱 걸렸네."

"치사한 인간." 내가 말하자 그는 더 웃을 뿐이다. "플레이스테이션이야 엑스박스야?"

"플레이. 스테이션. 하루종일, 매일매일, 영원히." 마이카가 말한다. "너도 게임 해?"

"응. 〈콜 오브 듀티〉에 미쳐 있지. 주니어랑, 그러니까 우리 오빠랑 나랑 온라인으로 일주일에 몇 번씩 해. 언니는 가끔 같이 하지만 시차 때문에 어렵긴 해."

"젠장." 마이카가 엷게 웃으며 말한다. "널 뉴욕이라 불러야겠네."

"뉴욕?"

"응. 지금 이 도시처럼, 좋은 이유를 계속 새로이 발견하게 되니까."

볼이 달아오른다. 폭염과 아무 상관도 없는 열기다.

이게 문제다. 미처 깨닫지도 못한 사이 마이카와의 이런 것들에 익숙해질 것 같다. 남자친구가 네 줄 너머 앉아 있는 상황에서 그건 재앙이나 마찬가지다.

안 돼. 도저히 못하겠다. 할 수가 없다. 나는 일어난다. "음, 있잖아. 그냥 나는…… 다른 자리에 앉는 게 좋을 것 같아."

마이카가 이맛살을 찌푸린다. "뭐? 왜?"

나는 백팩을 집는다. "그냥 공간이 필요해서."

누군가 내 팔을 살포시 잡는다. "케이?" 트레숀이다. "너 괜찮아? 쟤가 너한테 뭔 짓 하는 거 아니지? 그치?"

"와, 너 정말 짜증나게 한다." 마이카가 말한다. "내가 케이를 채갈까봐 겁나냐?"

"네 오지랖엔 아무도 관심 없어." 트레숀이 말한다. "너랑 상관없는 일에 그만 지껄여."

터커 선생님이 자리에서 일어나 나와 트레숀과 마이카 사이로 온다. "다들 자리로 돌아가!"

"나는 케일라가 신경 쓰이거든. 그러니까 이건 나랑 상관있는 일이야." 마이카가 말한다.

"케일라가 왜 네 일인데!" 트레가 소리친다.

나는 트레의 손에서 벗어나 두 손을 들어올린다. "있잖아. 너희 둘이 알아서 해결해. 터커 선생님, 저는 아래층으로 갈게요."

마이카와 트레숀이 나를 부르지만 나는 무시하고 버스 1층으로 내려간다.

아래층은 텅 비어 있다. 놀랍지는 않다. 말했듯이 다른 관광객들은 한참 전에 내려서 걸어갔다. 라이트 씨만이 아래층에 있다. 그는 내게 고갯짓을 하고 라디오에서 흘러나오는 오래된 R&B 노래를 흥얼거린다. 아까 사람들에게 그렇게 쉽게 욕을 하던 사람 같지 않다.

"아, 학생. 안녕." 그가 아주 분명한 자메이카 억양으로 인사한다. "아까 그 웃어른이 내려가서 날 확인해보라던?"

나는 피식 웃으며 그의 뒤에 앉는다. 웃어른은 터커 선생님을 과소평가한 말이다. 선생님은 피라미드 제일 꼭대기에 앉아 있는 권력자다. "아니요. 그냥 다른 풍경을 보러 왔어요."

"그렇지만 도시를 보려면 윗자리가 제일인데!" 그가 말한다. "사실 이제 곧 시청을 지날 거거든. 보통 관광객들은 거길 정말 좋아해." 라이트 씨는 마이크를 잡더니 버스 전체에 방송한다.

난 어깨를 으쓱한다. "제 눈에는 그냥 또다른 건물인걸요."

그가 진심으로 큭큭거리고 나는 미소를 짓는다. 그의 웃음은 아빠와 닮은 데가 있다.

"네 말이 맞다." 그가 말했다. "결국엔 그냥 또다른 건물일 뿐이지."

나는 제대로 자리를 잡고 창밖을 바라본다. 어둠의 담요가 걷히지 않았지만 모두들 새로운 상황에 적응하고 잘 지내는 것 같다. 이 또한 뉴요커들이 좋은 이유 중 하나다. 그들은 힘든 상황을 마주해도 아랑곳하지 않고 받아친다.

나는 숨을 깊이 들이쉰다. 트레숀과의 문제, 마이카와의 두근거림, 몰랐던 재즈민의 마음, 그 모든 게 숨을 조여온다. 혼자 있는 것에서 안도감을 느낄 줄은 전혀 몰랐다. 다음 질문은 이거다. 이제 어떡하지?

"너 그거 아니?" 라이트 씨가 말한다. "관광객들은 맨해튼만 기웃거리지. 맨해튼, 맨해튼, 맨해튼." 그가 목소리를 지어낸다. "하지만 브루클린에 갈 때까지는 뉴욕을 제대로 본 게 아니다."

"저희 삼촌이랑 똑같이 말하시네요. 거기 사시거든요."

"아, 그래?" 그가 말하며 백미러로 나를 바라본다. "어느 동네에?"

나는 어깨를 으쓱한다.

"아냐, 아냐, 이런. 동네가 어딘지 알아야 해. 동네마다 정말 다르단다. 나는 베드스타이에 살지."

나는 고개를 갸웃하며 묻는다. "그 옛날 래퍼처럼요?"

"옛날 래퍼? 아, 아냐 아냐." 그가 고개를 흔든다. "비기를 그렇게 부르면 브루클린에 발도 못 디딘다. 안 될 말이야, 안 될 말."

"비기. 맞아요." 내가 태어나기도 전에 죽은 래퍼를 기억하지 못한 내 실수였다. "제 생각엔 제 삼촌이랑 사촌도 베드스타이에 사는 것 같아요."

"근데 그거밖에 안 가르쳐줬단 말이야? 봄보클랏!*"

그 말은 욕처럼 들린다. "어렸을 때 보고는 못 만났거든요. 이번 여행에서 찾아가고 싶었는데 어려울 것 같아요."

"왜 어려워? 전철을 타면 되잖니."

"기사님도 저희 선생님 봤잖아요." 내가 말한다.

그가 다시 웃는다. "이해했다. 할 수만 있으면 다리 건너로 데려다줬을 텐데. 오늘밤 베드스타이에서 큰 블록파티가 있거든. 거기라면 남부 아이에게 진정한 뉴욕을 보여줄 텐데."

"네, 가능하다면 말이죠." 내가 웅얼거리며 한숨을 뱉는다. 지금 내 인생은 '가능하다면'으로 가득하다.

라이트 씨가 고개를 기울이고 나를 바라보는 게 백미러에 보인다. "무슨 일이라도 있니, 얘야?"

---

* 화가 나거나 안타까운 상황에 쓰는 자메이카 속어.

"괜찮아요. 고맙습니다." 내가 말한다. 라이트 씨는 2층 버스를 몰고 맨해튼을 누벼야 한다. 내 문제를 들을 필요는 없다.

"애야, 이야기해도 된다. 네 얼굴에 잔뜩 써 있어. 남자니? 아니면 여자? 논바이너리?"

그의 열린 사고에 나는 놀란다. 우리 동네에서라면 그런 배려를 받지 못할 테니까. "남자예요. 그것도 사실 두 명이에요."

"삼각관계. 엉망이 될 수 있지."

나는 이마를 짚는다. 그 엉망을 생각하는 것만으로도 머리가 아파온다. "네. 그리고 사각관계가 될지도 모른다는 느낌이 드네요."

그는 화들짝 놀란다. "이야아아아. 네 배로 난리네."

"맞아요. 어떻게 해야 할지 모르겠어요."

그것은 낯선 감정이었다. 나는 언제나 문제를 해결하기 위해 뭘 해야 할지를 아는 사람이었다. 그건 기대에 부응하는 사람이 가져야 할 덕목이다. 늘 올바른 선택을 하는 내가 나쁜 상황에 빠질 거라곤 아무도 생각지 않았다.

이건 파티에서 취하지 않는다든지 대학 지원서에 쓰기 좋은 선택과목을 고르는 것과는 다른 문제다. 감정이 연루되어 있다. 하지만 불행히도 내 감정이 원하는 것을 알 수 없다. 트레숀과 마이카가 각각 나의 감정을 몇 칸씩 차지하고 있다.

"자세한 건 모르지만, 네가 원한다면 조언을 해주마." 라이트 씨가 말한다.

"어떤 조언이라도 받고 싶어요, 솔직히."

"우리 애들이 그런 말을 했으면 좋았을 텐데." 그가 웃는다. "자, 그러니까 내 추측으로는 어떤 남자와 함께해야 할지를 모르겠다는 거지, 맞니?"

"맞아요."

"내가 네 나이였던 건 정말 한참 전이야. 그래서 이런 말을 하면 늙은이 같겠지만, 선택을 꼭 해야 하는 걸까?"

음…… 뉴욕이 미시시피보다 기이한 건 알고 있지만 지금 내가 생각하는 그걸 말하는 걸까? "그러니까 둘 다 만나야 한다고요?"

"아니지, 아니지!" 라이트 씨가 웃는다. "요즘은 그런 것도 선택지 중 하나라지만 내가 말하는 건 그게 아니야. 내 말은 누군가를 고르는 대신 너 자신을 선택하라는 말이란다. 누구도 연애를 강요하지는 않으니까."

나는 입술을 잘근 깨문다. "둘 다에게 감정이 있어도요?"

"그럴수록 더욱 네게 시간을 줘야 하는 거지." 그가 말한다. "네 마음은 절대 너를 잘못된 길로 이끌지 않을 거야. 하지만 마음의 목소리를 듣는 건 어렵지. 마음에게 말할 기회를 줘야 해.

그것도 사랑의 한 형태니까."

계단에서 발걸음소리가 들리고 얼마 후 걸어내려오는 트레숀의 기다란 다리가 보인다. 그는 나를 보려고 고개를 숙인다. "케이? 괜찮아?"

백미러로 라이트 씨와 눈이 마주친다. 그는 입 모양으로 세 단어를 말한다. 네 마음을 따라라.

"응." 내가 트레숀에게 말한다. "거의 괜찮아졌어."

그는 라이트 씨에게 공손히 미소 짓고 내 옆에 앉는다. "무슨 일이야? 정말?"

나는 좌석에 놓인 그의 손에 내 손을 얹는다. 손이 부드럽고 춤동작이 우습고 보조개가 있는, 나의 사랑스럽고 다정하고 잔망스러운 남자친구.

"너도 마음 깊숙이는 무슨 일인지 알 거라 생각해." 내가 말한다.

"어? 난 모르겠는데."

"아니야, 알아. 있지, 나는 네가 거짓말한 걸 나무라는 게 아니야. 그렇지만 왜 거짓말을 했는지 스스로 생각해봐. 너는 내가 속상해할까봐 그렇다고 했지. 하지만……" 나는 목구멍의 응어리를 삼킨다. 그건 내가 대면하고 싶지 않은 진실과 함께 한참을 그 자리에 있었다. "나는 네가 나랑 같이 드라마를 보지 않는다고 속상해하지 않아, 트레. 넌 우리 사이에 공간을 필요로 했고 내가 거기에 마음 상할 거라 생각한 거야."

"케일라."

"그렇다고 해도 괜찮아." 나는 그에게 말한다. "약속해, 정말 괜찮아. 하지만 네가 나를 사랑한다면 그냥 인정해. 드라마랑 상관없잖아. 안 그래?"

그는 눈을 떨구고 천천히 고개를 젓는다. 자기 자신과 실랑이를 하는 것만 같다.

하지만 잠시 뒤에 그는 조용히 말한다. "응. 드라마랑 상관없어. 젠장." 그가 신음한다. "케이, 미안해. 그건 정말 죽을 만큼 잘못된―"

"괜찮아, 트레. 나도 공간이 필요해."

그가 고개를 들어 나를 바라본다. "뭐?"

"그래." 나는 지금 상황과는 전혀 어울리지 않는 희미한 미소를 지어 보인다. "최근에 사람들이 우리가 함께 다니는 걸 얼마나 당연하게 여기는지를 생각해봤어. 그것 때문에 우리가 만나는 건 아닐까 하고."

"아니야, 케이. 난 널 사랑해."

"나도 널 사랑해." 내가 웅얼거린다. "네가 없는 나를 상상할 수가 없어. 그리고 그게…… 무서워. 네 여자친구가 아닌 나의 모습을 모르겠어. 그래서는 안 될 것 같아."

트레는 내 손을 잡고 엄지손가락으로 내 손바닥을 부드럽게
문지른다.

"그래선 안 되지." 그가 말한다.

우리는 한동안 말없이 앉아 뉴욕의 풍경이 침묵을 메우도록
내버려둔다.

팩트를 말하자면 마이카와 무언가가 있었고, 붙잡아뒀던 감정
이 선을 넘으려 한다는 것이다. 그는 나 자신과 나의 감정에 얼
마나 많은 가능성이 있는지를 보게 해주었다. 다른 사람들의 기
대는 잊어라. 내가 진정으로 걱정해야 하는 사람은 오로지 나뿐
이다.

솔직히, 내가 지금 무엇을 바라는지는 알 수 없다. 하지만 라
이트 씨가 말해준 것처럼, 나는 내 감정에 공간을 줘야 한다.

"변한다는 건 좋은 일이야." 내가 중얼거린다.

트레숀이 내 볼에 키스한다. "그래, 맞아."

나는 그의 어깨에 머리를 기댄다. 헤어짐이 아닌 휴식처럼 느
껴진다.

"젠장." 트레숀이 잠시 후 말한다. "우리가 꿈꿨던 뉴욕 여행
이 어땠는지 기억나?"

내가 웃는다. "정전은 없었지. 그건 확실해."

"자유의여신상을 보고 엠파이어스테이트빌딩에 가고 싶어했어. 그다음에 그—"

"브루클린브리지." 내가 말한다. "그래. 우리 부모님이 정전일 때 건너갔다는 거기. 엄마는 날 임신하고 있었대."

"정말? 젠장. 어떻게든 보러 갔으면 환상적이었을 텐데."

라이트 씨가 목청을 가다듬는다. "내 일도 아닌데 참견하려는 건 아니다만 여기나 저 앞에서 실수로 방향을 꺾으면 그 다리로 이어지지. 어쩌면 내가 말했던 그 블록파티에 데려다줄 수도 있고 말이야."

트레숀이 허리를 펴고 앉는다. "블록파티요?"

"꿈도 꾸지 마." 신이 난 그를 보고 내가 말한다. "터커 선생님이 정전중에 블록파티에 가게 놔둘 리 없잖아."

"우리가 어디 가는지 선생님이 꼭 알아야 한다는 법은 없잖니?" 라이트 씨가 말한다.

트레숀이 주먹으로 입을 가려 웃음을 숨긴다. "그 파티에 들른 다음 선생님을 설득하면 어때? 문화 축제라고 말하면 되지."

"남부에서 왔으니 실제로 뉴욕 블록파티는 문화 축제 아니겠니." 라이트 씨가 덧붙인다.

기분 나빠해야 할지, 감동받아야 할지 알 수가 없다. 하지만 인정해야 한다. "그건 가능할 것 같아요."

라이트 씨가 운전대를 튼다. "아이고, 이걸 좀 봐라. 내가 방향을 잘못 들어 브루클린으로 가는 것 같다."

트레숀과 나는 웃는다. 그가 내 손을 꼭 쥔다.

누가 알겠는가. 몇 달 뒤에 사람들은 우리의 이름을 다시 합쳐 부르고 우리가 영원히 함께할 거라 생각할 수도 있다. 그럴지도 모른다. 아니면 마이카와 함께할지도 모른다.

알 수 없다. 하지만 지금은 내가 케일라라는 것이 그저 좋을 뿐이다.

# blackout

아주 기나긴 산책
5막

브루클린브리지, 오후 9시 46분

브루클린브리지는 이스트강 위를 서성대는 그림자에 지나지 않는다. 불이 꺼진 다리는 유령이나 귀신이 들린 것 같고 수백 명의 좌초된 브루클린 사람들이 인도로 모여들어 집으로 돌아가려 애쓰고 있다.

카림과 나는 길 건너 시청역 근처 공원에서 이를 지켜본다. 지하철은 여전히 운행하지 않는다. 아빠에게 전화를 해볼까 싶지만 아빠는 버스 운전중에는 전화를 잘 받지 않는다. "이제 어떡하지?"

카림은 눈을 크게 뜨고 씩 웃는다. "어떡하긴? 걸어야지."

나란히 엉금엉금 어둠을 뚫고 걸어가는 땀흘리는 좀비떼들을 다시 바라본다. 남자들은 타이를 풀어헤쳤고 여자들은 힐 때문에 절뚝거리면서 겨드랑이가 젖은 채로 신음하고 있다.

영화에서는 이런 걸 클라이맥스라고 부른다. 주인공이 적수를 마주하고 대결을 펼치는 선과 악의 궁극의 전투.

그리고 여기, 나를 죽이려는 적수가 있다.

입안이 바싹 마르고 가슴이 떨려 몸이 흔들린다.

"자, 그러면," 내가 손을 흔들며 말한다. "다시 만나서 반가웠어!"

나는 몸을 돌려 재빨리 걸어가고 카림이 나를 쫓아오며 웃는다.

"야, 너 뭐해? 이제 집에 거의 다 왔어!"

"난 다리 안 건너. 절대로!"

그는 펄쩍 뛰며 내 앞을 막는다. "왜?"

"왜 그런지 알잖아!"

이해가 안 된다는 듯 나를 바라보던 카림은 마침내 알겠다는 듯 이마를 탁 친다. "고소공포증! 너 고소공포증이었지. 젠장, 까먹었어."

"응, 그러니까…… 다음에 봐."

나는 다시 걸어가고 그가 내 어깨를 잡는다.

"그게 지금껏 능장을 부리던 이유야? 다리를 건너기 싫어서?

왜 말을 안 했어?"

입을 열어 변호를 하려 하지만 아무 말도 나오지 않는다.

"해보자, 태미. 금방이야. 내가 약속할게. 미친 사람처럼 빨리 걸으면 돼. 필요하면 뛰고!"

눈물이 차올라서 억지로 꾹 누른다. "못해!"

그는 내 두 손을 잡고 나와 눈을 맞추려 고개를 숙인다.

"아니야, 할 수 있어. 이게 음…… 우리가 하던 산책이라고 생각해봐. 가발 찾기 게임을 하는 거야! 아니면……" 그가 내 신발을 내려다본다. "에어 맥스 운동화 찾기 게임!"

피식 웃음이 새어나온다. 카림은 우리가 오래 걸을 때면 언제나 작은 게임을 만들어냈다. 어느 날은 문이 빨간색인 브라운스톤 건물을 다 찾아냈고 그다음에는 '젠트리피케이션 주동자 찾기' 게임을 했다.

"에어 맥스?" 나는 어이가 없다는 듯 웃는다.

"그래. 그거야! 별다른 방법도 없잖아. 알았지?"

나는 심호흡을 여러 번 하고 두 개의 끔찍한 악몽이 하나로 합쳐진 풍경을 바라본다. 공중에 매달린 다리를 건너는 수많은 사람들. 하지만 다리만 건너면 집이다. 카림 말이 맞다. 우리는 엄마의 향수 냄새가 느껴질 만큼 지척에 와 있다. 시도는 해야 한다.

"내 손…… 잡아줄 수 있어?"

카림이 놀라서 눈을 깜빡인다. "응. 당연하지. 잡아줄게."

한 걸음 한 걸음, 우리는 서서히 이동하는 사람 무리에 합류하며 맨해튼을 뒤로한 채 인도로 이어지는 오르막길에 오른다. 곧바로 가슴이 조여오고 심장이 뛴다. 다리를 지탱하는 철제 케이블이 늘어진 첫번째 아치가 눈앞에 있다.

"그냥 땅만 바라봐." 카림이 속삭인다. 꼭 잡은 그의 손이 축축하다. "봐, 저기 보여? 에어 맥스야. 흰색 바탕에 흰색 조합. 아, 그리고 저기 오른쪽에 저 친구는 위장색이네. 검은색인가."

나는 신발에 집중하면서 땅에 시선을 고정한다. 이 많은 사람을 다리가 수용할 수 있는 걸까? 누가 떨어지면 어떡하지? 나는 수영할 줄도 모르는데!

"바로 그거야. 잘하고 있어." 카림이 내 손을 더 꽉 잡으며 말한다. "거의 다 왔어."

중얼대는 낮은 톤의 목소리가 내 귀에 들리고, 무리 속 사람들이 이야기를 나누고 있다.

"지하에 두 시간이나 갇혀 있었어요." 우리 앞에 있는 여성이 숨찬 소리로 말한다. "철로를 따라 걸어야 했어요. 그렇게 무서웠던 적이 없었어요."

"예전에도 이렇게 다리를 건넌 적이 있어요. 911테러 때. 두번째 건물이 무너진 직후였어요." 우리 뒤의 남자가 말한다. "사람들은 다리가 흔들린다고 느꼈죠. 몇몇은 마구 달렸어요."

카림은 고개를 돌린다. "아니, 그만 좀 하세요! 지금 다 겁주려고 이래요?"

바닥이 빙글빙글 돈다. 아니, 바닥이 아니라 다리가 돈다. 언제라도 나무와 벽돌로 된 다리가 우리를 강에 떨어트릴 수 있다. 내 무릎이 젤리 같다. 숨이 벅차서 기절할 것 같다.

"나…… 못 가겠어." 내가 손을 젓는다. "숨을 못 쉬겠어. 아 세상에!"

카림이 뒤에서 팔 하나로 내 등을 감으며 부축하고 나는 눈물을 후두둑 떨군다.

"야, 야, 야, 괜찮아?"

다시 육지로 달려갈지 그냥 그 자리에 얼어붙어 있을지 갈팡질팡하다가 나는 옆으로 이동해 주저앉고, 철제 난간을 붙잡는다.

"아니…… 안 돼…… 안 돼……" 나는 훌쩍인다. "지금 다리 떨리는 거지? 움직이는 거지?"

"아니야! 안 움직여. 맹세해. 진정해, 알았지? 그냥 나를 믿어."

믿으라고? 어떻게 그를, 이 세상의 무엇을, 그 누구를 믿을 수 있을까?

"그냥 가, 카림!" 내가 울부짖자 주위 사람들이 놀란다. "파티가서 새 친구들이랑 새 여자친구랑 놀아! 그냥 가!"

"그놈의 파티는 집어치워! 안 간다고! 이렇게는 안 가."

나는 부들거리는 손으로 난간을 더욱 꽉 잡는다. "무서워! 제발. 못하겠어."

카림은 나를 안으려 애를 쓴다. 삶이 뒤바뀌는 느낌이 드는 포옹이다. "알았어! 알았어! 괜찮아…… 저기로 가자! 저기 벤치가 있어. 어서!"

"안 돼! 난 못해, 못해…… 못 움직이겠어."

카림은 한 팔로 내 허리를 감싸 나를 들어올린 뒤 벤치로 데려간다. "여기. 앉아. 숨 좀 쉬어. 깊게. 기억나지? 켈리 선생님이 가르쳐준 것처럼."

숨을 들이마시려 하면 폐가 조여와서 몸을 가누려 그의 셔츠를 주먹으로 쥐어짠다. 중학교 때 보건 선생님이었던 켈리 선생님은 이런 상황에서 어떻게 숨을 쉬어야 하는지를 처음으로 가르쳐주었다. 그럴 때마다 카림이 곁에 있었다.

"다리 사이로 머리를 숙여야 하는 거 아니야?" 카림이 묻는다.

나는 끄덕이며 그 자세를 취한다. 허벅지를 끌어안고 지나가는 신발들의 행렬을 바라본다. 회색 에어 맥스가 보인다. 심지어 레오파드 에어 맥스도 있다. 숨을 고르며 계속 수를 센다. 일명 그라운딩 자세*다. 카림은 조용히 옆에 서서 내 등을 둥글게 문질러준다. 전에도 이렇게 해준 적이 있다. 여러 번. 우리의 산책은 전부 내가 쓰러지지 않도록 신경을 분산시키는 일이나 다름없었다.

몇 분 후 나는 몸을 일으켜 앉고 세상은 빙글빙글 돈다.

"마음을 가라앉혀." 카림이 지도해준다.

주위를 돌아보다가 우리가 이제 고작 다리의 첫번째 아치를 지나쳤음을 알아차린다. "고마워." 내가 나직이 말한다.

그가 웃는다. "이 높이도 못 견디는데 어떻게 애틀랜타에 가려 그래?"

"버스랑 기차가 있잖아. 안 그래?" 내가 웅얼거린다.

그는 웃는다. "너 진짜 고집 세고…… 또 예쁘다."

나는 등을 곧추세우고 눈물을 닦으며 그의 시선을 마주한다.

믿을 수 없다. 내가 가장 최악인 지금 이 순간에도……

"좋아, 카림." 나는 그를 밀어낸다. "알았다고! 네가 그 인턴십 해. 됐어?"

"뭐?"

"그것 때문에 이렇게 잘해주는 거 아니야, 응? 넌 감쪽같다고 생각했겠지만 뭐가 됐든. 이젠 신경 안 써. 너 가져!"

---

* 땅에 발을 단단히 디뎌 안정감과 균형감을 도모하는 자세의 통칭.

카림은 슬픈 눈빛으로 나를 바라본다. "그렇게 생각해?" 그가 고개를 젓는다. "젠장, 태미. 이 모든 일이 일어났는데도…… 왜 넌 나를 못 믿는 거야?"

그는 손으로 깍지를 끼고 무릎에 기댔다. 죄책감이 목구멍을 타고 올라온다. 또다시 그 말이다. 믿음. 그리고 지금…… 이건 말도 안 된다. 내가 공황에 빠질 때마다 그는 한 번도 나를 함부로 평가하지 않았고 사람들에게 알리지도 않았다. 심지어 그의 어머니에게도. 나는 그런 그를 믿었고 그는 나를 실망시키지 않았다. 그는 언제든 모든 부분에서 나를 지지해주었는데 나는 왜 그를 지지해주지 못했던 걸까? 나는 왜 그를 믿을 수 없었던 걸까?

예쁘장해서. 그런 타입은 믿을 게 못 돼.

아니다! 그는 '그런 타입'이 아니고 '그런 타입'인 적도 없다. 그냥 카림이다. 내가 누구보다 그를 잘 안다. 다른 사람 말을 듣고 그를 의심해서는 안 되었다.

"미안해. 그런 의미가 아니었어." 내가 한숨을 쉰다. "네가 그 일을 해야 해."

"괜찮아." 그가 내 눈을 피한 채 퉁명하게 말한다. "너 그 특별 프로그램에 들어간 거 맞지?"

"응. 하지만 네 말이 맞아. 네가 나를 제대로 알고 있어. 나는 그냥 도망치는 거야. 하지만 이제 그러고 싶지 않아. 너에게서 도망가고 싶지 않아. 카림, 너는 남자친구 그 이상이야. 넌 내 베스트 프렌드였는데 나는…… 너를 믿지 않았어. 넌 그 이상을 받을 만한 사람인데. 그러니까 네가 그 일을 해야 해. 그게 내가 해줄 수 있는 유일한 거야. 세인트존스 학비 필요하잖아. 맞지?"

그가 이맛살을 찌푸린다. "어? 난 세인트존스 안 가는데."

"거기가 이마니가 다닐 곳 아니야?"

"나도 몰라. 졸업한 뒤로는 더이상 안 만나니까. 너희 엄마가 말 안 해줬어?"

엄마! 규칙은 철벽같이 지키는 엄마!

"아…… 안됐다."

그가 으쓱한다. "괜찮아."

그 좋은 소식을 들은 나는 마음속 설렘을 억누르려고, 웃지 않으려고 기를 쓴다.

"그래도 아폴로 일은 네가 해야 해, 카림. 학비 필요한 거 알아. 어딜 가든 말이야. 그리고 이 도시가 널 행복하게 만들어주는 것도 알고 이곳에 머물고 싶어하는 것도 알아. 나는…… 네가 행복했으면 좋겠어."

카림은 여전히 괴이한 그림처럼 어둠에 잠겨 있는 먼 곳의 지평선을 바라본다.

"나 클라크애틀랜타로 가." 그가 말한다.

나는 휙 고개를 돌려 그를 바라본다. "뭐라고? 왜 그걸 진작 말 안 했어?"

그가 어깨를 으쓱하며 웃는다. "우리 늘 학교 같이 다니자고 했잖아. 맞지?"

"그래. 그렇지만…… 상황이 변했잖아."

"아무것도 안 변했어. 스토커 같은 거 알아. 그렇지만…… 너 혼자 가게 놔둘 수가 없었어." 그가 웃는다. "솔직히 널 오늘 만 날 줄은 몰라서 좀더 시간이 남은 줄 알았어. 홈커밍파티가 열릴 즈음에 그 아이스크림 전략을 쓰려고 했는데."

그의 눈빛은 부드럽다. 종일 저랬던가?

인생에 단 한 번만 일어나는 그런 일이야. 그런데 너는 잠시도 보지 를 않네.

"넌…… 아직도 나랑 있고 싶어? 내가 문자로 그런 말을 한 뒤에도? 이 모든 것…… 뒤에도?"

카림은 몸을 기대며 그의 팔을 나에게 두른다. "내가 왜 안 그 러고 싶겠어?"

눈물이 터져나온다. "왜냐면 나는 엉망이니까, 카림! 나는 망 할 다리 하나 못 건너지. 집밖으로 나가지도 않고 파티도 안 가 고 사람도 안 만나고. 그런데 너는, 너는 정말 귀엽고, 너는 그런 여자애들을 만나야……"

"하지만 넌 내가 마주해야 할 엉망이잖아. 아무 문제도 없이 사느니 매일 이런 엉망을 마주하겠어."

"다른 여자애들은 어쩌고?"

"내가 널 좋아하는데 왜 다른 여자애들이 필요해? 멍청아!"

나는 눈을 깜빡이고 우리는 웃음을 터뜨린다.

정말로 사랑하는 사람을 찾는다는 건 그런 거다. 누군가를 사랑하게 되면 그의 장애물은 별 의미가 없다. 왜냐하면 그 사람을 사랑하는 것이 내가 매일 내려야 하는 결정이기 때문이다. 하루가 예상한 대로 흘러가지 않더라도.

그래서 나는 그의 셔츠를 쥐고, 잡아당겨 그에게 키스한다. 덜렁거리고 바보 같은 나의 전 남자친구에게. 우리는 물위에 있었지만 그가 다시 키스를 해오는 순간 나는 세상을 잊어버린다.

"젠장." 그가 웃으며 손등으로 내 턱을 훔친다. "더 자주 다리에서 키스를 해야겠어."

나는 웃다가 그의 뒤에서 기이한 불빛이 후광처럼 그를 감싸고 있다는 것을 알아차리고 기함한다.

"카림, 봐봐! 불이 들어오고 있어!"

카림이 돌아서는 순간 그렇게, 맨해튼이 일상으로 돌아온다. 모든 빌딩이 눈에 들어온다.

"와! 켜졌다!" 그는 반대 방향으로 몸을 돌린다. "하지만……
브루클린은 안 들어온 것 같네. 조금 더 걸릴지도 모르겠다."

나는 그의 목 움푹한 곳에 내 머리를 기대고 그는 내 이마에
키스를 한다. 우리는 스카이라인을, 결코 질리지 않는 나의 이
멋진 도시의 경관을 바라본다. "아름다워."

"정말." 그가 동의한다. "너만큼 아름답진 않다고 말하려 했
는데 그건 너무 오그라들지."

나는 웃는다. 이스트강 위에 있는데도 하루중 가장 마음이 편
안하다.

"카림."

"응?"

"아직 파티 갈 수 있겠지?"

그가 웃는다. "방법은 딱 하나야."

카림은 내 손을 잡고 우리는 남은 길을 걷는다.

둘이 함께.

# blackout

## 시모어와 그레이스

### 니컬라 윤

브루클린, 오후 10시 5분

〔팟캐스트 오늘의 철학!〕


아나운서: 오늘 에피소드에선 삶의 중요한 주제 중 하나를 다뤄볼 텐데요, 바로 정체성에 대한 질문이죠. 당신을 이루는 것은 무엇인가요?

테세우스의 역설로도 잘 알려진 테세우스의 배에 대한 비유로 이야기를 시작해볼까요. 고등학교를 졸업한 지도 오래됐으니 테세우스가 누구인지 잊으셨을 텐데요, 제가 알려드리겠습니다. 그리스신화에서 테세우스는 아테네의 전설적인 왕이었죠. 그는 시대의 영웅이었지만 크레타의 미궁에서 반인반수 미노타우로스를 물리친 것으로 가장 유명합니다.

전설의 어떤 버전에 의하면 테세우스는 미노타우로스를 물리친 후 배를 타고 아테네로 돌아갔다고 합니다. 백성들은 그의 승리에 너무 기뻤던 나머지 항구에 있는 그의 배를 보존하여 그를 기리기로 결정했습니다. 세월이 흐르면서 그 배는 녹슬기 시작했습니다. 사람들은 배를 보존하기 위해 부품을 바꾸고 손상된 판재를 깨끗한 판재로 교체했습니다. 천 년이 지나자 모든 부품이 바뀌어 원래의 부품은 하나도 남지 않게 되었습니다.

다시 한번 말할게요. 원래의 부품은 하나도 남지 않았습니다.

여기서 친애하는 우리 철학자분들께 드리는 질문입니다. 천 년이 지난 후 이 항구에 자리한 테세우스의 배는 테세우스의 배인 것일까요?

아니라고 답했다면 언제부터 테세우스의 배가 아니었던 것일까요? 판재를 처음 교체한 순간부터? 두번째 판재? 아니면 마지막 판재?

그렇다고 답했다면, 제가 그 낡은 판재로 배를 지은 뒤 테세우스의 배라고 이름을 붙여도 되는 걸까요?


**그레이스**

나는 라나에게 문자 보내던 걸 멈추고 앞으로 몸을 숙인다. "혹시 볼륨 조금만 줄여주실 수 있으세요?" 라이드 운전기사에게 부탁한다.

그는 백미러로 나를 흘낏 바라본다. 나는 반쯤 미소를 지으며 무례하게 굴려는 게 아니란 걸 보여준다. 내 손으로 볼륨을 줄일 수도 있다. 무엇보다 라이드 회사의 모토는 '승객이 만들어가는 라이드' 아닌가. 하지만 그가 듣는 라디오에 무턱대고 손을 대는 건 무례한 것 같다.

그렇지만 승객을 태운 차에 그렇게 쩌렁쩌렁 라디오를 틀어놓을 필요는 없지 않나.

"철학 이야기를 안 좋아하나봐요." 운전기사가 말한다.

그의 목소리에 비아냥이 담긴 걸까? 내가 지금 저기압에 예민한 상태라는 걸 인정해야겠다. 원래 의도와 다르게 받아들이는 걸 수도 있다.

"그냥 소리가 조금 커서요." 나는 외교적인 태도로 말한다.

"물론이죠. 문자에 집중해야 하니까요. 이모지가 세상을 구하잖아요."

그래. 기분 탓이 아니었다. "뭐라고요?" 내가 묻는다. 나는 목소리를 차갑게 바꿀 줄 알고 사람들은 그걸 듣자마자 얼어붙는다.

그런데 이 사람은 얼어붙질 않는다.

그는 백미러로 나를 한번 더 빠르게 훑는다. "듣고 있었어요? 이건 대단한 팟캐스트예요. 〈오늘의 철학〉이라고요! 테세우스 배의 비유는 근본적으로 사람이 얼마나 바뀔 수 있는지 그래도 같은 사람으로 간주될 수 있는지를 묻는 거예요."

내 핸드폰이 또다시 울린다. 라나가 보낸 문자다.

라나: !!!!!

라나: 방금 걔 봤어!

라나: 너 아직 집이야?

라나: 언제 여기로 올 거야?!

'여기'는 내가 가고 있는 블록파티다. '걔'는 내 전 남자친구 데릭이고 내가 이 파티를 가는 유일한 이유다. 우리는 거의 이 년을 사귀었다. 그리고 육 주 전 그가 내게 이별을 고했다.

나는 카메라를 셀카 모드로 바꿔 집을 떠날 때처럼 괜찮은 상태인지 확인한다. 어떻게 보이는지는 이제 중요하지도 않다. 아직도 정전이어서 나를 제대로 볼 수 있을 것 같지도 않다.

운전기사는 다시 말을 잇는다. "이건 정체성의 문제예요. 우리는 십 년 전, 오 년 전, 심지어 어제의 나와도 같은 사람이 아니에요. 음식 취향도 바뀌고. 우리가 사랑했던 사람들을 더는 사랑하지 않고, 그 사람들도 날 사랑하지 않죠."

마지막 부분, "우리가 사랑했던 사람들을 더는 사랑하지 않고, 그 사람들도 날 사랑하지 않죠"라는 말에 나는 핸드폰에서 고개를 든다.

운전기사는 아주 빨리 고개를 돌려 나를 바라본다. 얼굴을 제대로 보지는 못해서 100퍼센트 확실하진 않지만 꽤 섹시한 사람인 것 같다.

"예전의 나와 지금의 나는 공통점이 없죠. 그럼 왜 우리가 같은 사람이라고 하는 걸까요?" 그가 묻는다.

흥미로운 질문이다. 평소라면 파고들었겠지만 지금은 데릭을 보면 무슨 말을 해야 할지 정해야 해서 정신이 없다.

라나가 다시 문자를 보낸다. 당연히, 요즘 데릭의 SNS에 부쩍 자주 등장하는 트리시도 지금 거기 있겠지. 우리가 누렸던 것들을 그에게 상기시켜 그와 다시 만나려고 이 파티에 가는 건 아니다. 그래. 사실 정확히 그 이유로 가는 거다. 얼마나 처절해 보이는지 알지만 그가 나를 보고 헤어진 걸 후회하면 좋겠다.

이 파티에 가다가 평생을 다 보내버릴 것 같다. 정전이 몇 시간째 계속되고 있고 그래서 차가 서는 곳마다 신호등이 작동하질 않는다. 차들이 교대로 사거리를 엉금엉금 빠져나가고 있다.

"더 신기한 얘기 해줄까요" 운전기사가 묻는다.

나는 그에게 핸드폰을 흔들어 보인다. "죄송해요. 이럴 시간이 없어요. 볼륨 좀 내려주시겠―"

하지만 그는 말을 계속했다. "우리는 칠 년마다 세포 하나하나를 바꾸고, 우리의 모든 걸 바꿔요. 지금 내 몸은 두 살 때의 내 몸과 세포 하나 똑같지 않아요. 지금의 당신이 과거의 당신과 같지 않다면 계획을 세우는 게 무슨 의미가 있죠? 미래의 우리는 지금의 우리와 같지 않을 텐데요. 취향도 다르고 친구도 다르고 세포도 다르고. 미래의 우리는 완전히 남이고 전혀 다른 사람이에요. 그렇다면 우리는 왜 시간을 들여 계획을 세우고 우리가 알지도 못하는 사람을 위해 노력하는 걸까요?"

그는 철학을 탐구하는 데 정신이 팔려서 앞의 차가 움직인 줄도 모른다. 우리 뒤의 차가 길고 크게 경적을 울린다. 그 소리에 자리에서 펄쩍 뛴 그는 급출발을 해버린다.

나는 라이드 앱을 살펴본다. 기사 이름은 시모어다. 별을 하나만 줄까 생각한다. 코멘트는 뭐라고 쓰지? 기사가 실존적 위기에 처해 있습니다.

별 하나를 매기는 대신 나는 회사 모토를 이용하기로 한다. 앱을 이용해 그의 팟캐스트를 끄고 내 아바 플레이리스트를 튼다.

〈Knowing Me, Knowing You〉의 도입부가 차 안을 채운다.

기사는 웃기 시작한다. "말 그만하란 거네요."

창밖을 바라본다. 겨우 열시가 조금 넘었지만 정전으로 인해 더 늦은 시간인 것처럼 느껴진다. 가로등이 모두 꺼져 있고 모든 가게가 컴컴하다. 이따금 차의 헤드라이트나 누군가의 핸드폰 불빛이 가게나 사람 얼굴을 비추고 그런 급작스러운 조명에 일상적인 것들이 색다르고 놀랍게 보인다. 데릭도 달라 보일지 궁금하다.

라나가 다시 문자를 보내온다.

라나: 걔들 춤추고 있어

라나: 몸은 안 닿았고

라나: 아직은

나는 좌석 뒤로 고개를 젖히고 눈을 꼭 감은 채 그들의 춤이 의미하는 바를 생각하지 않으려 애쓴다.

기사는 아바 노래를 따라 부른다. 그의 목소리는 너무 끔찍해 웃기기까지 하다. 음이 비슷한 곳조차 하나도 없었다. 나는 좌석에 기대 그와 함께 노래를 따라 부른다. 내 목소리엔 흔들림이 없다. 헤어짐은 결코 쉽지 않다는 가사에 이르러서도.


## 시모어

아바 노래가 세 곡째 나오고 나는 내 차에서 탈주할 방법을 찾고 있다. 나의 철학 이야기로 프리마돈나 승객을 화나게 만든 데 대한 당연한 결과다. (프리마돈나는 가장 어려운 승객 유형 넷 중 하나다. 나머지는 이렇다.

소시오패스. 바로 옆 조수석에 앉지만 아무 말도 하지 않는다.

브라더. 원하는 음악을 틀라고 우기고선 그게 랩일 거라 생각한다. 투팍과 비기의 이름을 들먹인다. 그러나 둘 다 세상을 뜬 건 모른다. 뒷자리에 앉아 과한 춤을 추면서 자신이 뭘 좀 안다는 걸 보여주려고 한다. 남자들만 이런다. 백인 남자들만.

악령의 아이. 운전석을 쉬지 않고 발로 찬다. 잡아서 확인해보면 귀 뒤에 666[*]이라고 쓰여 있을 것이다.

프리마돈나는 지금 이런 여자애를 말한다. 예쁘장하고 말이 없는. 차에 탈 때 인사도 없고 눈도 안 마주친다. 단음절로 대답한다. 삶의 의미가 핸드폰에 있다는 듯 폰만 바라본다.)

이 여자애는 평균적인 프리마돈나보다 예쁘긴 하다. 아름답다. 짙은 갈색 피부, 얇고 기다랗게 땋은 머리, 커다란 눈, 그리고 꼬리가 올라간 도톰한 입술. 많이 웃는 사람 같다. 유머도 있다. 그녀가 〈Knowing Me, Knowing You〉를 튼 이유는 팟캐스트가 정체성에 대해 말하고 있었기 때문이라고 거의 확신한다.

별점 하나를 날릴 게 분명하다. 이미 했는지도 모르겠지만. 미안하다고 하거나 뭐라고 말을 해야 할 것이다. 어젯밤 토미와 싸운 게 계속 생각나서 이 승객을 괴롭히는 거란 걸 안다. 기분이 나아지는 법을 찾아야 하는데. 별점이 내려가게 놔둘 처지는 안 된다. 나는 이 일이 필요하다.

내비게이션이 도착지까지 한 시간가량 걸릴 거라고 말해주고 있다. 평소면 삼십 분이면 갈 길이다. 그렇지만 불이 나가자 도

---

[*] 서구 문화에서는 흔히 악마의 숫자로 여겨진다.

로가 주차장이라도 된 것처럼 막힌다. 그녀의 플레이리스트에 다른 노래가 있으면 좋겠다. 아바만 듣기에 한 시간은 길다.

백미러로 다시 그녀를 훔쳐본다. 핸드폰에서 나오는 불빛이 얼굴을 환하게 비춘다. 이제 내 입을 막으려고 하는 것 같지는 않은 게, 얼굴이 슬퍼 보인다.

그녀의 인생 이야기가 궁금하다. 처음 이 일을 시작했을 때, 이 일의 특권 중 하나는 도시 곳곳의 모든 계층의 사람들을 알게 된다는 것이었다. 나는 내 차가, 사람들이 바쁜 인생에 멈춤 버튼을 누르는 비눗방울 같은 곳이 되기를 바랐다. 그들의 이야기를 들으며 인생과 사람에 대한 중요한 걸 배울 수 있으리라고 생각했다.

하지만 사람들은 대부분 말하고 싶어하지 않는다. 차에 탄 사람들은 그저 다른 장소로 이동할 뿐이다. 각자 인생의 드라마에 붙잡힌 채. 우리는 아주 잠시 스쳤다가 각자 갈 길을 간다. 가끔 나는 사람들을 붙잡고 머물게 하고 싶다.

"뭐라고요?" 프리마돈나가 뒤에서 묻는다.

백미러로 그녀와 눈이 마주친다. "저한테 하는 말이에요?" 내가 되묻는다.

"기사님이 저한테 말하는 줄 알았는데요. 사람들을 머물게 한다고 그런 말을 했어요."

"아, 실수예요." 내가 말한다. "가끔 그래요. 머릿속 생각을 크게 말해버려요."

"알았어요 그럼." 그녀는 답하고 다시 바깥의 어둠을 바라본다.

내 핸드폰이 울린다. 토미가 오늘만 여섯번째 전화를 하고 있다. 나는 음성사서함으로 넘어가게 놔둔다. 몇 초 후 화면이 밝아지면서 문자가 뜨고, 몇 초 후 그는 다시 전화를 한다.

"스웨덴 팝의 혁신인 아바는 좀 쉬시라고 하고 제가 이 전화를 좀 받아도 괜찮을까요?" 내가 묻는다.

"괜찮아요." 그녀가 살짝 웃으며 말한다.

나는 재빨리 자리에서 몸을 돌려 그녀가 웃는 모습을 바라본다. 그녀는…… 아름답다.

이어폰을 꽂고 전화를 받는다. "토미, 무슨 일이야?"

"계속 전화했잖아." 그가 말한다.

"그래, 오늘 폰을 거의 못 봤어." 내가 왜 거짓말을 하는지 모르겠다. 대화하기 싫다고 말하는 것보단 쉬워서일 것이다.

몇 초 후 그가 말한다. "어젯밤에 내가 한 말은 미안해, 친구. 아무 의미도 없었어."

나는 아무 대꾸도 하지 않는다. 당연히 의미가 있었기 때문이다. 말은 의미를 지닌다.

"이따가 만날래?" 그가 묻는다.

"안 돼. 지금 일하는 중이야." 그가 다른 말을 꺼내려는 소리가 들린다. "있잖아, 나 지금 통화 못해. 손님 픽업해야 해서."

나는 전화를 끊고 이어폰을 빼낸 뒤 옆자리에 던진다.

작년까지만 해도 토미와 나는 형제처럼 가까웠다. 우리는 5학년 때 만났는데 부모님끼리 친해서였다. 그의 부모님도 우리 부모님처럼 자메이카 출신이었다. 우리는 모든 일을 함께했다. 우리의 인생은 늘 같은 트랙 위에 있었고 부모님이 마련해준 계획대로 살아가고 있었다. 고등학교에서 잘 지내기, 최소한 장학금 하나와 지원금 받기, 부모님이 감당할 수 있는 주립대학에 진학하기. 그러나 작년에 내가 여기서 이 일을 하는 사이 그는 빙엄턴으로 떠났다. 그 이후로 우리 사이에 똑같은 것은 없었다.

나는 앞에 있는 택시가 움직이도록 재빨리 경적을 울린다. 졸고 있었던 것 같다. 반쯤 그녀에게 몸을 돌린다. "전화는 미안해요." 내가 말한다. "음악 다시 틀어도 돼요."

"괜찮아요." 그녀가 말한다. "아까 듣던 팟캐스트 들어요."

"진짜요? 왜요?"

그녀가 으쓱한다. "아까는 꺼버려서 미안해요. 끔찍한 하루라서요." 그녀는 먼 곳을 바라보다가 다시 나를 바라본다. "뭐, 기사님 하루도 저만큼 엉망인 것 같네요."

상냥하다. 평균적인 프리마돈나보다 친절한 사람일지도 모르겠다. "그래서 어딜 가는 거예요?" 내가 묻는다.

"블록파티요. 거기서 남자친구를 만날 거예요." 그녀가 말한다. 여느 여자들처럼 경고의 의미로 남자친구를 강조한다.

나는 혼자 웃는다. 내 여동생 세리나도 똑같은 짓을 한다. 세리나의 학교 남자애들은 전부 그녀가 가나에 있는 남자친구와 진지한 장거리 연애를 하는 줄 알고 있다.

"자메이카에서 왔어요?" 내가 묻는다. "억양이 약간 그런 것 같은데."

"그게 들려요?" 그녀가 놀랍다는 목소리로 묻는다.

"우리 가족은 모베이에서 왔어요. 어디서라도 그 억양은 알아차리죠. 언제 여기로 왔어요?"

"이 년 전에요. 열여섯이었어요."

목소리를 들으니 이런 질문을 하고 싶다. "그립진 않아요?"

그녀는 창밖을 바라본다. "그리워요. 가족들은 대부분 아직도 거기 있거든요. 친구들도 그렇고요."

목소리에서 짙은 그리움이 느껴진다. 여전히 친구들과 친하게 지내는지 궁금하다. 이 년이면 긴 시간이다.

사람들은 그보다 빨리 소원해진다. 나는 경험으로 알고 있다.

**그레이스**

라나는 몇 분간 문자가 없다. 트리스탄과 정열의 키스를 나누고 있을 게 분명하다. 드디어, 결국 그에게 고백을 했으니까. 알고 보니 트리스탄도 여태껏 라나를 좋아했던 것이다.

데릭과 트리시 사이에 무슨 일이 일어나고 있을지 아닐지를 생각하지 않으려면 마음을 돌릴 곳이 필요하다. 그래야 나에겐 없고 그녀에게는 있는 게 무엇인지에 집착하지 않을 수 있다. 나는 핸드폰을 뒤집어 내려놓고 운전기사를 바라본다. "어떻게 그 팟캐스트를 듣게 됐어요?" 내가 묻는다.

"그냥 재밌어서요." 그가 어깨를 으쓱한다. 전화를 받기 전처럼 열성적으로 말하고 싶지는 않은 듯하다.

"저는 기사님 의견에 동의하지 않아요." 내가 말한다.

그게 그를 자극한다. 그는 몸을 돌려 나를 재빨리 보고는 웃는다. "어떤 부분이요?"

"내 몸이랑 세포가 완전히 달라진 건 중요하지 않아요." 내가 말한다. "나는 여전히 같은 사람이에요. 몸은 바뀌었을지 모르지만 기억은 아니니까요. 나는 내가 어제 누구였는지 기억하고 내일 누구일지 알 테니까요."

그는 더 활짝 웃는다. 이런 난해한 논쟁을 좋아하는 사람이란 걸 알겠다. 솔직히 나도 이런 걸 좋아한다. 데릭은 이런 대화는 좋아하지 않을 것이다. 상상이 안 된다.

"제가 형편없는 운전기사라 지금 사고가 났고 당신이 기억상실증에 걸렸다고 해봅시다. 그러면 당신은 더이상 같은 사람이 아닌가요?" 그가 묻는다.

"기억상실증에 걸린 똑같은 사람이겠죠." 내가 답한다.

"확실해요? 왜냐면 이제 당신은 사고 이전과 공통점이 하나도 없거든요. 몸도 다르고요. 세포도 달라요. 심지어 기억도 달라요. 아무것도 같은 게 없어요."

나는 그의 좌석 쪽으로 몸을 기울인다. "그러니까 질문은 이거죠? 무엇이 나를 만드는가."

"정확해요." 그가 강조의 표시로 운전대를 살짝 두드린다.

"그럼 기사님은 답이 있나요?"

그가 웃으며 고개를 젓는다. "아니요."

"그것 때문에 미칠 것 같진 않고요?" 내가 묻는다.

"아니요." 그가 답한다. "저는 질문을 하는 걸 좋아해요."

그가 돌아보고 웃는 순간 다른 차의 헤드라이트가 우리를 비춘다. 그가 얼마나 귀여운지를 뇌에서 받아들이자 내 눈은 만화 캐릭터처럼 커진다. 따뜻한 갈색 피부, 커다랗고 짙은 눈동자, 우뚝한 광대뼈. 꼭 광고판에 나오는 얼굴 같다.

나는 시선을 돌렸다가 다시 그를 바라보지만 그는 이미 앞을 보고 있다. 그의 뒤통수와 옆모습을 관찰한다. 뒤통수나 옆모습 만으로는 사람이 얼마나 잘생겼는지 알 수 없다는 게 밝혀진다.

"그런데 몇 살이에요?" 내가 묻는다.

"며칠 전에 열아홉 됐어요."

"늦었지만 축하해요."

그가 백미러로 나를 보며 웃는다. "고마워요."

차는 교차로에 멈추고 그는 방향 지시등을 켠다.

"대학이나 뭐 그런 것 때문에 그걸 듣는 거예요?" 내가 묻는다.

그는 잠자코 운전대에 엄지를 비빈다. 조용한 가운데 방향 지 시등이 깜빡이는 소리가 더욱 크게 들린다.

마침내 그가 입을 연다. "나는 대학 안 다녀요." 그가 심호흡 을 한다. "아버지가 이 년 전에 돌아가셨거든요." 목소리가 작아 서 거의 들리지 않는다.

"미안해요." 내가 말한다.

"고마워요. 정말." 그가 말한다. "이런 말을 듣고 얼마나 많은 사람들이 아무 말도 못하는지 알면 놀랄걸요. 어쨌든 언제나 계 획은 빙엄턴에 가는 거였어요. 그렇지만 아버지가 돌아가시자 엄마 혼자 여동생들을 돌보시게 놔둘 수가 없었어요. 아버지가 없으니까 돈도 빠듯했고요. 엄마는 생활비를 벌려고 두 개, 세 개, 네 개씩 부업을 하시는데 엄마가 그렇게 기진맥진해지는 걸 그냥 두고 볼 수는 없었어요. 여기 남아서 이 일을 하고 대학은 포기하는 게 나았죠."

나는 무슨 말을 해야 할지 몰라 다시 미안하다고 말한다.

"아까 내가 받은 전화 있잖아요?"

"받기 싫었는데 받고는 견딜 수 없어하던 그 전화요?"

"바로 그거요." 그가 웃는다.

그는 친구 토미에 대한 모든 걸 들려준다. 그들은 같이 자랐고 같은 삶을 살기로 했지만 아버지가 돌아가신 이후 그는 이곳에 남고 토미는 대학에 갔다.

"어젯밤에 함께 놀다가 싸웠어요. 토미는 맨해튼에 있는 화려한 클럽에 가고 싶어했는데 입장료가 어마어마했어요." 그는 창밖을 보며 한숨을 쉰다. "나는 그냥 놀면서 늘 그랬듯 비디오게임을 하고 싶었고요. 돈이 안 드는 걸 하고 싶다고 말하자 저더러 늙은이가 되어간다고 했죠. 언제 이렇게 짠돌이가 됐냐면서. 요즘의 나는 다른 사람이라고 했어요."

"전화 안 받고 싶었던 게 당연하네." 내가 말한다.

"그러게요." 그가 말하고는 혼자 웃는다. "미안해요. 이런 짐을 당신에게 얹으려는 생각은 아니었는데."

"괜찮아요." 나도 웃어 보인다. "사람들은 언제나 나한테 털어놓거든요. 내가 털어놓고 싶게 생겼나봐요."

"그것도 그렇고, 잘 들어주네요." 그가 말한다. "음, 이제 나에 대해 모든 걸 알았으니까 나를 정식으로 소개해야 할 것 같아요. 시모어라고 해요."

"전 그레이스요. 사람들이 이름으로 늘 말장난 치지 않아요?"

"야, 시모어, 열시에 모여, 그런 거요?"

내가 빙긋 웃는다. "네, 그런 거요."

지나가는 차의 기다란 헤드라이트 불빛이 그의 눈을 스친다.

"한 번도 없어요." 그가 말하고는 백미러를 보며 씨익 웃는다. "만나서 반가워요, 그레이스."


## 시모어

통성명을 한 이후로 그녀는 아무 말이 없다. 아버지와 토미 이야기 때문에 가라앉은 듯하다. 별 한 개를 아까 주지 않았다면 분명 지금이겠지. '기사가 미치도록 우울함.' 이렇게 코멘트를 남길 것이다.

분위기를 띄울 만한 농담을 생각하는데 연료 게이지가 삑삑거린다. 계기판을 보니 뚜렷이 E(텅 빔)를 가리키고 있다.

젠장.

이게 '아직은 그냥 경고일 뿐'을 뜻하는 첫번째 음인가? 아니면 '이제 정말 멈추는 게 좋아'의 세번째일까? 나는 침이 다시

F(가득참)로 돌아가는지 보려고 손가락으로 계기판을 두드린다.

"제발 기름이 없다고 하지 말아요." 그레이스가 뒷자리에서 말한다.

"지금 다 떨어진 건 아니에요." 나는 다시 계기판을 두드린다. "파티에 갈 만큼은 충분히 있어요."

하지만 말이 끝나자마자 차는 속도가 줄어들기 시작한다.

그녀의 시선에 목덜미가 타들어가는 것 같다.

차를 세울 수 있도록 오른쪽 차선으로 이동해야 한다. 기름이 떨어지는 것보다 최악인 게 있다면 그건 도로 한가운데에서 기름이 떨어지는 일이다. 내가 차선을 바꾸겠다는 신호를 보내지만 뒷사람은 속도를 올리더니 손가락을 들어올린다. 사람들은 정말이지 달리는 길이 자기 소유라고 생각한다.

마침내 모든 길을 지나 주택가로 벗어난다. 보럼힐 지역과 가깝다. 브루클린에서도 세련된 동네라는 걸 빼면 이곳에 대해 아는 게 없다. 여기는 유기농, 저기는 공예품. 인도에는 가로수가 심겨 있다. 브라운스톤 건물은 거대하고 비싸 보인다. 몇몇 창에만 촛불이 깜빡이고 있다. 길에는 사람이 거의 없다. 이곳은 캄캄하고 또 외롭다.

차가 덜거덕거리며 멈추려는 찰나에 주차금지 구역 중간에 주차를 한다. 나는 차 키를 뽑고 백미러로 그녀를 훔쳐보며 얼마나 화가 났는지 확인하려 한다. 그녀는 관자놀이를 문지르며 심호흡을 하고 있다.

나는 뒤를 돌아본다. "내가 바보예요."

그녀는 이맛살을 찌푸리며 한마디 말도 없이 차에서 내린다.

내려서 인도에 있는 그녀를 따라잡는다. 그녀는 이미 앱을 켜서 다른 라이드를 부르려 하고 있다.

"나는 최악의 기사예요." 내가 말한다. "당연히 나한테 1점을 줘야 해요. 사실 0점을 줘도 싸요."

그녀가 핸드폰에서 시선을 뗀다. "그게 가능해요?"

"농담이에요."

"아." 그녀가 답한다. "참 웃기네요."

"아야." 내가 말한다.

그녀는 고개를 저으며 다시 앱을 본다. 여전히 정전인 지금 다른 라이드를 잡을 수 있을 만큼 운이 좋을 것 같진 않다.

"들어봐요." 내가 말한다. "당신이 가는 파티는 여기서 삼십오 분 거리예요. 내가 걸어서 데려다줄게요."

그녀가 고개를 젓는다. "혼자 걸어갈 수 있어요."

"그렇지만 어둡잖아요."

"어두워도 발은 잘 걸어요."

"안전 얘기를 하는 거예요." 짜증나게 구는 큰오빠처럼 말하고 있다는 걸 알지만 상관없다. "이 동네 잘 알아요?"

"아니요." 그녀가 주변을 둘러보며 인정한다. 팔짱을 낀 채 발을 까닥인다. "하지만 당신도 모르는 사람이기는 마찬가지죠. 그러니."

"맞는 말이네요. 나를 알려드리면 되겠네요." 내가 말한다. "당신은 이미 내 아버지를 알아요. 아버지 이름은 월터예요. 영어 교사였죠. 철학과 시를 사랑했어요. 엄마 이름은 캐럴이고 역사 교사예요. 자메이카의 같은 학교에서 만나 이곳으로 왔죠. 나는 여동생이 둘 있어요. 세리나는 열다섯이고 멜라니는 열두 살이에요." 나는 숨을 고르려고 멈추었다가 다시 말을 잇는다. "당신은 이제 나를 조금 알고요. 제발 내가 잘못한 상황에서 당신을 여기 혼자 남겨두고 떠나게 하지 말아달라고 부탁하는 거예요. 우리 엄마가 날 죽일 거예요. 내 동생들도 날 죽일 거고요. 제발 같이 걸어가서 내 삶에 있는 여자들 손에 죽지 않게 해줘요."

그녀가 웃음을 터뜨린다. "좋아요. 하지만 당신이 죽으면 내가 양심의 가책을 느낄까봐 허락하는 것뿐이에요."

나는 안도한다. 그녀가 안전하게 갈 수 있도록 함께 걷는 걸 허락해줘서만은 아니다. 그녀와 좀더 오래 이야기를 나눌 수 있어서 안도한다.

그녀는 내 차 번호판을 찍고 다음엔 나를 찍고 그다음엔 번호판 옆에 있는 나를 찍는다. "이걸 내 친구 라나에게 보낼 거예요." 그녀가 말한다. "그래야 내일 변사체로 발견되면 누가 한 짓인지 알 테니까."

나는 웃음을 터뜨리고 그녀는 걸어갈 방향을 살핀다. 처음 몇 분은 새로운 공간에 함께 있는 것에 적응하듯 둘 다 아무 말이 없다. 여름이 시작되면 으레 하는 폭죽놀이 소리가 멀리서 들려온다. 건물들 사이로 소리가 메아리치지만 눈으로 보기에는 너무 멀다.

우리는 애틀랜틱 애비뉴를 지나 다른 주거지구에 들어선다. 주민들은 인도에 모여 있거나 현관 계단에 앉아 이야기를 나누는 등 활기차다. 주택은 3층짜리 좁은 브라운스톤이고 내가 사는 곳과 매우 비슷하다. 창턱이며 현관 계단이며 사방에 양초가 있다. 손전등을 들고 유령 흉내를 내며 인도를 오르락내리락하는 아이들도 많다. 어떤 사람은 심지어 그 옛날 붐박스를 거리로 들고 나왔다. 랩, 팝, 칼립소,* 댄스홀**까지 모든 게 다 들린다. 축제 같다. 정전이 모두에게 휴식을 취하고 사람들과 어울릴 시간

---

* 서인도제도의 트리니다드섬에서 시작한 경쾌한 민속음악.
** 1970년대에 발전된 자메이카 대중음악.

을 준 것 같다.

머리 위의 달은 보름달에 가깝다. 아주 잘된 일인데 달이 그녀를 계속 훔쳐볼 수 있을 정도로 충분한 빛을 내뿜기 때문이다. 아, 그녀는 예뻤다. 땋은 머리의 구슬이 이따금 달빛을 받아 마치 그녀가 빛나는 것만 같다.

"징조를 믿어요?" 그녀가 묻는다.

"신이나 우주의 징조 같은 거요?"

"네. 어쩌면 정전이랑 기름이 떨어진 게 징조일지도요."

"무슨 징조요?"

"이 파티에 가는 내가 바보라는 징조요."

"왜 안 가고 싶어요?" 내가 묻는다. "거기서 남자친구 만난다고 하지 않았어요?"

"전 남자친구요." 그녀가 말한다. "그냥 남자친구라고 말한 거예요. 수작 걸지 말라고요." 그녀가 눈을 흘긴다. "얼마나 많은 남자들이 여자가 말을 건다는 이유만으로 자길 좋아한다고 착각하는지 믿지 못할걸요."

나는 제대로 웃기 위해 걸음을 멈춘다. "난 수작 걸 생각 없었어요." 하지만 그녀의 말이 맞다. 남자친구가 있다는 말을 안 했으면 분명 수작을 걸었을 것이다.

그녀는 거짓말인 걸 안다는 눈빛이다.

"좋아요." 내가 말한다. "이 '전 남자친구 상황'에 대해 말해줘요." 나는 전을 강조하는 걸 잊지 않는다.

"절대 안 돼." 그녀가 고개를 흔들며 말한다. "전혀 모르는 사람에게 내 연애사를 전부 털어놓진 않을 거예요."

"그러지 마요. 지금 자기 입으로 오늘밤이 징조라고 했잖아요. 그건 전혀 모르는 사람에게 문제를 털어놓으면 그 사람이 해결해줄지도 모른다는 징조예요." 내가 반박한다. "게다가 삼십 분 뒤 당신을 데려다주고 나면 우리는 다시는 못 만날 거라고요."

마지막 부분을 이야기할 땐 웃기게도 속이 쓰려온다. 다시 못 만난다는 게 맘에 들지 않는다.

그녀가 다시 눈을 흘기지만 이번에는 결심을 한 듯한 표정이다. "뭘 알고 싶어요?"

"전부 다요." 내가 말한다.

그녀는 미국으로 이주한 뒤 곧바로 그를 사귀었고 거의 이 년을 만났다고 말해주었다. 그는 즉시 그녀와 친구가 되었고 고등학교에 관해 하나하나 가르쳐주고 그의 친구들을 모두 소개해주었다. 그는 심지어 그녀를 지금의 베스트 프렌드인 라나에게도 소개해주었다.

"그 남자가 무슨 이유로 헤어지자고 했어요?" 내가 묻는다.

그녀는 다시 한번 '내가 왜 모르는 사람과 이런 대화를' 같은 회의적 표정을 짓는다.

나는 최선을 다해 '비밀을 보장할게요' 표정을 지어 보인다.

"우리 사이에 좋은 일이 많았지만 이제는 둘 다 앞으로 나아갈 때라고 말했어요."

"세상에. 그게 대체 무슨 의미죠?" 정말이지 돼먹지 못한 놈인 듯하다. 그녀가 똑똑하고 재밌고 아름답고 뭐 그렇기 때문에 이런 말을 하는 건 아니고.

그녀는 두 손을 공중에 들어올린다. "그게 내가 한 말이에요." 그녀가 말한다.

"그랬더니 뭐래요?"

"우리는 대학에 갈 거고 장거리 연애는 불가능할 거라고요." 그녀가 걸음을 멈추고 하늘을 바라본다. "그런데 그건 나랑 헤어진 진짜 이유가 아니었어요. 내가 다그치니까 그냥 나를 더는 사랑하지 않는다고 했어요." 여전히 그 말을 이해하려는 중이라는 듯 그녀는 고개를 젓는다. "이제 내가 다른 사람이래요. 그게 나쁜 일인 것처럼요."

"지금 내게는 꽤 멋져 보이는 사람인데요." 말이 나도 모르게 튀어나온다.

그녀는 고개를 숙이고 나 때문에 당황한 것처럼 웃는다.

"웃긴 게 뭔지 알아요? 그거 토미가 어젯밤에 한 말과 똑같아요. 내가 다른 사람이란 거요. 하지만 난 똑같아요. 달라진 건 걔죠."

"그래서 당신이 그렇게 화가 난 걸 수도 있어요." 그녀가 말한다.

"무슨 말인지 모르겠어요."

"당신이 살아야 할 인생을 그가 살고 있어서 화가 난 걸지도 모르죠. 대학에 가서 다른 모습으로 돌아오려 했는데. 수업 몇 개 들었으니 모든 걸 알게 되었다고 여기며 값비싼 취향과 새로운 사고를 가지고 돌아오려 했는데."

나는 걸음을 멈추고 그녀를 바라본다. 스케이트보드를 탄 백인 아이가 덜그럭 지나간다.

그녀의 말이 맞나? 그게 내가 화가 난 이유인가? "내가 토미를 부러워한다는 건가요?" 내가 묻는다.

"옛날의 소망을 보내고 새로운 소망을 품어야 할지도 모른다는 말을 하는 거예요."

### 그레이스

라나는 내가 시모어의 사진과 번호판을 보내고 십오 분이 되어서야 답장을 한다.

라나: 젠장 이 남자가 네 라이드 기사라고?

라나: 돌아버리게 섹시한데

라나: 트리스탄만큼은 아니지만

라나: 그래도 섹시한데

라나: 빨리 여기로 데려와 그래야 제대로 보지

라나: 진지한 부탁인데 좀 빨리 걸을 수 없어?


나는 핸드폰을 보며 웃는다. 지금 나는 이미 시모어의 긴 다리에 맞추기 위해 두 배로 빠르게 걷고 있다.

얼마나 희한한 밤인지. 어둠 속에서 브루클린 거리를 걸으며 앱으로 만난 낯선 이에게 내 이별 이야기를 들려줄 거라곤 생각도 못했다. 새로운 소망 이야기를 꺼낸 이후로 그는 그다지 말이 없다. 내가 기분을 망친 건지도 모르겠다.

나는 핸드폰을 확인한다. 파티에서 열두 블록 떨어져 있다. 또 다른 폭죽이 터진다. 빨간색 멜빵바지를 맞춰 입고 똑같은 아프로 퍼프 머리를 한 조그만 흑인 여자아이 둘이 하늘을 바라보려 멈춘다. 아무것도 보이지 않자 아이들은 대신 우리를 향해 키스하는 소리를 크게 내고 웃으며 지나간다.

시모어와 나도 서로를 바라보며 웃음을 터뜨린다.

"아이디어가 하나 있어요." 그가 말한다. "나랑 미리 대화 연습을 하는 거예요."

"무슨 대화요?" 내가 묻는다.

"데릭을 만나면 하려던 말이요."

"아무것도 준비하지 않았는데요."

그가 걸음을 멈춘다. "그러지 말고. 내가 데릭이라고 생각해봐요." 그가 몸을 구부정히 낮추고 볼을 홀쭉하게 만든다. "나보다키 작아요? 더 말랐고? 덜 잘생기고?"

나는 고개를 젓지만 어쨌든 장단을 맞춰준다. "안녕 데릭."

"안녕 그레이스. 반가워." 그가 평소 목소리 대신 여자아이들이 남자친구를 놀릴 때 내는 중저음의 바보 같은 목소리를 낸다.

나는 웃는다. "연기가 진지하지 않은데 이걸 어떻게 해요?"

"알았어요. 알았어요. 계속해요."

"여름 어떻게 보내고 있어?"

"좋아. 너 없인 그렇게 좋지 않지만."

"데릭은 절대 그런 말 안 해요. 말수가 없는 타입이라고요." 그건 제일 마음에 안 드는 구석이다. 그는 자기가 느끼는 것을 결코 말하지 않는다.

우리는 횡단보도에 다다른다. 차가 너무 막혀서 신호를 기다려 건널 필요가 없다. 멈춰 선 차들 사이를 그냥 가로지른다.

"그래서 그쪽은 어때요?" 내가 묻는다. "여자친구 있어요?"

"아니요. 싱글이죠."

"여자친구를 사귀고 **싶어요?** 아니면 여기저기 만나보는 그런 남자인 거예요?"

"딱 맞는 사람이 나타나길 기다리는 거예요."

그의 진솔함이 마음에 든다. "어떤 타입이 좋은데요?" '딱 맞는' 게 무엇일지 궁금해진 내가 묻는다.

"딱히 원하는 타입은 없어요." 그가 말한다.

"다들 취향이 있잖아요."

"정말 알고 싶어요?" 그가 물어보며 걸음을 늦춘다.

"네." 내가 말한다. 사실 생각했던 것보다 더 궁금하다.

그는 주머니에 양손을 넣고 무언가를 준비하듯 한참을 가만히 있는다. "좋아요. 그렇지만 듣고 유치하다고 하지 마요."

이젠 궁금해 죽을 것 같다. "약속해요." 내가 약속한다.

"호기심 많은 여자가 좋아요."

"잠깐. 어떤…… 호기심이요?" 이게 무슨 말인지 분명히 짚을 필요가 있다.

"이상한 생각 하지 마요." 그가 웃으며 말한다. "제 말은, 세상에 대해 호기심이 많은 사람이요. 차에서 틀던 팟캐스트 알죠? 난 그런 게 좋아요. 삶의 의미에 대한 커다란 질문들. 우리 아버지도 그랬죠. 우리는 집 앞 포치에서 엄마가 사온 흔들의자에 앉아 있곤 했어요. 아버지는 레드 스트라이프 맥주를 마시고

나는 파인애플 소다를 마시면서 단둘이서 그런 것들을 이야기
했죠."

그가 하늘을 올려다본다. 달빛을 받은 그의 갈색 얼굴이 은빛
으로 빛난다. 그는 나를 보며 희미하게 웃는다. "사람들은 철학
이야기를 하는 건 바보 같은 일이라고 생각해요. 그걸로 실용적
인 일을 할 수 없다면 대체 무슨 소용이야? 이렇게요. 그렇지만
아버지는 그렇게 생각하지 않았어요."

"대단한 분이셨을 것 같아요." 내가 말하고 같이 하늘을 올려
다본다.

"정말 그랬죠." 그가 작게 한숨을 내쉰다. "어쨌든, 그런 거에
나랑 같이 빠져들 엉뚱한 여자가 좋아요. 아까 차에서 이야기 나
눌 때 당신도 테세우스의 배에 빠져들었단 걸 알 수 있었어요.
거기다 당신은 똑똑해요. 기억이 정체성의 일부인가에 대해 멋
진 지적을 했잖아요. 그리고 내가 토미에게 화가 나는 진짜 이유
나 새로운 소망을 품어야 한다는 이야기도 좋았어요. 나를 몇 번
이고 웃게 만들었고요."

자신이 무슨 짓을 한 건지 깨달은 그는 말을 멈추고는 입을 때
린다. 그냥 내가 자기 취향이라고 말한 것이다.

"젠장." 그는 발끝만 바라본다. "맹세컨대 이런 식으로 수작
을 부리려던 건 아니에요. 데릭이랑 뭔가가 있다는 거 알아요.

뭔가가 없다고 해도 그렇게 해서는 안 됐—"

"진짜 괜찮아요. 사과할 필요 없어요." 두 손을 저으며 내가
말한다. "어쨌든 정말 좋은 말이었어요."

그가 고개를 획 든다. "그래요?"

"네." 내가 답한다.

우리는 서로 빙긋 웃지만 이내 어색해진다. 나는 다시 핸드폰
을 꺼내 방향을 확인하며 그와 내가 진정할 시간을 갖고자 한다.
그러길 잘한 게, 한 블록 전에 오른쪽으로 꺾어야 했다는 것을
발견한다.

말을 꺼내려던 찰나 그가 길 건너 주유소를 가리킨다. "저기
들렀다 가도 될까요?" 그가 묻는다. "조명이 아직 켜져 있어요.
비상발전기가 있었나봐요. 기름 한 통 살 수 있을지도 몰라요."

우리는 길을 건넌다. 그가 작은 가게로 들어가 점원과 이야기
하는 사이 나는 밖에서 기다린다.

몇 발자국 떨어진 곳의 소화전이 하늘 높이 물을 뿜어내고 있
다. 아홉 살, 열 살쯤 되어 보이는 흑인 남자아이들 셋이 흠뻑 젖
은 채 물 주변에서 신나게 춤을 춘다.

아마도 한 아이의 누나인 듯한 사람이 핸드폰으로 음악을 틀
어주며 그들의 익살에 한껏 웃는다. 우리는 서로를 바라보며 빙
긋 미소를 짓는다.

아이들을 좀더 구경한다. 깡마른 작은 다리가 사방팔방 날아다닌다. 오로지 아이들만이 할 수 있는 자유분방하고 무방비한 방식으로 깔깔거리며 웃고 있다. 세상이 그들을 위해 만들어졌다는 듯, 그 어떤 것도 이렇게 좋았던 적 없다는 듯.

누군가 거대한 멈춤 버튼이라도 누른 것처럼, 도시가 정전으로 인해 멈춘 것 같다. 그건 데릭과 헤어진 뒤로 내가 느끼고 있던 감정이기도 하다. 내 삶이 다시 시작되기를 기다리는 듯한 느낌.

몇 분이 지나자 시모어가 빨간색 기름통과 아이스크림 콘 다섯 개를 들고 가게를 나온다. "아주머니가 공짜로 줬어요." 그가 말한다. "냉동고가 멈춰서 놔두기엔 너무 흐물흐물하대요." 그러고는 아마도 누나일 여자를 바라본다. "애들 줘도 괜찮나요?" 그가 묻는다.

"정말 친절하시네요!" 그녀가 말한다.

아이들은 아이스크림을 가져가면서 아까보다 더 행복해져 꽥꽥 소리를 지른다. 귀가 커다랗고 키는 제일 작은 꼬마가 시모어를 훑는다. 아이는 나를 바라보더니 "남자친구예요?" 하고 묻는다.

"세상에, 오언, 그런 건 묻는 거 아니야." 아마도 누나일 여자가 말한다.

"괜찮아요." 내가 말하면서 웃는다.

"아니야, 오언." 좀더 가까이 다가가 내가 말한다. "남자친구 아니야." 라이드를 탔다고 설명할까 생각도 했지만 그러지 않기로 한다. 지금 우리는 기사와 승객 이상인 듯하니까.

"우린 친구야." 내가 말한다. 나를 바라보는 시모어의 시선이 느껴진다.

"그렇구나. 그럼." 오언은 아이스크림을 핥고 춤을 추면서 물가로 돌아간다.

"친구?" 시모어가 말한다. "기름 떨어진 거 용서해주는 거예요, 그럼?"

"아직 거기까진 아니에요." 내가 놀린다.

그는 웃음을 터뜨린다. "당신에 대해 더 말해줘요. 우정을 만들어봅시다."

나는 그에게 내가 외동딸이라 나와 부모님뿐이라는 것을 말해준다. 아빠는 트라이베카에 있는 모던한 프랑스 식당의 부주방장이고 엄마는 회계사라고. 두 사람의 꿈은 나중에 고급 자메이카 식당을 여는 거라고 말해준다.

"자메이카의 무엇이 제일 그리워요?" 그가 묻는다.

사람들이 그 질문을 할 때 나는 피상적으로 답변하곤 했다. 그들이 듣기를 바라는 것, 가족이라든지 해변이라든지 음식 같은 것들. 이것들을 다 그리워하는 것은 맞지만, 제일 그리운 것은 아니다.

"소속되는 기분이 그리워요." 내가 말한다.

그가 천천히 고개를 끄덕인다. "뭔지 이해해요." 그가 답하고, 나는 그가 정말로 이해한다는 인상을 받는다.

폭죽은 계속해서 터지고, 이번에는 건물 뒤편에 번쩍이는 빨간 불꽃이 보인다.

나이가 좀 있는 백인 커플이 우리 방향으로 손을 잡고 걸어오고 있다. "아름다운 밤이에요. 그쵸?" 남자가 말한다.

시모어가 고개를 끄덕인다. "멋지게 흘러가는 밤이네요." 그들이 지나갈 때 그가 말한다.

## 시모어

이제 파티 장소까지 한 블록도 남지 않았다. 음악이 점점 크게 들린다. 벌써부터 저크 치킨*과 돼지고기 냄새가 난다. 계속 걸어 파티가 열리는 곳 근처에 도착한다. 웃고 춤추는 사람들로 붐빈다. 꽤나 어둑한 조명을 단 커다란 야외 클럽 같다. 사람들이 꺼내놓은 온갖 양초와 랜턴 덕에 블록 전체가 희미한 주황빛을 띤다. 다른 거리에서처럼 손전등을 들고 서로를 쫓아 뛰어다니는

* 자메이카식 매운 닭 요리.

아이들이 보이는데, 그 수가 더 많다. 심지어 이곳에도 물이 터진 소화전이 있다. 인도에는 맥주와 음료수, 얼음이 가득 담긴 양동이가 보인다.

나는 거기 서서 이 모든 행복에, 정전도 막을 수 없는 그들의 즐거운 시간에 미소를 보낸다. 그레이스가 새로운 소망을 가지라던 것이 기억난다.

"자, 다 왔네요." 그레이스가 뒤를 돌아보며 말한다.

"안전하게 데려다줄 수 있게 허락해줘서 고마워요." 내가 말한다.

그녀가 웃으면서 주변을 둘러본다. "아직도 불이 안 들어왔다는 게 믿기질 않아요."

무슨 말을 해야 할지는 몰랐지만 좀더 머물면서 이야기를 나눌 수 있도록 무슨 말이라도 하고 싶다. "아직 정전이라 기쁜데요." 이게 끝이 아니길 바라면서 말한다. 그녀와 함께 파티에 들어가고 싶다.

그녀의 핸드폰이 진동한다.

이제 그레이스도 그녀의 삶을 살아야 할 순간이라는 것을 알고 있다. "이제 가야겠네요." 내가 말한다. 나는 기름통을 앞뒤로 흔든다. "기름 채우고 다시 일해야죠."

"다시 한번 고마워요." 그녀가 말한다.

나는 한 발짝 뒤로 가지만 도저히 떠날 수가 없다. 이렇게 아무런 기회도 잡아보지 못한 채로는.

"뭐 좀 물어볼게요. 내가 그쪽이 내 타입이라고 고백한 거 알고 있죠?"

그레이스는 얼굴에 손을 얹는다. 얼굴이 붉어져서일지도 모르겠다. "네."

"데릭과 그런 상황이 아니었다면 나랑 같이 난해한 철학 팟캐스트 듣고 정체성의 본질에 대해 토론하며 시간을 보내고 싶었을 것 같아요?"

그녀는 몇 초간 나를 바라본다. 촛불이 후광을 만들고 여기 그냥 서서 오래도록 그녀를 바라보기만 해도 행복할 것 같다. 그녀가 무슨 말을 하려 하지만 그러기 전에 어떤 여자애가 끼어든다. 액세서리를 너무 많이 걸쳐서 미친듯이 쨀랑이는 소리가 난다.

"안녕." 액세서리 소녀가 나를 훑어보며 말한다. "그쪽이 차가 움직이려면 기름이 필요하다는 것도 모르는 라이드 기사예요?"

"네, 접니다." 내가 웃으면서 말한다. "그러면 그쪽은 그 멋지다는 베스트 프렌드?"

"유일무이한 친구죠." 그녀가 무릎을 굽혀 인사한다. "내 친구 데려다줘서 고마워요."

"별말씀을요." 여전히 그레이스를 바라보며, 대답을 들을 순간은 이미 지나갔다는 것을 마음으로 알면서도 그녀의 답을 기다린다.

그녀의 친구는 우리 둘을 몇 번 번갈아 본다. "그레이스." 그녀가 속삭이듯 소리친다. "데릭은 저기 저크 치킨 줄에 있어."

떠날 시간이다. "같이 기름도 다 써버리고 즐거웠어요, 그레이스." 내가 말한다. "행운을 빌어요."

"당신도요." 그녀가 말한다.


## 그레이스

떠나는 시모어를 보고 있는데 약간 불안한 기분이 든다. 시험에서 잘못된 답을 고르고 너무 늦었다는 걸 깨달을 때와 똑같은 기분이다.

그는 사람들 사이로 사라진다.

라나가 내 얼굴 앞에서 손가락을 튕긴다. "무슨 일이야?" 그녀가 물었다.

"나 방금 가정법 데이트 신청을 받은 것 같아."

"가정법 대답은 어떻게 했는데?"

"못했어." 라나가 더 캐묻기 전에 주제를 바꾼다. "트리스탄은 어디 있어?"

라나는 입이 귀에 걸리도록 미소를 짓는다. "음료수 가지러 갔어."

나는 그녀를 꼬옥 안아준다. "너희들 진짜 잘됐다."

괴이한 춤을 추는 백인 남자애가 우리와 부딪힌다. 라나는 그를 흘기며 사람이 없는 인도로 나를 데려간다.

"너 근사하다." 그녀가 말하며 내 목걸이를 바로잡아주고 내 어깨의 땋은 머리를 빗어준다. "준비됐어?"

나는 라나의 손을 잡고 꽉 쥔다. "내가 또 뭐하는 짓이지?"

"왜 그래?" 그녀가 묻는다. "데릭에게 자기가 놓친 게 뭔지 보여주는 거야. 그걸 원했잖아?"

맞는 말이라 고개를 끄덕인다. 육 주 내내 원하던 거였다. 이제는 더이상 확신하지 못한다는 것만 빼면. 내가 여기서 뭘 하는지, 무슨 일이 일어나길 바라는지 알 수가 없다.

"저크 치킨 트럭은 저기로 가서 오른쪽에 있어." 라나가 길 쪽을 가리킨다. 빨간색 2층 투어버스 옆에 그가 서 있다. 이상한 기분이다. 라나가 행운을 빌어주고 나는 발걸음을 뗀다.

미안합니다와 실례합니다를 거듭하며 사람들 사이를 가로지른다. 데릭에게 무슨 말을 할지 생각하려고 안간힘을 쓴다. 향수를 자극해야 하나? 애초에 우리가 왜 사귀었는지를 상기시켜줄 무언가를?

하지만 아무것도 떠오르지 않는다. 되레 떠오른 것은 바보 같은 목소리로 대화 연습을 도와주던 시모다. 나는 웃으며 고개를 젓는다. 재밌는 사람이다.

마침내 트럭에 다다른다. 배가 고프지는 않았지만 훈제된 매운 저크 치킨 냄새에 조금이라도 주문을 하고 싶어진다.

줄을 살피다 앞쪽에 서 있는 데릭을 발견한다. 심장이 거칠게 몇 번 뛰지만 이내 가라앉는다. 그는 내가 마지막으로 봤을 때와 달라 보인다. 피부는 짙은 갈색빛으로 보기 좋게 그을렸고 페이드컷*으로 잘랐던 머리를 기르고 있다. 얼굴에는 바보 같은 턱수염이 있다. 그것 빼고는 그래도 좋아 보인다.

데릭에게 걸어가지만 그는 핸드폰을 보느라 내가 온 것도 바로 알아차리지 못한다. "데릭, 안녕." 내가 말한다.

그가 슬로모션처럼 보이는 그 특유의 움직임으로 고개를 든다. "그레이스." 그가 나를 위아래로 바라본다. "와, 너 멋지다."

"고마워." 내가 말한다. "너도 멋지네."

우리는 잠시 동안 어색하게 거기 서 있다. 그가 먼저 웃음을 되찾고 나를 끌어당겨 포옹한다. "이렇게 보니까 좋다." 그가 말

---

* 아래로 갈수록 길이가 점점 짧아져 모발이 희미해지는(fade) 남성 헤어스타일.

한다. "왜 여기 있어? 이런 데 안 좋아했잖아."

그리고 그것이 마침내 데릭과 나의 문제를 발견한 순간이다. 그는 내가 늘 똑같기를 바랐다. 내가 자메이카에서 막 도착해 아무것도 모르고 아무도 모르는 수줍은 소녀이기를 바랐다. 모든 부분에서 그를 필요로 하는 아이. 헤어지자고 할 때 그가 했던 말이 맞았다. 나는 다른 사람이다. 달라졌다.

그리고 그건 나쁜 게 아니다.

그때 어떤 여자애가 우리에게 다가온다. 트리시다. 데릭의 SNS에서 봐서 낯이 익다. 그녀의 눈빛이 데릭의 얼굴에 머무르는 걸 보니 데릭을 얼마나 좋아하는지 알겠다.

마침내 두 눈동자가 우리 둘 사이를 오간다. 긴장한 듯 살짝 찡그린 표정이다.

나는 걱정할 필요 없다는 걸 분명히 하기 위해 황급히 말을 꺼낸다. "트리시 맞죠?" 손을 내밀어 악수를 한다. "만나서 반가워요. 데릭이 한창 당신 이야기 하던 중이었어요."

그녀가 웃는다. "그래요?"

"네, 그럼요." 내 말에 그녀가 활짝 웃는다.

나는 데릭에게 몸을 돌린다. "나 가야겠다. 이렇게 마주쳐서 반가웠어. 또 봐."

그가 인상을 쓰고 무슨 말을 하려는 듯하지만 나는 자리를 떠버린다. 다시 사람들 틈으로 숨어들어 이리저리 휩쓸린다.

라나가 계속 나를 지켜보고 있었던 게 분명하다. 그녀는 불쑥 내 옆에 나타난다. 이제 트리스탄과 함께고 그는 라나와 똑같이 씨익 웃고 있다.

"이제 제대로 된 여자를 만났네." 내가 말한다.

그의 입꼬리가 더욱 올라간다.

"어땠어?" 라나가 물으며 발을 까딱인다. "데릭이랑 어떻게 됐어?"

"다시 만나서 반가웠어." 아직도 내 감정을 정확히 가늠하지 못한 채 내가 답한다.

"반가웠다고?" 그녀가 내 목소리를 흉내내며 말한다. "친구, 나한테 몇 주 내내 데릭이 보고 싶다고 그러지 않았어?"

"알아. 그런데 내 생각이 틀렸던 것 같아."

"그걸 지금 깨달았다고?"

"응."

"그 라이드 남자 때문이지, 아니야? 널 바라보는 게 심상치 않았어."

나도 보았다. 그는 나를 좋아한다. 바로 여기 있는 지금의 나를.

내가 너무 늦은 게 아니어야 할 텐데. 뛰어가면 그가 차를 타고 떠나기 전에 따라잡을 수 있을지도 모른다.

나는 라나에게 내 계획을 말한다. "나랑 같이 갈래?"

라나가 트리스탄을 바라본다. "괜찮아?" 그녀가 묻는다.

트리스탄도 함께 가겠다고 하지만 라나는 그에게 이곳에 남아 트위그와 파티 분위기를 돋우라고 한다. 그들은 굿바이 키스를 하고 라나는 내 손을 잡는다.

"가자." 그녀가 말한다.

우리는 인파를 비집고 들어간다. 뉴욕 사람들 전부가 여기 이곳, 촛불과 달빛 조명만 있는 브루클린의 블록파티에 오기로 작정하기라도 한 듯 몇 분 사이에 사람이 두 배 세 배로 늘어난 것 같다. 트위그와 어떤 남자는 단상 위 턴테이블에 몸을 숙이고 있다. 트위그는 눈을 감고 음악의 황홀경에 젖어 있고 다른 남자애는 우리 반 다른 자메이카 여자애인 태미에게 혀를 내밀고 있다. 태미는 웃음을 참지 못한다. 그 근처에서 넬라가 스피커에 걸터 앉아 내가 모르는 여자애를 내려다보며 웃고 있다. 그들이 손을 잡고 있는 걸 보고 나는 흐뭇하게 웃는다.

두 남자아이가 자전거를 타고 우리 사이에 끼어든다. 이 모든 사람을 비집고 시모어와 작별했던 자리로 오기까지 오 분이 걸린다. 그가 거기서 기다릴 거라고 기대한 건 아니었지만 어쨌든 실망감이 든다.

라나가 내 손을 잡아당긴다. "자, 그 사람 찾으러 가자."

"이 파티 오느라 그렇게 시간을 쏟아놓고 벌써 가는 거예요?"
뒤에서 목소리가 들린다.

라나와 나는 천천히 뒤를 돌아본다. 시모어가 한 손에는 소고기 패티를, 다른 손에는 기름통을 들고 있다.

"라이드 기사." 라나가 말한다.

"멋진 베스트 프렌드." 그가 말한다.

언젠가 두 사람을 서로 정식으로 소개해줄 것이다. 그렇지만 지금은 아니다.

라나가 내 손을 꼭 쥔다. "난 트리스탄한테 가볼게." 그러곤 자리를 뜬다.

"왜 벌써 가요?" 그가 묻는다. "데릭이랑 잘 안 됐어요?"

나는 고개를 젓는다. "잘됐어요."

"그럼 어째서—"

"당신을 찾고 있었어요."

"차에 뭘 두고 내렸어요?"

젠장, 꼭 내 입으로 그 말을 하게 만들 작정인가보다. "아까 나한테 했던 그 가정법 질문 기억나요?"

시모어의 눈이 휘둥그레지면서 밝고 행복한 미소가 햇살처럼 온 얼굴에 퍼진다.

그는 내게 가까이, 우리 사이에 한 발자국만 남겨두고 다가온

350

다. "그래서 내 가정법 질문에 답을 얻었어요?" 그가 묻는다.

"얻었어요." 나는 남은 한 발자국을 마저 좁힌다.

그때 불빛이 돌아오고, 우리를 둘러싼 모두가 환호성을 지른다.

## 도니엘 클레이턴

이 책은 코로나19 팬데믹 기간에 태어났다. 세상은 멈추었고, 다들 어둠 속에서 더듬거리며 주변에서 일어나는 일들을 이해하려 애썼고 그건 은유의 정전을 겪는 것만 같았다. 하지만 그런 혼돈 가운데 이 불빛이, 이 아름다운 작은 사랑이, 우리의 소설이 나타났다. 죽음과 불확실성이 소용돌이칠 때 창작의 밧줄을 붙잡을 수 있어 감사했다.

먼저 이 모든 아이디어를 떠올리게 해준 조카 라일리 클레이턴에게 고마움을 표하고 싶다. 우리가 마라톤을 하듯 함께 주구장창 TV를 볼 때 네가 왜 흑인 여자아이들은 제대로 된 사랑 이야기를 가질 수 없냐고 묻지 않았다면 이 책은 존재하지 않았을 거야. 이모에게 과제를 줘서 고마워. 계속 이 모든 과제를 대면하고 해결해보고 싶어. 사랑한다. 너는 내 마음속에 있단다.

나의 여성들. 티퍼니 D. 잭슨, 앤지 토머스, 닉 스톤, 애슐리 우드포크, 니컬라 윤. 너희가 내 꿈을 실현해주었어. 너희가 보여준 신뢰에, 마음에, 시간에, 재능에, 나와 함께 기꺼이 어둠에 뛰어들어준 그 의지에 감사해. 우리가 아름다운 불빛을 만들었어. 그 불빛이 오래도록 나를 견디게 해주겠지. 이번 경험은 내 이력에서 가장 빛나는 장면이었어. 너희와 함께 세상에 이 책을 내보일 수 있어 행복해.

몰리 커 혼. 굳센 의지로 나의 꿈을 실현해줘서 고맙습니다. 당신의 리더십, 지혜, 영혼 덕분에 이 책이 제자리를 찾을 수 있었습니다. 나를, 우리 모두를 훌륭히 보살펴준 것에 감사드립니다.

메리 펜더. 내 최고의 파트너. 당신이 해준 모든 일에 감사드립니다. 당신은 마술사예요!

로즈메리 브로스넌. 이번 편집 과정은 정말 경이로웠어요. 내가 앞으로 나아가고 더 깊이 파고들게 해주었지요. 당신의 손길과 지혜로움 덕에 제 글은 크게 바뀌었어요. 그간의 지원에 감사드립니다.

하퍼 출판사 직원분들. 수잰 머피, 에린 피츠시먼스, 코트니 스티븐슨, 에보니 라넬, 패티 로사티, 오드리 디스텔캠프, 그리고 팀의 모든 분들. 이 책을 위해 애써주셔서 감사합니다. 책 하나를 만들기 위해 사단 하나가 필요하죠. 우리 뒤에 있어준 사단 덕분에 행복했습니다.

엄마와 아빠. 끝없는 지지와 지혜와 음식과 보살핌에 감사드려요. 모든 불만을 들어주시고 모든 상처를 어루만져주시고 모든 꿈에 숨결을 불어넣어주셨어요. 두 분 없이는 저도 제가 아니었을 거예요. 서로를 위한 사랑을 옆에서 지켜보았기에 (그리고 저 또한 사랑해주었기에) 제 소설에 사랑에 대해 적을 수 있었어요. 영원히 감사드려요.

뉴욕공립도서관의 영웅인 사서들, 루이즈 라로, 제니 로즈노프, 수 이. 이야기가 정확해지도록 상세하게 살펴봐줘서 고맙습니다. 여러분은 우리 사회를 떠받드는 거인이에요. 당신들의 일부인 것이 자랑스럽습니다. 이 책을 쓴 후에야 아동열람실이 이전을 했다는 것을 알게 됐는데 그런 와중에 이 자그마한 꿈결 같은 사랑 이야기의 집필을 도와줘서 고맙습니다. 문제를 해결해줘서 고맙습니다.

독자 여러분의 지지에 감사드립니다. 우주가 여러분을 위해 마련해놓은 그 모든 사랑을 수신하기 위해 늘 마음을 열어놓으시길.

**티퍼니 D. 잭슨**

내가 갈 길은 아니라고 했을 때 나를 ~~강요한~~ 설득해준 우리 배의 선장 도니엘에게 고마움을 전하고 싶다. 당신은 내가 나 자신을 믿도록 늘 도와줘요. 편집부 사단. 이야기를 분할하자는 '기발한' 아이디어를 내서 미안합니다. 당연히 일은 늘어났지만 다행히 결과는 아름다웠어요. 로즈메리 브로스넌. 우리 모두와 옥신각신하느라 엄청난 시간이 걸렸겠죠. 하지만 당신은 여왕처럼 말끔하게 해냈어요. 몰리 커 혼과 메리 펜더. 두 분이 해주신 일과 앞으로 해주실 일에 감사합니다. 가족들, 사랑해요. 미친 코로나여. 덕분에 우리가 뭉치긴 했지만 보이는 즉시 박살을 내버리겠어요. 뉴욕. 당신은 늘 내 첫사랑일 겁니다.

**앤지 토머스**

신이시여. 2020년을 마무리하게 해주셔서 감사합니다. 그 롤러코스터 같은 한 해 동안 유일하게 좋았던, 이 책 작업을 하게 해주셔서 감사합니다.

우리 여왕 도니엘, 다정히 나를 이 작업으로 끌어들이고 과장된 감정을 좋아하는 내가 사랑 이야기를 쓰도록 충고를 아끼지 않아준 것 고마워. 이렇게 특별한 일에 참가할 수 있어 영광이야. 우리 친구들, 너희들과 이 아름다운 책을 만들 수 있어 정말 행복해. 우리로 인해 흑인 아이들은 자신들이 사랑 이야기의 주역이 될 자격이 있다는 것을 알게 될 거야. 몰리 커 혼과 메리 펜더, 이 여정의 든든한 버팀목이 되어주고 이 책을 보살펴줘 고맙습니다. 로즈메리, 이 이야기가 최선으로 나아가도록 깊이 파고들게 도와줘서 고맙습니다. 멋진 하퍼 출판사 여러분, 우리를 붙들어줘서 고맙습니다. 나의 어머니, 줄리아. 엄마가 진정한 MVP예요. 그리고 독자 여러분. 당신이 받아 마땅한 사랑을 발견하길 빕니다. 당신만의 이야기가 기다리고 있으니까요.

## 닉 스톤

먼저 도니엘 클레이턴에게. 이런 무모한 아이디어를 제안하고 합류하라고 해줘서 고마워. 네가 최고야. 두 명의 몰리, 몰리 커혼과 몰리 글릭에게. 몰리란 이름을 가진 에이전트들은 일을 정말 끝내주게 잘해요. 로즈메리 브로스넌. 이 이야기에 기회를 주고 꼴을 갖추게 해줘서 고맙습니다. 제이 콜스, 테리 J. 벤턴워커, 줄리언 윈터스. '작가와 주인공의 정체성이 똑같지 않은 이야기'를 쓰는 제게 정말이지 귀중한 통찰력을 보여주었습니다. 표현할 수 있는 그 이상으로 고마움을 전합니다. 피트 포레스터. 남부 사람인 내가 뉴욕을 제대로 묘사하게 도와준 당신에게 소리 높여 감사를. 나이절 리빙스톤. 거듭 말하지만, 팬데믹이 정점인 와중에도 당신은 내가 일할 공간과 시간을 확보해줬습니다. 마이클 보너. 당신의 그 차분하고 고요한 거실을 아이들로부터 자유로운 사무실로 쓰도록 허락해줘서 고맙습니다. 그래서 이 글을 쓸 수 있었어요. 모두 사랑합니다!

### 애슐리 우드포크

이런 책을 쓰는 건 꿈같은 일이었다. 가까운 작가 친구들과 함께 지금까지 한 번도 읽어본 적 없는, 그러나 몇 년 동안 내가 은근히 찾아 헤매고 갈구했던 그런 책을 작업할 수 있었다. 도니엘이 우리 모두를 한데 모으지 않았다면 불가능한 일이었을 것이다. 몇 시간의 아이디어 회의, 책 외에도 말 그대로 세상의 모든 것을 이야기하던 단체 채팅방을 영원토록 기억할 것이다. 이 모험에 나를 초대하고 나와 함께해준 D(와 다른 저자들)에게 고맙다고 말하고 싶다. 수만 가지 질문에 답해주고 두려움에 어쩔 줄 몰라하며 보냈던 문자에 하나하나 응답해준 나의 에이전트 베스에게 커다란 고마움을 전한다. 두려움을 모르는 우리의 리더 몰리 커 혼에게도. 그녀 없이는 어떤 것도 가능하지 않았을 것이다. 우리의 이야기에서 특별함을 발견하고 형태를 갖추게 도와준 동시에 우리의 다름을 이해하고 아껴주었던 로즈메리 브로스넌에게도 고맙다. 이 책은 여러모로 정전과 같았던, 칠흑같이 어두었던 한 해에 불빛이 되어주었다. 이 획기적인 즐거움의 일부가 될 수 있었던 것에 영원히 감사할 것이다.

### 니컬라 윤

여러 해 중에서 2020년은 가장 기나긴 한 해였다. 그래도 긍정적인 것이 있다면 다섯 명의 재능 있고 두려움을 모르는 작가들과 이 책을 썼다는 점이다. 앤지, 애슐리, 도니엘, 닉, 티퍼니의 뛰어난 재능과 상상력에 고마움을 전한다. 놀라운 아이디어로 우리 모두를 이 프로젝트에 모은 용맹한 리더 도니엘에게는 한번 더 특별히 감사를 표한다. 그녀는 끝없는 열정과 헌신을 보여주었다. 이야기가 형태를 갖추게 도와준 우리의 멋진 편집자 로즈메리 브로스넌에게도 고마움을 전한다. 계약을 성사하게 도와준 에이전트 몰리 커 혼과 메리 펜더에게도 감사한다. 또 모르는 것이 없고 지칠 줄 모르는 나의 에이전트 조디 리머에게 커다란 고마움을 전한다. 그리고 당연히 언급해야 할 사람, 내 인생의 전부인 데이비드와 페니, 존재 자체로 감사해. 당신들은 언제고 나의 가장 밝은 빛이야.

  이 소설집이 집필된 2020년은 전 세계가 팬데믹이라는 유례없는 혼란에 빠진 해이자 미국 경찰의 과잉 진압으로 흑인 조지 플로이드가 사망한 해이기도 했다. 질병에 대한 공포와 격리의 외로움, 쌓였던 인종차별에 대한 분노와 슬픔은 비유하자면 모든 불빛이 사라진 정전과 같았을지도 모른다. 하지만 도니엘 클레이턴을 비롯한 여섯 명의 젊은 흑인 작가들은 경찰의 폭력과 인종차별에 대해 이야기하는 대신 그들 자신의 기쁨과 즐거움에 대해서 이야기하고 싶었다고 언론과의 인터뷰에서 밝혔다. 그 결과물이 바로 흑인 청소년들이 주인공인 사랑 이야기를 연작소설의 형태로 묶은 『블랙아웃』이다. 이 귀엽고 사랑스러운 단편집은 슬픔과 억압만이 흑인 서사의 전부가 아니라는, 스스로를 피해자와 약자라는 사회의 주변부에 귀속시키는 대신 당당히 서사의 중심으로 들어가 주체로서의 '일상'과 '기쁨' 또한 이야기하겠다는 선언과 같다.

여섯 편의 이야기가 공유하는 시공간은 대규모 정전이 일어난 한여름의 뉴욕이다. (실제로 2019년 7월, 맨해튼에 정전이 있었다.) 맨해튼 각지에 흩어져 있던 인물들은 자의든 타의든 저녁에 브루클린의 블록파티로 모일 예정이지만, 도시 전체를 마비시킨 정전 때문에 발목이 붙잡히고, 부러 잊고 지냈던 자신의 감정을 어둠 속에서 마주하게 된다. 정전이라는 좀처럼 보기 힘든 사건 속에서 오해로 꼬였던 감정은 서서히 풀리고, 멀리 있던 사람은 가까워지고, 불분명했던 마음은 분명해지고, 보내야 할 것들은 정리되고, 새로운 인연은 태어난다. 어리다면 어리고 다 자랐다면 자란 십대들은 난생처음 겪어보는 혼란스러움과 설렘을 진솔하게 마주한다. 그곳에 불안은 있을지라도 음흉함이나 비굴함은 없다.

하지만 '청소년'의 '사랑'이 이 소설에서 읽어낼 수 있는 전부는 아니다. 재기 넘치는 여섯 작가는 치밀한 계산 아래 뉴욕(특히 브루클린)이라는 도시에 대한 애정, 힙합과 재즈, 블랙시네

마, 솔푸드 등 흑인 문화에 대한 자부심을 보물찾기처럼 곳곳에 숨겨두었다. 몇몇 인물들은 할렘에서 브루클린까지 뉴욕시를 말 그대로 종단하며 관광객이 보는 뉴욕과 주민들이 사는 뉴욕의 풍경을 아우른다. 센트럴파크부터 지하철, 도서관, 투어버스까지 도시는 활력으로 살아 움직이며, 그 도시를 채우는 것은 랩과 레게, 제임스 볼드윈의 책과 같은 흑인들의 문화유산이다. 책을 덮고 나면 우리는 풋풋한 로맨스를 읽고 흐뭇해지는 것을 넘어서 최첨단 도시에서 흑인들의 멋들어진 삶을 살아본 것만 같은, 경험의 경계가 넓어진 기분을 느끼게 된다.

이 책을 읽는 또다른 재미 중 하나는 서로 무관한 서사처럼 보이던 이야기들이 얽혀 있는 지점을 발견할 때일 것이다.『블랙아웃』에는 저자들이 머리를 맞대고 고심한 흔적을 찾아내는 묘미가 있다.「아주 기나긴 산책」에서 남자친구 카림과 어이없는 오해로 헤어져 마음 아파했던 태미의 아버지는 시간을 "딱 맞춰 가면 늦은" 것이나 다름없다는 신조를 지닌 뉴욕시 투어버스의 기사이다. 태미의 동생은 "어딘가에서 사진을 찍고 있을" 트레메인이며 우리는 이 남매가 고소공포증과 밀실공포증을 나눠 앓고 있다는 것을 알게 된다. 태미의 의심과 성화를 뒤로하고 카림이 기어코 전화를 걸려는 할머니는 펄 할머니와 함께 최근 시니어 거주 시설에 입주했다 하니 짐작컨대 「꼭 들어맞는 것」의 버디 할머니일 것이다. 그리고 두 사람은 걸으면서 까만색 핏불테리어를 데리고 걸어가는 오버올 차림의 여자아이를 스친다.

한편 자신의 성 정체성이 혼란스럽지만 농구선수라는 타이틀 때문에 좀처럼 솔직해지지 못하는 「가면 벗기」의 주인공 재코리 주니어는 자신이 원하는 것을 분명히 아는 트레메인 라이트를 동경하고 또 그에게 끌린다. 하지만 농구 팀원 랭스턴(라나의 남동생임이 뒤에 밝혀진다)은 재코리의 속도 모르고 그에게 오늘 저녁 파티에서 남부에서 뉴욕으로 놀러오는 자신의 사촌 케일라를 소개시켜줄 예정이다. 하지만 케일라(「브루클린에 도착할 때까지 잠들어선 안 돼」)는 이미 미시시피에서부터 이어진 삼각관계 때문에 골치가 아프며 당장 또다른 관계는 필요하지 않아 보인다.

「꼭 들어맞는 것」의 넬라(트위그의 사촌)가 기나긴 사진 찾기 끝에 처음으로 마주친 앨시아 하우스의 창립자 마리잔느는 「그모든 위대한 사랑 이야기와……먼지」의 주인공 라나의 할머니로, 옛사랑을 찾아 파리로 떠날 채비를 마쳤다. 비상한 기억력의 '코끼리' 라나가 고백하려 애를 쓰는 소꿉친구 트리스탄은 어릴적에 넬라가 퀴어인지도 모르고 러브레터를 보냈던 전적이 있다. 라나가 발견한 도서관 사자상 사이에 앉아 있는 커플은 누굴까? 우리는 태미와 카림이 뉴욕공립도서관 계단에 앉아 아이스크림을 먹었다는 것을 알고 있다. 「시모어와 그레이스」의 시모어가 듣는 팟캐스트가 어쩌면 트리스탄이 만든 그 팟캐스트일 거라 생각하는 것은 지나친 억측일까? 지금 언급한 것들은 저자들이 심어둔 연결점의 일부에 불과하다. 여섯 작가가 하나의 세계관을 신나게 들려주는 덕분에, 이야기는 현실 속에 살아 움직이는 것만 같다.

마지막으로, 이 소설에는 게이와 바이섹슈얼, 퀘스처닝인 인물들이 등장하며 퀴어 문화가 적지 않은 역할을 맡고 있다. 하지만 별도의 주제라는 생각이 들지 않을 만큼 퀴어의 사랑은 당연하고 자연스럽다. 흑인들이 흑인의 삶을 이야기하는 데 백인들의 시선을 거칠 필요가 없듯, 퀴어 역시 이성애자의 납득과 허용을 필요로 하지 않는다. 주변부로 여겨졌던 사람들이 자신을 중심으로 기준을 재설정할 때, 이야기는 홀가분하고 즐거워진다. 중심부에 있던 사람들과의 역학 관계로부터 자유로워지기 때문이다. 『블랙아웃』의 사랑스러움이 결코 가볍지 않은 이유가 여기 있다고 생각한다.

류기일

옮긴이 **류기일**

고려대학교에서 서문학과 국문학을 공부하고 출판 편집자로 일했다. 옮긴 책으로 『초보자를 위한 살인 가이드』 『우리의 분노는 길을 만든다』가 있다.

문학동네 세계문학
블랙아웃

초판 인쇄 2024년 3월 7일 | 초판 발행 2024년 3월 18일

지은이 도니엘 클레이턴 외 5인 | 옮긴이 류기일
기획 윤정민 | 책임편집 박효정 | 편집 윤정민 이희연 김지호
디자인 김유진 이원경 | 저작권 박지영 형소진 최은진 서연주 오서영
마케팅 정민호 서지화 한민아 이민경 안남영 왕지경 정경주 김수인 김혜원 김하연 김예진
브랜딩 함유지 함근아 고보미 박민재 김희숙 박다솔 조다현 정승민 배진성
제작 강신은 김동욱 이순호 | 제작처 천광인쇄사

펴낸곳 (주)문학동네 | 펴낸이 김소영
출판등록 1993년 10월 22일 제2003-000045호
주소 10881 경기도 파주시 회동길 210
전자우편 editor@munhak.com | 대표전화 031) 955-8888 | 팩스 031) 955-8855
문의전화 031) 955-1927(마케팅) 031) 955-2685(편집)
문학동네카페 http://cafe.naver.com/mhdn
인스타그램 @munhakdongne | 트위터 @munhakdongne
북클럽문학동네 http://bookclubmunhak.com

ISBN 978-89-546-9868-9 03840

**www.munhak.com**